D1663265

Jules Verne

Robur der Sieger

Jules Verne

Robur der Sieger

Reproduktion des Originals.

1. Auflage 2022 | ISBN: 978-3-36842-477-0

Verlag: Outlook Verlag GmbH, Zeilweg 44, 60439 Frankfurt, Deutschland
Vertretungsberechtigt: E. Roepke, Zeilweg 44, 60439 Frankfurt, Deutschland
Druck: Books on Demand GmbH, In de Tarpen 42, 22848 Norderstedt, Deutschland

I.
WORIN DIE GELEHRTE WELT SICH EBENSO WENIG RAT WEIß, WIE DIE UNGELEHRTE.

Paff! ... Paff!

Zwei Pistolenschüsse knallten zu gleicher Zeit. Eine Kuh, welche eben in der Entfernung von fünfzig Schritten vorüber trabte, bekam eine Kugel in's Rückgrat ... und sie ging die Sache doch gar nichts an.

Von den beiden Gegnern war keiner getroffen worden.

Wer waren jene beide Herren? Niemand weiß es, und gerade hier wäre ja Gelegenheit gewesen, ihre Namen der Nachwelt zu überliefern. Es lässt sich über sie nichts weiter sagen, als dass der ältere ein Engländer, der jüngere Duellant ein Amerikaner war. Desto leichter lässt sich die Örtlichkeit bestimmen, an der jener unschuldige Wiederkäuer eben sein letztes Grasbündelchen abgeweidet hatte; diese ist nämlich am rechten Ufer des Niagara und unweit der Hängebrücke zu suchen, welche drei Meilen unterhalb der berühmten Fälle das kanadische Ufer mit dem amerikanischen verbindet.

Der Engländer schritt jetzt auf den Amerikaner zu.

»Ich bleibe nichtsdestoweniger dabei, dass es die Melodie ›Rule Britannia‹ war, sagte er.

– Nein, der ›Yankee Doodle‹!« versetzte der Andere.

Der Streit schien auf's Neue entbrennen zu sollen, als sich einer der Zeugen – ohne Zweifel im Interesse des weidenden Viehs – mit den Worten einmischte:

»Nehmen wir an, es wäre der ›Rule Doodle‹ und der ›Yankee Britannia‹ gewesen und begeben wir uns nun zum Frühstück.«

Dieses Kompromiss zwischen den beiden Nationalgesängen Amerikas und Großbritanniens wurde zur allgemeinen Befriedigung angenommen. Längs des linken Niagara-Ufers zurückwandelnd, beeilten sich Amerikaner und Engländer, an der einladenden Tafel des Hôtels auf Goat Island – einem neutralen Gebiete zwischen den beiden Fällen – Platz zu nehmen. Während ihrer Beschäftigung mit gekochten Eiern und dem landesüblichen Schinken mit kaltem Roastbeef, einem Zwischengericht von im Munde fast brennenden Pickles und mit Hochfluten von Tee, welche die weltbekannten Wasserfälle eifersüchtig machen könnten, wollen wir sie nicht weiter stören, zumal kaum anzunehmen ist, dass von ihnen im Laufe dieser Erzählung noch ferner die Rede sein wird.

Wer hatte nun Recht – der Engländer oder der Amerikaner? Es wäre schwer gewesen, diese Frage zu entscheiden. Jedenfalls liefert jenes Duell den Beweis für die leidenschaftliche Erregung der Geister nicht allein in der Neuen, sondern auch in der Alten Welt, und zwar über ein Ereignis oder eine unerklärliche Erscheinung, welche seit etwa einem Monate alle Köpfe verwirrte.

»... Os sublime dedit coelumque tueri« hat Ovid einst zu Ehren der Menschheit gesungen. In der That hatte man seit dem Erscheinen des ersten Menschen auf der Erdkugel noch niemals den Himmel so vielfach betrachtet.

Gerade in der vorhergegangenen Nacht hatte nämlich eine Trompete aus der Luft ihre metallenen Töne herabgeschmettert über denjenigen Teil von Canada, der sich zwischen dem Ontario- und dem Erie-See ausdehnt. Die Einen hatten daraus den »Yankee Doodle«, die Anderen das »Rule Britannia« zu hören vermeint, daraus entstand auch obiger angelsächsische Zweikampf, der mit dem Frühstück auf Goat Island endigte. Vielleicht war es weder der eine, noch der andere Nationalgesang gewesen; nur darüber herrschte bei Niemand ein Zweifel, dass die betreffenden Töne die Eigentümlichkeit gehabt hatten, als schienen sie vom Himmel zur Erde hernieder zu steigen.

Sollte man etwa gar an eine Himmelsposaune denken, die ein Engel oder ein Erzengel geblasen hätte? ... Waren es nicht vielmehr lustige Luftschiffer gewesen, die sich des sonoren Instrumentes bedienten, von dem die Reklame so ausgebreiteten Gebrauch macht? Nein, von einem Ballon, von Luftschiffern konnte nicht die Rede sein. In hohen Himmelsregionen vollzog sich ein außergewöhnliches Ereignis, dessen Natur und Ursprung kein Mensch zu enträtseln vermochte. Heute zeigte sich dasselbe über Amerika, vierundzwanzig Stunden später über Europa, acht Tage später in Asien über dem Himmlischen Reiche. Wenn die Trompete, welche das Vorüberziehen jener Erscheinung ankündigte, nicht die des Jüngsten Gerichtes war, welche, ja, welche war es dann?

In allen Landen der Erde, in Königreichen wie in Republiken, entstand deshalb eine gewisse Unruhe, welche gestillt werden musste. Vernimmt Einer in seinem Hause eigentümliche und unerklärliche Geräusche, würde er nicht schnellstens die Ursache derselben zu ermitteln suchen, und wenn das vergeblich wäre, würde er nicht sein Haus verlassen, um ein anderes zu bewohnen? Ganz sicherlich! Hier war das Haus freilich die Erdkugel, und es gab doch kein Mittel, diese zu verlassen und etwa mit dem Monde, Mars, Venus, Jupiter oder einem anderen Planeten des Sonnensystems zu vertauschen.

Es galt demnach unbedingt, aufzuklären, was im unendlichen leeren Raume, doch innerhalb der Erdatmosphäre, vorging. Ohne Luft ist ja ein Geräusch unmöglich, und da man hier ein solches vernahm – immer jene fast sagenhafte Trompete – musste die Erscheinung auch in der Lufthülle stattfinden, deren Dichtigkeit sich nach oben zu immer mehr vermindert und die sich über unserem Sphäroid nur wenige Meilen hoch verbreitet.

Natürlich bemächtigten sich die Tagesblätter der vorliegenden Frage, behandelten sie unter allen Gesichtspunkten, beleuchteten oder verdunkelten dieselbe, berichteten falsche oder wahre Tatsachen, erregten oder beruhigten ihre Leser im Interesse der Höhe ihrer Auflage – und wiegelten endlich die schon halb verwirrten Massen nicht wenig auf. Welch' Wunder! Die Politik hatte den Laufpass erhalten und die Geschäfte gingen deshalb doch nicht schlecht. Aber um was handelte es sich überhaupt?

Man befragte alle großen Observatorien der ganzen Welt. Wenn diese keine Antwort gaben, wozu nützten dann solche Observatorien eigentlich? Wenn die Astronomen, welche selbst in der Entfernung von hunderttausend Millionen Meilen noch einen Lichtpunkt zu zwei und drei Sternen aufzulösen vermögen, nicht im Stande waren, den Ursprung einer kosmischen Erscheinung zu ergründen, die nur wenige Kilometer über ihnen auftrat, wozu hatte man Astronomen?

Man konnte auch in der That kaum schätzungsweise angeben, wie viel Teleskope, Brillen, Fernrohre, Lorgnetten, Binocles und Monocles während der schönen Sommernacht nach dem Himmel gerichtet waren, noch wie viele Augen sich vor die Oculare und Instrumente von jeder Art und Vergrößerung hefteten. Vielleicht mehrere Hunderttausend, und das ist nur gering angeschlagen. Zehnmal mehr, als man am Firmament mit unbewaffnetem Auge sichtbare Sterne zählt. Nein, noch keiner, auf allen Punkten der Erdkugel gleichzeitig beobachteten Sonnenfinsternis hatte man solche Ehre angetan!

Die Observatorien antworteten, aber unzulänglich. Jedes gab seine Meinung ab, die stets von der aller anderen abwich, so dass sich daraus während der letzten Wochen des April und der ersten des Mai ein wirklicher Bürgerkrieg unter der Gelehrtenwelt entwickelte.

Das Observatorium von Paris erwies sich sehr zurückhaltend. Keine seiner Abtheilungen sprach sich entschieden aus. In der Abtheilung für mathematische Astronomie hatte man es für unter seiner Würde gehalten, Beobachtungen anzustellen; in der für die Meridianmessung hatte man nichts entdeckt; in der für physikalische Beobachtungen hatte man nichts wahrgenommen; in der für Geodäsie nichts bemerkt; in der für Meteorologie war Niemand etwas aufgefallen; in der für die Berechnungen hatte man nichts gesehen. Das war wenigstens ein offenes Geständnis. Dieselbe Offenherzigkeit bekundete das Observatorium von Montsoucis, wie die magnetische Station im Park Saint-Maur. Dieselbe Achtung vor der Wahrheit bewies das Längenbureau. Nun ja, Frankreich heißt ja das Land, wo man »frank«, d. h. offen spricht.

Die Provinz war etwas entschiedener in ihrer Äußerung. Etwa in der Nacht zwischen dem 6. und 7. Mai hatte sich ein Lichtschein elektrischen Ursprunges gezeigt, der 20 Sekunden nicht überdauerte. Am Pic-Du-Midi war derselbe zwischen 9 und 10 Uhr abends beobachtet worden; im meteorologischen Observatorium des Puy-de-Dôme hatte man ihn zwischen 1 und 2 Uhr morgens bemerkt; auf dem Mont Ventoux in der Provence zwischen 2 und 3 Uhr; in Nizza zwischen 3 und 4 Uhr; auf den Semnoz-Alpen endlich zwischen Annecy, le Bourget und dem Genfer See im Augenblicke, als der Tagesschimmer sich eben bis zum Zenit erhob.

Offenbar konnte man diese Beobachtungen unmöglich in Bausch und Bogen verwerfen. Es unterlag keinem Zweifel, dass der Lichtschein an verschiedenen Punkten, und zwar im Verlauf einiger Stunden, wahrgenommen worden war. Derselbe ging also entweder von mehreren Herden aus, die sich durch die Erdatmosphäre hinbewegten, oder, wenn er nur einem einzigen solchen angehörte, so musste dieser sich mit einer Schnelligkeit fortbewegen, welche nahezu 200 Kilometer in der Stunde erreichte.

Hatte man denn aber im Laufe des Tages niemals etwas Besonderes in der Luft bemerkt?

Nein, niemals.

Erklang nicht wenigstens jene Trompete einmal durch die Luftschichten?

Nein, zwischen Aufgang und Untergang der Sonne hatte man nicht den leisesten Ton gehört.

Im vereinigten Königreich Großbritannien wusste man nicht mehr aus, noch ein. Die Observatorien gelangten zu keinerlei Übereinstimmung. Greenwich konnte sich nicht mit Oxford verständigen, obwohl Beide die Behauptung aufstellten, »an der ganzen Sache sei nichts«.

»Eine Gesichtstäuschung! meinte das Eine.

– Eine Gehörstäuschung!« erwiderte das Andere.

Darüber lagen sie im Streit; auf eine Täuschung lief es jedoch allemal hinaus. Die Verhandlungen zwischen den Sternwarten zu Berlin und der zu Wien drohten zu internationalen Verwicklungen zu führen. Russland bewies ihnen in der Person des Vorstehers seiner Sternwarte zu Pulkowa, dass sie Beide Recht hätten, das hänge nur von den Gesichtspunkten ab, auf die sie sich bezüglich Bestimmung der Natur jener Erscheinung stellten, die in der Theorie unmöglich schien und in der Praxis möglich war.

In der Schweiz, auf der Sternwarte zu Säntis, im Kanton Appenzell, auf dem Rigi, im Gäbris, in den Beobachtungsstationen des St. Gotthard, St. Bernhard, des Julier, des Simplon, in denen von Zürich und des Sonnblick in den Hohen Tauern, befleißigte man sich einer ganz besonderen Zurückhaltung gegenüber einer Tatsache, die bisher Niemand zu bekräftigen vermocht hatte – was gewiss recht vernünftig zu nennen ist.

In Italien dagegen, auf den meteorologischen Stationen des Vesuvs und des Ätna, welch' letztere sich in der alten Casa Inghlese befindet, wie auf dem Monte Cavo, zögerten die Beobachter nicht im geringsten, die Wirklichkeit jener Erscheinung anzuerkennen, und das auf Grund des Umstandes, dass sie dieselbe einmal am Tage in Form eines kleinen Dampfwölkchens und einmal in der Nacht in Gestalt einer Sternschnuppe hatten wahrnehmen können. Über die eigentliche Natur derselben wussten sie freilich ebenfalls nichts.

In der That begann dieses Geheimnis allmählich die Vertreter der Wissenschaft zu ermüden, erregte dagegen und erschreckte desto mehr die Einfältigen und Unwissenden, welche, Dank einem hochweisen Naturgesetze, von jeher in dieser Welt die ungeheure Mehrzahl gebildet haben, noch bilden und in aller Zukunft bilden werden. Die Astronomen und Meteorologen hatten also schon darauf verzichtet, sich mit der Sache zu beschäftigen, als in der Nacht vom 26. zum 27. auf der Sternwarte zu Cantokeino in Finnland, in Norwegen, in der Nacht vom 28. zum 29. auf der des Isfjord und auf Spitzbergen, die Norweger auf einer und die Schweden auf der anderen Seite in der Anschauung übereingestimmt hatten, dass inmitten einer Art Nordlichtscheines etwas wie ein gewaltiger Vogel oder ein Luftungeheuer sichtbar gewesen sei. War es auch nicht gelungen, dessen Struktur genauer zu bestimmen, so unterlag es doch keinem Zweifel, dass derselbe kleine Körper ausgeworfen habe, welche gleich Bomben mit einem Knalle zersprangen.

In Europa neigte man wohl dazu, die Beobachtungen der Stationen von Finnmarken und Spitzbergen nicht anzuzweifeln. Ganz besonders merkwürdig erschien freilich, dass die Schweden und die Norweger doch einmal über einen Punkt einig zu sein schienen.

Man lachte und spottete über die angebliche Entdeckung auf allen Sternwarten Südamerikas, in Brasilien und Peru, ebenso wie in La Plata, auf denen von Australien, in Sidney, Adelaide, wie in Melbourne, und das australische Lachen ist bekanntlich sehr ansteckend.

Nur ein einziger Vorsteher einer meteorologischen Station verhielt sich zustimmend bei dieser Frage, trotz der Spötteleien, welche seine Erklärung derselben hervorrufen mochte. Das war ein Chinese, der Direktor der Sternwarte zu Zi-Ka-Wey, die sich inmitten einer ausgedehnten Ebene, mindestens zehn Lieues vom Meere, erhebt und welche bei ungemeiner Klarheit der Luft ein grenzenlos weiter Horizont umschließt.

»Es könnte ja sein, sagte er, dass der Gegenstand, um den es sich handelt, ein besonders konstruierter Apparat, eine fliegende Maschine wäre.«

Welcher Scherz!

Waren die vielfachen Widersprüche nun schon in der Alten Welt sehr lebhaft, so begreift man leicht, wie sie sich in jenem Theile der Neuen Welt gestalten mussten, von dem die Vereinigten Staaten das weitaus größte Gebiet einnehmen.

Ein Yankee liebt bekanntlich keine Umwege – er wählt gewöhnlich den, der am schnellsten zum Ziele führt. So zögerten auch die amerikanischen Bundesstaaten nicht im Mindesten, ihre Ansichten gegenseitig auszusprechen. Wenn sie sich dabei nicht gleich die Objektive ihrer Fernrohre an den Kopf warfen, so kam das nur daher, dass sie dieselben jetzt, wo sie gerade am meisten gebraucht wurden, erst hätten wieder ersetzen müssen.

In dieser so viel Staub aufwirbelnden Frage standen die Sternwarten von Washington im Distrikt Columbia und die von Cambridge im Staate Duna denen des Darmouth-Collegs in Connecticut und von Ann-Arbor in Michigan feindlich gegenüber. Ihr Streit betraf übrigens nicht die Natur des beobachteten Körpers, sondern die genaue Zeit der Beobachtung, denn Alle behaupteten, ihn in derselben Nacht, zu derselben Stunde, zur gleichen Minute und Sekunde wahrgenommen zu haben, obwohl die Flugbahn des geheimnisvollen Wanderers der Lüfte nur in mäßiger Höhe über dem Horizont liegen sollte. Von Connecticut bis Michigan, von Duna nach Columbia ist aber die Entfernung eine so große, dass eine doppelte Beobachtung zu ein und demselben Zeitpunkt als unmöglich angesehen werden konnte.

Dudley in Albany, Staat New-York, und West-Point, die Militärakademie, gaben allen ihren Kollegen Unrecht in einer Zuschrift, welche die gerade Aufsteigung und die Deklination des bewussten Körpers bestimmte.

Später stellte sich jedoch heraus, dass diese Beobachter einem Irrtume unterlegen waren und dass der betreffende Körper nur eine Feuerkugel gewesen war, welche durch die mittleren Luftschichten hinblitzte. Um diese Feuerkugel handelte es sich aber offenbar nicht. Wie könnte auch eine solche Feuerkugel eine Trompete geblasen haben?

Was nun die erwähnte Trompete anging, versuchte man vergeblich deren schmetternden Ton als eine einfache Gehörstäuschung hinzustellen. Jedenfalls hatten sich bei dieser Gelegenheit die Ohren der Leute ebenso wenig getäuscht, wie deren Augen. Unzählige Beobachter hatten vielmehr entschieden etwas gesehen und gleichzeitig gehört. In der sehr dunklen Nacht – vom 12. zum 13. Mai – war es den Beobachtern des Yale-Kollegs an der Hochschule von Sheffield sogar gelungen, einige Takte eines musikalischen Satzes in A-dur und im Vierteltakte in Noten zu fixieren, welche vollkommen mit einem Theile der Melodie des bekannten »Chant du départ« – eines Soldatenliedes beim Auszug zum Kampfe – übereinstimmten.

»Sehr schön! riefen dazu die Witzbolde, da hätten wir ja ein französisches Orchester, das seine Weisen mitten in der Luft ertönen lässt!«

Scherzen heißt aber nicht antworten. Diese Bemerkung machte auch das von der Atlantic Iron Works Company gegründete Observatorium zu Boston, dessen Anschauungen in Fragen der Astronomie und Meteorologie für die gelehrte Welt allmählich schon die Bedeutung von Gesetzen gewannen.

Ferner gab auch noch das, Dank der Freigebigkeit des Mr. Kilgoor im Jahre 1870 auf dem Berge Lookout entstandene Observatorium von Cincinnati eine Erklärung ab, jenes Institut, das sich durch seine mikrometrischen Messungen der Doppelsterne so vorteilhaft bekannt gemacht hat. Sein Direktor sprach sich in vollem guten Glauben dahin aus, dass den weitverbreiteten Gerüchten unzweifelhaft etwas zu Grunde liege, dass sich zu nahe aneinander liegenden Zeiten an sehr verschiedenen Stellen in der Atmosphäre ein in Bewegung befindlicher Körper zeige, dass über dessen Natur, Größenverhältnisse, Geschwindigkeit und Flugbahn aber kein Urteil möglich sei.

Da erhielt ein Journal von allergrößter Verbreitung, der New-York Herald, von einem Abonnenten folgende anonyme Mittheilung: »Noch dürfte der Wettkampf unvergessen sein, der vor einigen Jahren herrschte zwischen den beiden Erben der Begum von Ragginahra, dem französischen Arzt Sarrasin in seiner Stadt Franceville und dem deutschen Ingenieur Herrn Schulze in seiner Stadt Stahlstadt, welche Beide im südlichen Theile von Oregon, Vereinigte Staaten, angelegt waren.

»Man kann auch nicht vergessen haben, dass Herr Schulze in der Absicht, Franceville zu zerstören, ein ungeheures Geschoß, schon mehr eine Maschine, auf letztere Stadt schleuderte, welche dieselbe mit einem Schlage vernichten sollte.

»Noch weniger kann der Vergessenheit verfallen sein, dass dieses Geschoß, dessen Anfangsgeschwindigkeit beim Verlassen der Mündung der Monstrekanone falsch berechnet war, mit einer sechzehnmal größeren Geschwindigkeit, als gewöhnliche Geschosse – nämlich fünfzig Lieues in der Stunde – hinweg getragen wurde, dass es auf die Erde nicht niedergefallen ist und nach seinem Übergang in den Zustand etwa einer Feuerkugel noch jetzt um unseren Planeten kreist und in alle Ewigkeit kreisen muss.

»Warum sollte dieses Riesengeschoß, dessen Vorhandensein nicht anzuzweifeln ist, nicht der in Frage stehende Körper sein?«

Das war ja recht scharfsinnig von dem Abonnenten des New-York Herald ... aber die Trompete ...? In dem Projektil des Herrn Schulze hatte sich bestimmt keine Trompete befunden.

Alle bisherigen Erklärungen erklärten also nichts, alle Beobachter beobachteten einfach falsch.

Es blieb sonach nur noch die von dem Direktor von Zi-Ka-Wey aufgestellte Hypothese. Aber, mein Gott, der Mann war ja Chinese!

Man darf nicht etwa glauben, dass sich der Bevölkerung der Alten und der Neuen Welt endlich ein gewisser Überdruss bemächtigt hätte. Im Gegentheil, die Erörterungen dauerten in gleicher Lebhaftigkeit fort, ohne dass irgendwo eine Übereinstimmung erzielt wurde. Gleichwohl trat einmal eine Art Pause ein. Es vergingen nämlich einige Tage, ohne dass etwas von dem fraglichen Gegenstande, von der Feuerkugel oder was es sonst war, gemeldet wurde und ohne dass sich der bekannte Trompetenton aus der Luft hören ließ. War jener Körper also irgendwo auf die Erde niedergefallen, vielleicht an einem Punkte, der sein Wiederauffinden besonders erschwerte – etwa gar in's Meer? Lag er jetzt in der unendlichen

Tiefe des Atlantischen, des Pazifischen oder des Indischen Ozeans? Wer hätte das sagen können?

Da vollzog sich aber zwischen dem 2. und dem 9. Juni eine neue Reihe von Tatsachen, deren Erklärung durch die Annahme eines rein kosmischen Phänomens schlechterdings unmöglich war.

Im Laufe jener acht Tage fand man nämlich auf den entlegensten Punkten eine Fahne gerade an den schwerst zugänglichen Stellen von Kirchen u. s. w. befestigt; so wurden die Hamburger überrascht durch eine solche an der Spitze des Turmes von St. Michael, die Türken auf dem höchsten Minarett der heiligen Sophien-Moschee, die Einwohner von Rouen an der metallenen Turmspitze ihrer Kathedrale, die Straßburger am obersten Punkte des Münsters, die Amerikaner auf dem Kopfe ihrer Bildsäule der Freiheit am Eingange des Hafens und am Gipfel des Washington-Denkmals in Boston, die Chinesen an der Spitze des Tempels der fünfhundert Geister in Kanton, die Hindus am sechzehnten Stockwerk der Pyramide des Tempels zu Tanjur, die Römer am Kreuze des St. Peters-Domes, die Engländer am Kreuz der St. Pauls-Kirche in London, die Ägypter an der obersten Spitze der Pyramide von Gizeh, die Wiener an dem Reichsadler auf der Spitze des St. Stephansturmes, die Pariser am Blitzableiter des dreihundert Meter hohen eisernen Turmes der Ausstellung von 1889 und noch andere mehr.

Diese Fahne aber zeigte ein schwarzes Flaggentuch, das in der Mitte eine goldene Sonne und ringsum verstreut einzelne Sterne enthielt.

II.
IN WELCHEM DIE MITGLIEDER DES WELDON-INSTITUTS MIT EINANDER STREITEN, OHNE ZU EINER UEBEREINSTIMMUNG ZU GELANGEN.

»Und der Erste, der das Gegenteil behauptet ...

– Oho, das wird man behaupten, wenn ein Grund dafür vorliegt!

– Und auch trotz Ihrer Drohungen! ...

– Achten Sie auf Ihre Worte, Bat Fyn!

– Und Sie auf die Ihrigen, Onkel Prudent!

– Ich bleibe dabei, dass sich die Schraube nur am Hinterteil befinden darf!

– Wir auch! Wir auch! erschallten fünfzig Stimmen wie aus einer Kehle.

– Sie muss am Vorderteil sein! rief Phil Evans.

– Am Vorderteil! brüllten fünfzig andere Stimmen ebenso stark, wie jene früheren.

– Wir werden nie zu ein und derselben Ansicht kommen!

– Niemals! ... Niemals!

– Nun, warum streiten wir dann überhaupt noch?

– Das ist kein Streit ... es ist nur eine Erörterung!«

Das hätte freilich kein Mensch geglaubt, der die scharfe Entgegnung, die Vorwürfe und das Geschrei hörte, welche den Sitzungssaal seit einer guten Viertelstunde erfüllten.

Gedachter Saal war nämlich der größte des Weldon-Institutes ... und jenes vor allen berühmten Clubs in der Walnut Street zu Philadelphia, Pennsylvanien, Vereinigte Staaten von Nordamerika.

In genannter Stadt war es erst am Vortage bei Gelegenheit der Wahl eines Gaslaternenanzünders zu öffentlichen Kundgebungen, geräuschvollen Versammlungen und zu reichlich ausgeteilten Schlägen gekommen. Daher rührte eine noch nicht besänftigte Reizbarkeit und stammte wohl auch jene außergewöhnliche Erregung, welche die Mitglieder des Weldon-Instituts eben zeigten. Und hierbei handelte es sich nur um eine einfache Vereinigung von »Ballonisten«, welche über die noch heutigen Tages brennende Frage der Lenkbarkeit der Ballons verhandelten.

Der Vorgang aber spielte sich in einer Stadt der Vereinigten Staaten ab, welche an schneller Entwickelung selbst New-York, Chicago, Cincinnati und San Francisco überholt hat – einer Stadt, welche weder ein Hafenplatz, noch der Mittelpunkt von Petroleum- oder Steinkohlenbergwerken, auch kein Brennpunkt der Industrie, so wenig wie der Kreuzungspunkt eines vielstrahligen Bahnnetzes ist – in einer Stadt, die an Größe schon Manchester, Edinburgh, Liverpool, Wien, Petersburg und Dublin übertrifft – einer Stadt, die einen Park besitzt, in dem die sieben Parks der Hauptstadt von England zusammen Platz finden – einer Stadt endlich, welche jetzt nahezu 1,200.000 Einwohner zählt und sich nach London, Paris, New-York und Berlin als die fünfte Stadt der Welt betrachtet.

Philadelphia ist fast eine Stadt aus Marmor mit seinen vielen monumentalen Gebäuden und öffentlichen Anstalten, welche ihres Gleichen nirgends finden. Das bedeutendste aller Collegs der Neuen Welt ist das College Girard, und das hat seinen Sitz in Philadelphia. Die größte Eisenbrücke der Erde ist die, welche den Schuylkill überspannt, und diese befindet sich in Philadelphia. Der schönste Tempel der Freimaurerei ist der Maurertempel in Philadelphia; endlich besteht der größte Club von Freunden und Beförderern der Luftschifffahrt ebenfalls in Philadelphia, und wer Gelegenheit gehabt hätte, diesen am Abend des 12. Juni zu besuchen, der würde sich dabei ausgezeichnet unterhalten haben.

In erwähntem großen Saale bewegten, drängten sich, gestikulirten, sprachen, verhandelten und stritten – Alle den Hut auf dem Kopfe – wohl hundert Ballonisten unter dem hohen Vorsitz eines Präsidenten, dem ein Schriftführer und ein Schatzmeister zur Seite standen. Es waren das keine Ingenieurs von Fach; nein, einfache Liebhaber alles Dessen, was mit der Aerostatik in Beziehung stand, aber begeisterte Liebhaber, und vor Allem Feinde Derjenigen, welche den Aerostaten Apparate, »schwerer als die Luft«, fliegende Maschinen, Luftschiffe u. dgl. entgegenzustellen beabsichtigen. Dass diese wackeren Leute nimmermehr die Lenkbarkeit des Ballons erfinden würden, war gewiss mehr als wahrscheinlich. Auf jeden Fall hatte ihr Vorsitzender Not genug, um sie selbst gehörig zu lenken und zu leiten.

Dieser in Philadelphia sattsam bekannte Präsident war der Onkel Prudent – Prudent seinem Familiennamen nach. Was die weitere Bezeichnung »Onkel« betrifft, so braucht man sich in Amerika über diese nicht zu wundern, wo Jeder zum Onkel werden kann, ohne einen Neffen oder eine Nichte zu haben. Man sagt dort ebenso Onkel, wie anderwärts Vater von Leuten, welche auf eine Vaterschaft nicht den geringsten Anspruch haben.

Onkel Prudent war eine gewichtige Persönlichkeit und trotz seines Namens oft genannt gerade wegen seiner Kühnheit, daneben sehr reich, was selbst in den Vereinigten Staaten nicht von Nachtheil sein soll. Wie hätte er das auch nicht sein sollen, da er einen großen Teil der Niagarafall-Aktien sein eigen nannte? Jener Zeit hatte sich nämlich in Buffalo eine Gesellschaft von Ingenieuren zur Ausbeutung der berühmten Fälle gegründet. Die 7500 Kubikmeter, welche der Niagara jede Sekunde hinabwälzt, können 7 Millionen Dampfpferdekräfte erzeugen. Diese ungeheure, in einem Umkreise von 500 Kilometer nach allen Fabriken und Werkstätten verteilte Kraftmenge lieferte eine jährliche Ersparnis von 1200 Millionen Mark, von dem ein Teil in die Kassen der Gesellschaft – speziell in die Taschen des Onkel Prudent – zurückfloß. Übrigens war er Junggeselle, lebte höchst einfach und hatte als häuslichen persönlichen Beistand niemand Anderen, als seinen Diener Frycollin, der eigentlich am allerwenigsten verdiente, im Dienste eines so kühnen, unternehmenden Herrn zu stehen. Aber es gibt einmal Regelwidrigkeiten.

Dass der Onkel Prudent Freunde hatte, da er so reich war, versteht sich ja von selbst; aber er hatte auch Feinde, weil er Vorsitzender jenes Clubs war – unter Allen alle die, welche selbst nach diesem Amte strebten; und als der hitzigsten Einer ist hier der Schriftführer des Weldon-Institutes zu erwähnen.

Es war das der ebenfalls sehr reiche Phil Evans, der Direktor der Walton Watch Company, einer gewaltigen Uhrenfabrik, welche tagtäglich 500 Stück Zeitmesser erzeugt und Produkte liefert, die sich den besten der Schweiz an die Seite stellen können. Phil Evans hätte also für einen der glücklichen Menschen der Welt selbst in den Vereinigten Staaten gelten können, wenn man von jener Stellung des Onkel Prudent absah. Wie letzterer, war auch er 45 Jahre alt, von scheinbar unerschütterlicher Gesundheit, wie jener von unzweifelhafter Kühnheit, und sorgte er sich wenig darum, die gewissen Vorzüge des Junggesellenstandes gegen die oft zweifelhaften Vorteile der Ehe zu vertauschen. Wahrlich, das waren zwei Männer, wie geschaffen, einander zu verstehen, die sich doch nicht verstanden, und Beide, was wohl zu bemerken ist, von ungemein stark entwickeltem Charakter, der Eine, Onkel Prudent, hitzig, der Andere, Phil Evans, eiskalt bis zum Übermaße.

Und woher kam es, dass Phil Evans nicht zum Vorsitzenden des Clubs ernannt worden war? Die Stimmenzahl für Onkel Prudent und für ihn war die genau gleiche gewesen. Wohl zwanzig Mal wurde die Abstimmung wiederholt, aber auch zwanzig Mal ergab sich eine Majorität weder für den Einen, noch für den Anderen. Das war eine peinliche Lage, welche wahrscheinlich die Lebenszeit der beiden Kandidaten hätte überdauern können.

Da schlug ein Mitglied des Clubs ein Mittel vor, die Stimmengleichheit aufzuheben. Es war Jem Cip, der Schatzmeister des Weldon-Institutes. Jem Cip war eingefleischter Vegetarianer, mit anderen Worten, ausschließlicher Gemüseesser, einer der Leute, die jede Fleischnahrung, wie alle gegorenen Getränke verwarfen – halb Brahmanen und halb Muselmänner – der Rivale eines Nievmann, Pitmann, Ward und Davie, welche der Sekte dieser unschuldigen Toren einen gewissen Namen gemacht haben.

Bei vorliegender Gelegenheit wurde Jem Cip von einem anderen Mitglied des Clubs unterstützt, von William T. Forbes, dem Direktor einer großen Anstalt, in der Glucose durch Behandlung von Lumpen mit Schwefelsäure hergestellt wurde – ein Verfahren, nach dem man also Zucker aus alter Wäsche zu erzeugen vermag. Es war ein gut situierter Mann, dieser William T. Forbes, und Vater von zwei reizenden, bejahrteren Töchtern, der Miss Dorothee, genannt Doll, und der Miss Martha, genannt Mat, die in der besten Gesellschaft von Philadelphia den Ton angaben.

Der von William T. Forbes nebst einigen anderen unterstützte Vorschlag Jem Cip's ging nun dahin, den Vorsitzenden des Clubs durch den Mittelpunkt zu bestimmen.

Wahrlich, dieser Wahlmodus könnte in allen Fällen angewendet werden, wo es sich darum handelt, den Würdigsten zu erwählen, und sehr viele, höchst vernünftige Amerikaner dachten auch schon daran, denselben bei der Ernennung des Präsidenten der Vereinigten Staaten zur Anwendung zu bringen.

Auf zwei tadellos weiße Tafeln wurde hierzu je eine schwarze Linie gezogen. Die Länge beider war mathematisch genau die gleiche, denn man hatte dieselbe mit ebenso viel Sorgfalt abgemessen, als handelte es sich dabei um die Grundlinien des ersten Dreiecks einer Triangulationsarbeit. Hierauf wurden beide Tafeln am nämlichen Tage inmitten des Sitzungssaales der Gesellschaft aufgestellt; die beiden Wettbewerber versahen sich Jeder mit einer sehr feinspitzigen Nadel und gingen wieder gleichzeitig auf die, Jedem durch das Loos zugefallene Tafel zu. Derjenige der beiden Rivalen aber, welcher seine Nadel am nächsten dem Mittelpunkte der Linie einstechen würde, sollte damit zum Vorsitzenden des Weldon-Institutes gewählt sein.

Es versteht sich von selbst, dass hierbei jedes Hilfsmittel, jedes Umhertappen verboten und nur die Sicherheit des Blicks entscheidend war. Es galt, nach volkstümlichem Ausdruck, den Zirkel im Auge zu haben.

Onkel Prudent stach seine Nadel ein und zu gleicher Zeit Phil Evans. Darauf wurde nachgemessen, welcher der beiden Konkurrenten sich dem Mittelpunkte am meisten genähert hatte.

Welches Wunder! Die beiden Männer hatten so vortreffliches Augenmaß entwickelt, dass die Messungen keinen schätzenswerten Unterschied ergaben. War von ihnen auch nicht genau der mathematische Mittelpunkt getroffen worden, so erwies sich der Raum zwischen diesem und den beiden Nadeln kaum merkbar und schien bei beiden obendrein noch gleich groß zu sein.

Die Versammlung befand sich nun in neuer Verlegenheit.

Zum Glück bestand eines der Mitglieder, Truk Milnor, darauf, die Messungen mit Hilfe eines mit Perreaux' mikrometischer Maschine geteilten Lineals noch einmal vorzunehmen, welche die Möglichkeit gewährt noch ein Fünfzehnhundertstel eines Millimeters abzulesen. Auf dem Lineal waren in der That fünfzehnhundert Abtheilungen auf einem solchen kleinen Raum mittelst Diamant eingeritzt, und bei Abmessung der Entfernung der Stiche von den betreffenden Mittelpunkten erhielt man folgendes Resultat:

Onkel Prudent hatte sich dem Mittelpunkt auf weniger als sechs fünfzehnhundertstel Millimeter genähert, Phil Evans auf nahezu neun fünfzehnhundertstel.

Daher kam es, dass Phil Evans nur Schriftführer des Weldon-Institutes wurde, während Onkel Prudent die Würde des Präsidenten desselben erhielt.

Einer Entfernung von drei fünfzehnhundertstel, mehr hatte es nicht bedurft, um Phil Evans mit Hass gegen Onkel Prudent zu erfüllen, mit einem Hass, der, wenn er ihn auch in sich verschloss, doch nicht minder grimmig war.

Jener Zeit, und zwar seit dem letzten Viertel dieses neunzehnten Jahrhunderts, hatte die Frage der lenkbaren Ballons immerhin schon einige Fortschritte zu verzeichnen, die mit Triebschraube ausgerüsteten Gondeln, welche Henry Giffard 1852 an seinem verlängerten Ballon anbrachte, ferner Dupuy de Lôme, 1872, die Gebrüder Tissandier 1883 und die Kapitäne Krebs und Renard im Jahre 1884 hatten mindestens einige Ergebnisse erzielt, denen man Rechnung tragen musste.

Doch wenn diese Apparate in einem schwereren Medium als sie selbst, unter dem Drucke einer Schraube manövrierend, eine schräge Richtung gegen den Wind einhielten, sogar gegen einen widrigen Luftzug aufkamen, um nach ihrem Ausgangspunkt zurückzukehren, also wirklich gelenkt worden waren, so konnte das doch nur unter ganz besonders günstigen Umständen erreicht werden. In großen, geschlossenen ausgedehnten Hallen allerdings! In recht ruhiger Atmosphäre – das ging auch noch recht gut. Bei einem leichten Winde von fünf bis sechs Meter in der Sekunde war es vielleicht eben noch zu erzwingen – Alles in Allem hatte man eigentlich praktisch verwendbare Resultate aber noch nicht erzielt. Gegen einen Windmühlenwind von acht Metern in der Sekunde würden jene Apparate nahezu stationär geblieben sein; vor einer frischen Brise von zehn Metern in der Sekunde hätten sie in Gefahr geschwebt, zerrissen zu werden; und bei einer jener Zyklonen, welche hundert Meter in der Sekunde überschreiten, würde man von ihnen kein Stückchen wieder gefunden haben.

Selbst nach den scheinbar glänzend gelungenen Versuchen der Kapitäne Krebs und Renard dürfte als bewiesen angesehen werden, dass die Aerostaten, wenn sie an Bewegungsfähigkeit auch ein wenig gewonnen hatten, mit dieser doch gerade nur gegen eine schwache Brise aufzukommen vermochten. Es war also nach wie vor als unmöglich zu betrachten, diese Art der Fortbewegung durch die Luft praktisch zu verwenden.

Während man sich aber so eifrig mit dem Problem der Lenkbarkeit der Aerostaten, das heißt mit den Mitteln beschäftigte, diesen eine eigene Geschwindigkeit zu verleihen, hatte die Frage der Motoren unzweifelhaft weit schnellere Fortschritte gemacht. An Stelle der Dampfmaschinen und der Verwendung der bloßen Muskelkraft waren allmählich die elektrischen Motore getreten. Die Batterien mit doppeltchromsaurem Natron, deren Elemente auf hohe Spannung angeordnet waren, wie sie die Gebrüder Tissandier benützten, erzielten eine Schnelligkeit von etwa vier Metern in der Sekunde. Die zwölf Pferdekraft entwickelnden dynamo-elektrischen Maschinen der Kapitäne Krebs und Renard gestatteten, eine Geschwindigkeit von im Mittel sechs Meter in der Sekunde zu erreichen.

Bei ihren Versuchen waren Mechaniker und Elektriker bestrebt gewesen, sich dem frommen Wunsche zu nähern, eine »Dampfpferdekraft in einem Taschenuhrgehäuse« zu erzeugen. Die Effekte der Säule, deren Zusammensetzung die Kapitäne Krebs und Renard geheim gehalten hatten, wurden ebenfalls bald übertroffen, und nach ihnen fanden die Aeronauten Gelegenheit, Motore zu verwenden, deren Leichtigkeit im gleichen Verhältnis mit ihrer Kraftwirkung wuchs.

Die Anhänger der Möglichkeit einer Lenkbarkeit der Ballons hatten also gewiss Ursache, ihren Muth aufrecht zu erhalten, und doch, wie viele klare Köpfe haben es verworfen, an die Benützung solcher zu glauben. In der That, wenn der Aerostat einen Angriffspunkt der ihm innewohnenden Kraft in der Luft findet, so ist er doch mit seiner großen Masse in diese eingetaucht. Und wie könnte derselbe, da er wieder den Strömungen der Atmosphäre eine so breite Angriffsfläche bietet, jemals, und wenn sein Triebwerk noch so mächtig wäre, direct gegen einen widrigen Wind aufkommen?

Diese Frage lag noch immer vor, man hoffte dieselbe jedoch durch Anwendung sehr großer Apparate zu lösen.

Es ergab sich übrigens, dass bei diesem Wettstreite der Erfinder in der Herstellung eines sehr kräftigen und dennoch leichten Motors die Amerikaner sich dem gewünschten Ziele am meisten genähert hatten. Ein auf der Anwendung einer neuen Säule beruhender dynamo-elektrischer Apparat, dessen Construction vorläufig noch Geheimnis blieb, war seinem Erfinder, einem bisher unbekannten Chemiker in Boston, abgekauft worden. Mit größter Sorgfalt durchgeführte Berechnungen und mit äußerster Genauigkeit entworfene Diagramme ergaben, dass dieser Apparat, wenn er auf eine Schraube von angepasster Größe wirkte, eine Fortbewegung von achtzehn bis zwanzig Metern in der Sekunde gewährleisten musste.

Wahrlich, das wäre großartig gewesen!

»Und das Ding ist nicht teuer!« hatte Onkel Prudent hinzu gesetzt, als er dem Erfinder gegen regelrecht ausgefüllte Quittung das letzte Päckchen von hunderttausend Papierdollars einhändigte, mit dem man ihm seine Erfindung bezahlte.

Unverzüglich ging das Weldon-Institut an's Werk. Handelt es sich um ein Versuchsunternehmen, das irgendwelchen praktischen Nutzen verspricht, so wird das Geld in amerikanischen Taschen stets leicht locker. Die nötigen Mittel strömten zusammen, so dass selbst die Gründung einer Aktiengesellschaft umgangen werden konnte. Dreihunderttausend Dollars (also 600.000 fl. = $1^1/_5$ Millionen Mark) füllten gleich nach dem ersten Aufruf die Kassen des Clubs. Die Arbeiten begannen unter Leitung des hervorragendsten Luftschiffers der Vereinigten Staaten, Harry W. Tinder's, der sich unter tausend Anderen vorzüglich durch drei kühne Fahrten berühmt gemacht hat: die eine, bei der er sich bis 12000 Meter erhob, d. h. höher aufstieg, als Gay-Lussac, Coxwell, Sivel, Crocé-Spinelli, Tissandier, Glaisher; die zweite, während der er ganz Amerika von New-York bis San Francisco überflog und um mehrere hundert Lieues die längste Reise Nadar's, Godard's und vieler Anderen hinter sich ließ, ohne John Wise zu rechnen, der von St. Louis bis nach der Grafschaft Jefferson elfhundertfünfzig Meilen zurückgelegt hatte; die dritte endlich, welche mit einem furchtbaren Sturze aus der Höhe von fünfzehnhundert Fuß endigte, bei dem er sich doch nur den rechten Daumen verstauchte, während der minder vom Glücke begünstigte Pilâtre de Rozier bei einem Sturze von nur siebenhundert Fuß augenblicklich den Tod fand.

Zurzeit, mit der diese Erzählung beginnt, konnte man schon beurteilen, dass das Weldon-Institut die Angelegenheit kräftig gefördert hatte. In den Turner-Werften zu Philadelphia erhob sich schon ein ungeheurer Aerostat, dessen Haltbarkeit durch Füllung mit stark komprimierter Luft geprüft werden sollte. Vor Allem würde dieser den Namen eines Monstre-Ballons verdienen.

Wie viel fasste der Géant Nadar's? Sechstausend Kubikmeter. Wie viel der Ballon John Wise's? Zwanzigtausend Kubikmeter. Welchen Fassungsraum hatte der Ballon Giffard auf der Ausstellung von 1878? Fünfundzwanzigtausend Kubikmeter bei achtzehn Meter Halbmesser. Vergleicht man diese drei Aerostaten mit dem des Weldon-Institutes, dessen Volumen vierzigtausend Kubikmeter betrug, so begreift man leicht, dass Onkel Prudent und seine Clubgenossen einigermaßen Recht hatten, sich vor Stolz aufzublähen.

Dieser Ballon, der nicht dazu bestimmt war, die höchsten Schichten der Atmosphäre zu erreichen, nannte sich nicht »Excelsior«, eine Bezeichnung, welche sonst bei den Amerikanern sehr beliebt ist, nein, er war einfach »Go a head«, d. h. »Vorwärts« getauft, und es erübrigte also nur noch, dass er seinen Namen rechtfertigte, indem er den Befehlen seines Kapitäns allenthalben gehorchte.

Jener Zeit war die dynamo-elektrische Maschine nach dem vom Weldon-Institute angekauften Patente fast vollendet und man durfte darauf rechnen, dass der »Go a head« seinen Flug durch das Luftmeer begonnen haben werde.

Immerhin waren bekanntlich alle mechanischen Schwierigkeiten noch nicht überwunden.

Sehr viele Sitzungen waren zu diesem Zwecke abgehalten worden, nicht etwa die Form der Schraube oder deren Größenverhältnisse festzustellen, sondern um die Frage zu entscheiden, ob dieselbe am Hinterteil des großen Apparates angebracht werden sollte, wie die Gebrüder Tissandier wollten, oder am Vorderteile, wie es die Kapitäne Krebs und Renard schon getan hatten. Es bedarf kaum der Erwähnung, dass die Vertreter dieser beiden Ansichten bei den bezüglichen Verhandlungen darüber fast handgemein wurden. Die Gruppe der »Vordermänner« glich an Zahl genau der der »Hintermänner.« Onkel Prudent, dessen Stimme bei sonstiger Stimmengleichheit die entscheidende gewesen wäre, Onkel Prudent, der unzweifelhaft aus der Schule des Professors Buridan hervorgegangen war, vermied es klüglich, sich zu äußern.

Bei der Unmöglichkeit, ein Einverständnis herbeizuführen, war es natürlich auch unmöglich, die Schraube an Ort und Stelle zu setzen. Das konnte demnach lange dauern, wenn sich nicht etwa die Regierung in's Mittel legte. In den Vereinigten Staaten liebt es die Regierung aber bekanntlich nicht, sich in Privatangelegenheiten einzumischen oder um das zu kümmern, was sie nicht direct angeht. Damit hat sie gewiss ganz Recht.

So war die Sachlage, und die Sitzung vom 13. Juni schien gar nicht endigen oder vielmehr nur in einen ungeheuren Tumult auslaufen zu wollen – der wie gewöhnlich mit Injurien begann, sich mit Faustschlägen fortsetzte, dann zu Stockschlägen überging und mit dem Knallen der Revolver abschloss – als ein Zwischenfall um acht Uhr siebenunddreißig Minuten diesen beliebten Verlauf störte.

Kalt und gemessen, wie ein Polizist inmitten der stürmischen Wogen einer Volksversammlung, hatte sich der Türsteher des Weldon-Instituts genähert und dem Vorsitzenden eine Karte eingehändigt. Er erwartete eben noch die Befehle, welche der Onkel Prudent ihm zu erteilen haben könnte.

Onkel Prudent ließ die Dampftrompete ertönen, die ihm als Präsidentenglocke diente, denn hier hätte, um durchzudringen, nicht einmal die große Glocke des Kremls hingereicht. Nichtsdestoweniger nahm der Lärm nur noch zu. Da »entblößte der Präsident den Kopf« und Dank diesem allerletzten Hilfsmittel entstand wenigstens eine leidliche Ruhe.

»Eine Mittheilung an den Club! rief Onkel Prudent, nachdem er sich eine Prise aus der ungeheuren Dose, die ihn niemals verließ, zugelangt.

– Reden Sie! Reden Sie! antworteten neunundneunzig Stimmen, die hierüber zufällig einer Meinung waren.

– Ein Fremdling, geehrte Kollegen, wünscht in unseren Sitzungssaal Eintritt zu erhalten.

– Nimmermehr! widersetzten sich alle Stimmen.

– Er wünscht uns, fuhr Onkel Prudent fort, allem Anscheine nach den Beweis zu liefern, dass es der gräulichste Wahnwitz sei, an die Lenkbarkeit von Ballons zu glauben.«

Allgemeines Murren beantwortete diese Erklärung.

»Herein, herein mit ihm!

– Wie nennt sich denn diese merkwürdige Persönlichkeit? fragte der Schriftführer Phil Evans.

– Robur, antwortete Onkel Prudent.

– Robur! ... Robur! ... Robur!« heulte die ganze Versammlung.

Und wenn bei Nennung dieses eigentümlichen Namens der Träger desselben so schnell Zulassung fand, geschah es eigentlich nur, weil das ganze Weldon-Institut sich Hoffnung machte, auf den Mann den Überschuss seiner Erbitterung abzuschütteln.

Der Sturm hatte sich also einen Augenblick gelegt – wenigstens scheinbar. Wie könnte übrigens ein Sturm so schnell vorübergehen bei einem Volk, welches jeden Monat zwei bis drei solcher nach Europa unter der Form von Wirbelwinden entsendet?

III.
IN DEM EINE NEUE PERSÖNLICHKEIT NICHT BESONDERS VORGESTELLT ZU WERDEN BRAUCHT, DA SIE DAS SELBST BESORGT.

»Bürger der Vereinigten Staaten, ich heiße Robur und bin dieses Namens würdig. Trotz meiner vierzig Jahre sehe ich aus wie dreißig, habe eine eiserne Konstitution, eine unerschütterliche Gesundheit, hervorragende Muskelkraft und einen Magen, der selbst in der Welt der Strauße als vorzüglich gelten würde.«

Die Versammlung lauschte. Jedes Geräusch hatte vorläufig aufgehört, als man diese unerwartete Vorrede »pro facie sua« vernahm. War es ein Narr oder ein Spötter, diese Persönlichkeit? Wie dem auch sein mochte, er machte Eindruck und wusste sich diesen zu erzwingen. Jetzt ging kein Lufthauch durch diese Menge, in der doch kurz vorher ein Orkan wütete. Die Windstille nach der hohen See.

Überdies schien Robur wirklich der Mann zu sein, für den er sich ausgab. Von mittlerer Größe mit geometrischer Gestalt, ein regelmäßiges Trapez bildend, deren größte Parallelseite von der Schulterbreite ausgefüllt wurde; auf dieser Linie saß wieder auf einem kräftigen Halse ein gewaltiger sphäroidaler Kopf. Welchem Dickkopfe mochte derselbe zu vergleichen sein? Dem eines Stieres, aber eines Stieres mit hochintelligentem Gesicht. Darin funkelten ein paar Augen, welche der geringste Widerspruch sicherlich in volle Glut versetzte, und über letzteren waren die Augenbrauenmuskeln – ein Zeichen entwickelter Energie – fortwährend zusammengezogen. Die Haare des Mannes waren kurz, etwas kraus und von metallischem Glanze, als trüge er ein Toupet von eisernem Stroh; seine breite Brust hob und senkte sich mit Bewegungen gleich einem Schmiedeblasebalg. Arme und Hände, Beine und Füße erwiesen sich des Rumpfes völlig würdig.

Schnurr- und Backenbart sah man bei ihm nicht, nur einen starken Seemanns-Kinnbart nach amerikanischer Mode, der die Anhaftepunkte der Kinnlade frei ließ, deren Kaumuskeln eine furchtbare Kraft entwickeln mussten. Man hat berechnet – was berechnet man denn nicht? – dass der Druck der Kinnlade des Krokodils unter gewöhnlichen Umständen dem von vierhundert Atmosphären gleich kommt, während der eines Jagdhundes von mittlerer Größe hundert erreichen soll. Daraus hat man auch folgende merkwürdige Formel abgeleitet: wenn ein Kilogramm Hund acht Kilogramm Muskelkraft entwickelt, so entwickelt ein

Kilogramm Krokodil deren zwölf. Nun, ein Kilogramm des genannten Robur hätte deren gewiss zehn entwickelt. Er hielt also zwischen Hund und Krokodil in dieser Beziehung die Mitte.

Aus welchem Lande dieses merkwürdige Menschenkind stammte, hätte man nur schwer erraten können. Jedenfalls drückte sich der Mann ganz geläufig englisch aus und ohne jenen schleppenden Tonfall, der den Yankee von Neu-England auszeichnet.

Er fuhr folgendermaßen fort:

»Nun lassen Sie mich auch von meinen anderen Eigenschaften sprechen, ehrenwerte Bürger. Sie sehen vor sich einen Ingenieur, dessen geistige Natur seiner körperlichen nicht nachsteht. Ich fürchte mich vor Nichts und vor Niemand; besitze eine Willenskraft, die noch nie vor einem anderen gewichen ist. Hab' ich mir einmal ein Ziel gesetzt, so würde ganz Amerika, ja die ganze Welt sich vergeblich verbünden, mich von Erreichung desselben abzuhalten. Hab' ich einen Gedanken, so erwarte ich, dass Andere ihn teilen, und vertrage keinen Widerspruch. Ich betone diese Einzelheiten, ehrenwerte Bürger, weil Sie mich gründlich kennen lernen müssen. Sie finden vielleicht, dass ich zu viel von mir selbst spreche? Tut nichts! Jetzt aber überlegen Sie sich Alles, ehe Sie mich unterbrechen, denn ich bin hierhergekommen, Ihnen Dinge zu sagen, welche Ihnen vielleicht nicht recht gefallen dürften.«

Ein Grollen wie das der Brandung lief längs der ersten Bänke des Saales hin, ein Zeichen, dass das Meer bald wieder hoch aufwogen werde.

»Reden Sie, ehrenwerter Fremdling,« begnügte sich Onkel Prudent, der Mühe hatte, seine Ruhe zu bewahren, auf diese Ansprache zu antworten.

Und Robur sprach wie vorher, ohne sich irgendwie um Beifall oder Missfallen seiner Zuhörer zu kümmern.

»Ja wohl, ich weiß Alles! Nach einem Jahrhundert andauernder Experimente, die zu Nichts geführt, nach Versuchen, die ergebnislos verliefen, gibt es noch immer verkehrt beanlagte Geister, welche hartnäckig an die Lenkbarkeit von Ballons glauben. Sie erdenken irgendeinen Motor, einen elektrischen oder einen anderen, der an ihre anspruchsvollen, dünnen Hüllen angebracht wurde, welche letztere den atmosphärischen Strömungen so breite Angriffsflächen darbieten. Sie bildeten sich ein, Beherrscher eines Aerostaten werden zu können, wie man etwa ein Schiff auf der Oberfläche des Meeres beherrscht. Weil einige Erfinder bei ganz oder doch fast ganz stiller Witterung den Erfolg gehabt haben, entweder schief durch den Wind oder einer ganz leichten Brise entgegen zu fahren, deshalb sollte die Lenkbarkeit von Apparaten, welche leichter sind, als die Luft, zu praktischen Erfolgen führen? O gehen Sie! Sie sind hier an hundert Männer, die an die Verwirklichung ihrer Träume glauben und viele Tausende von Dollars nicht in's Wasser, aber in die Luft werfen. Ich sage Ihnen, das heißt gegen eine Unmöglichkeit kämpfen!«

Wunderbar, die Mitglieder des Weldon-Instituts sagten gegenüber dieser Behauptung jetzt kein Wort, als wären sie ebenso taub wie langmütig geworden, oder hielten sie nur an sich, um zu sehen, wie weit dieser kühne Widersacher zu gehen wagen würde?

Robur fuhr fort:

»Nehmen wir einen Ballon. Um ein Kilogramm an Gewicht zu verlieren, muss derselbe ein Kubikmeter Gas aufnehmen. Ein Ballon, der den Anspruch macht, mit Hilfe seines Mechanismus dem Winde zu widerstehen, wenn der Druck einer steifen Brise auf das Großsegel eines Schiffes der Kraft von 400 Pferden gleichkommt, wenn man bei dem Unglücksfalle mit der Taybrücke gesehen hat, dass ein Orkan einen Druck von 444 Kilogramm auf den Quadratmeter auszuüben im Stande ist! Ein Ballon, wo die Natur doch niemals ein fliegendes Geschöpf nach diesem System geschaffen hat, ob dasselbe nun mit Flügeln, wie die Vögel, oder mit Membranen, wie gewisse Fische und Säugetiere, ausgerüstet wurden...

– Säugetiere? rief eines der Mitglieder des Clubs.

– Gewiss, die Fledermaus, welche ja auch fliegt, wenn ich nicht irre. Sollte der Herr, welcher mich unterbrach, wirklich nicht wissen, dass die Fledermaus ein Säugetier ist, oder hat er jemals eine Omelette aus Fledermauseiern bereiten sehen?«

Darauf hielt der Heimgeschickte seine Unterbrechungen ferner für sich, Robur dagegen fuhr mit demselben Eifer fort:

»Wäre damit aber gesagt, dass der Mensch darauf verzichten müsse, das Luftmeer zu beherrschen und durch Nutzbarmachung dieses wunderbaren Beförderungsmittels die Zustände der alternden Welt umzuwandeln? Gewiss nicht! So wie er der Herr der Meere geworden durch das Schiff mit Ruder, Segel, Rad oder Schraube, so wird er auch zum Herrn der Luft werden durch Apparate, welche schwerer sind als diese, denn unbedingt müssen jene schwerer sein, um mächtiger sein zu können.«

Jetzt war in der Versammlung aber kein Halten mehr. Welche Breitseite von Zurufen donnerte aus jedem Munde, die alle auf Robur zielten, wie ebenso viele Gewehrläufe oder Kanonenrohre! Sollten sie nicht antworten auf solch' offenbare, in's Lager der Ballonisten geschleuderte Kriegserklärung? Wurde hiermit nicht der Kampf zwischen dem »leichter« und »schwerer als die Luft« ausgesprochener Maßen wieder aufgenommen?

Robur verzog keine Miene. Die Arme über der Brust gekreuzt wartete er es regungslos ab, bis wieder Ruhe eingetreten war.

Onkel Prudent befahl durch eine Handbewegung, das Feuer einzustellen.

»Ja, fuhr Robur fort, die Zukunft gehört den Flugmaschinen. Die Luft bietet den hinreichenden, soliden Stützpunkt. Man verleihe einer Säule dieses Mediums eine aufsteigende Bewegung von 45 Meter in der Sekunde, und ein Mensch würde sich schon oberhalb derselben erhalten, wenn die Sohlen seiner Schuhe nur ein Achtel Quadratmeter Oberfläche böten. Würde die Geschwindigkeit der Luftsäule auf 90 Meter gesteigert, so könnte er mit bloßen Füßen darauf gehen. Treibt man nun durch die Flügel einer archimedischen Schraube eine Luftmasse mit derselben Schnelligkeit fort, so erzielt man dasselbe Resultat.«

Was Robur hier sagte, hatten vor ihm alle Anhänger der sogenannten Aviation ausgesprochen, deren Arbeiten langsam, aber sicher zur Lösung des vorliegenden Problems zu führen versprechen.

Die Ehre, diese einfachen Gedanken verbreitet zu haben, kommt Ponton d'Annécourt, La Landelle, Nadar, Luzi, Louvrie, Liais, Bélégnic, Moreau, den beiden Richard, Babinet, Jobert, Du Temple, Salives, Penaud, De Villeneuve, Gauchol und Tatin, Michel Loup, Edison, Planavergue und noch einer Menge anderer Männer zu. Mehrmals aufgegeben und wieder aufgenommen, musste denselben doch eines Tages der Sieg zu Teil werden. Und hatten von dieser Seite die Feinde der Aviation, welche behaupteten, dass der Vogel nur durch Erwärmung der Luft, mit der er sich aufbläht, fliege, auf Antwort warten müssen? Hatten die Erstgenannten nicht vielmehr nachgewiesen, dass ein 5 Kilogramm wiegender Adler sich hätte mit 50 Kubikmeter jenes erwärmten Fluidums anfüllen müssen, um sich dadurch allein frei schwebend zu erhalten?

Ganz dasselbe wies auch hier Robur mit unerbittlicher Logik nach, aber inmitten eines Heidenlärmes, der sich von allen Seiten erhob. Zum Schluss warf er den Ballonisten noch folgende Worte in's Gesicht:

»Mit Ihren Aerostaten können Sie nichts ausrichten, werden Sie zu nichts kommen und niemals etwas wagen dürfen. Der kühnste Ihrer Aeronauten, John Wise, musste, obwohl er schon eine Luftreise von 1200 Meilen über das Festland Amerikas zurückgelegt hatte, doch auf die Absicht, über den atlantischen Ozean zu fahren, verzichten. Und seit jener

Zeit sind Sie um keinen Schritt, um keinen einzigen auf diesem Wege vorwärts gekommen.

– Mein Herr, begann da der Vorsitzende, der sich vergeblich bemühte, ruhig zu bleiben, Sie vergessen offenbar, was unser unsterblicher Franklin ausgesprochen hat, als die erste Mongolfière aufstieg, also zur Zeit der Geburt des Ballons. »Jetzt ist das nur ein Kind, aber es wird wachsen!« lautete seine Prophezeiung, und es ist gewachsen!

– Nein, Herr Präsident, nein, es ist nicht gewachsen ... es ist nur größer und dicker geworden, und das ist nicht das Nämliche«.

Das war ein direkter Angriff gegen die Pläne des Weldon-Instituts, welches die Herstellung eines Monstre-Ballons beschlossen, unterstützt und betrieben hatte. Sofort kreuzten sich denn auch ziemlich bedrohliche Ausrufe in dem geräumigen Saale, wie:

»Nieder mit dem Eindringling!

– Werft ihn von der Tribüne herunter!

– Um ihm zu beweisen, dass er schwerer ist als die Luft!«

Und Ähnliches mehr.

Man begnügte sich indessen noch mit Worten, ohne zu Tätlichkeiten überzugehen. Robur konnte also noch einmal seine Stimme erheben und laut hinausrufen:

»Fortschritte, Bürger Ballonisten, sind nicht mit dem Aerostaten, sondern nur mit fliegenden Maschinen zu erwarten. Der Vogel fliegt auch, und der ist kein Ballon, sondern ein Mechanismus! ...

– Ja er fliegt wohl, schrie der vor Zorn keuchende Bat T. Fyn, aber er fliegt gegen alle Regeln der Mechanik.

– Ach so!« erwiderte Robur, die Achseln zuckend.

Dann fuhr er fort:

»Seit man den Flug der größeren und kleineren fliegenden Tiere genau beobachtet hat, ist folgender sehr einfache Gedanke in den Vordergrund getreten: Es gilt auch hier die Natur nachzuahmen, denn diese täuscht sich niemals. Zwischen dem Albatros, der kaum zehn Flügelschläge in der Minute macht, und dem Pelikan, der siebzig macht ...

– Einundsiebzig! rief eine schnarrende Stimme.

– Und der Biene, bei der man hundertzweiundneunzig in der Sekunde zählte ...

– Hundertdreiundneunzig! rief ein Anderer aus Scherz.

– Und der Stubenfliege, welche dreihundertunddreißig fertig bringt ...

– Dreihundertdreißigundeinhalb!

– Und dem Mosquito, der Millionen macht ...

– Nein ... Milliarden!«

Robur ließ sich durch alle diese Einreden nicht außer Fassung bringen.

»Zwischen diesen verschiedenen Zahlen ... nahm er wieder das Wort.

– Ist ein großer Unterschied! ließ sich eine Stimme hören.

... Wird man die richtige wählen müssen, um eine praktische Lösung der Aufgabe zu finden. Schon an dem Tage, wo De Lucy nachweisen konnte, dass der Hirschkäfer, jenes Insekt, welches nur zwei Gramm wiegt, ein Gewicht von vierhundert Gramm, d. h. zweihundert Mal so viel wie sein eigenes Gewicht, aufzuheben vermochte, war eigentlich das Problem der Aviation gelöst. Außerdem wurde nachgewiesen, dass die Flächenausdehnung der Flügel in gleichem Verhältnis abnimmt, wie die Größe und das Gewicht des Tieres zunehmen. Seitdem hat man schon mehr als sechzig verschiedene Apparate erdacht oder auch ausgeführt ...

– Die noch niemals haben fliegen können! rief der Schriftführer Phil Evans.

– Welche geflogen sind oder noch fliegen werden, antwortete Robur, ohne sich irre machen zu lassen. Ob man sie nun Streophoren, Helicopteren, Orthopteren nennt, oder ihrem Namen nach dem lateinischen »navis« die Silbe »nef« anhängt, meinetwegen auch nach dem Worte »avis« die Silbe »efs« – jedenfalls kommt man zu dem Apparate, dessen endliche Herstellung den Menschen zum Herren des Luftmeeres machen muss.

– Aha, die Schraube! warf Phil Evans ein. Der Vogel hat aber keine Schraube ... soweit man das weiß!

– Zugegeben, erwiderte Robur, wie Penaud gezeigt hat, arbeitet eigentlich der Vogel selbst als solche und ist seinem Fluge nach Helicoptere, darum ist auch die Schraube der Motor der Zukunft ...

... »Vor solchem Übel, Heilige Helice, behüte uns!« ...

trällerte einer der Zuhörer, der zufällig dieses Motiv aus Hérold's Zampa im Kopfe behalten hatte.

Alle wiederholten den Refrain im Chor und mit Intonationen, bei denen sich der Komponist sicher im Grabe herumdrehte.

Dann, als die letzten Töne in einem entsetzlichen Durcheinander verhallten, glaubte Onkel Prudent unter Benützung eines augenblicklichen Stillschweigens sagen zu müssen:

»Bürger Fremdling, bis hierher haben wir Sie reden lassen, ohne Sie zu unterbrechen ...«

Es scheint demnach, als ob der Vorsitzende des Weldon-Instituts die früheren Einwürfe, die Zwischenrufe, das tolle Durcheinander nicht für Unterbrechungen, sondern nur für einfachen Meinungsaustausch hielt.

»Jedenfalls, fuhr er fort, muss ich Sie daran erinnern, dass die Theorie der Aviation schon im Voraus durch die meisten amerikanischen und fremden Ingenieure verurteilt und völlig verworfen worden ist. Ein System, auf dessen Debetseite der Tod Sarasin Volant's in Konstantinopel, der des Mönches Voador in Lissabon, der Letuo's im Jahre 1852 und der Groof's 1864 steht, ohne die Opfer zu zählen, die ich augenblicklich vergessen habe, und wäre es nur der mythologische Icarus ...

– Dieses System, nahm Robur den Satz auf, ist nicht verdammenswerter, als das, dessen Opferliste die Namen eines Pilâtre de Rozier in Calais, der Madame Blanchard in Paris, eines Donaldson und Grimwood, welche in den Michigan-See fielen, eines Swel, Crocé-Spinelli, Eloy und so vieler anderer enthält, welche gewiss nicht so leicht der Vergessenheit anheimfallen.«

Das hieß »mit einem Hieb pariert«, wie man in der Fechtkunst sagen würde.

»Mit Ihren Ballons, fuhr Robur fort, werden Sie übrigens, dieselben mögen noch so vervollkommnet sein, niemals eine praktisch wertvolle Schnelligkeit erzielen, zehn Jahre brauchen, um eine Reise um die Erde zu vollenden – was eine Maschine in etwa acht Tagen abmachen dürfte.«

Neue wütende Proteste und Verneinungen, welche drei ganze Minuten anhielten, bevor dann Phil Evans das Wort ergreifen konnte.

»Mein Herr Aviator, Sie, der Sie uns so viel von der Herrlichkeit der Aviation vorreden, sind Sie denn jemals in dieser Weise geflogen?

– Ja, gewiss!

– Und Sie hätten also den Kampf mit der Luft siegreich bestanden?

– Vielleicht, mein Herr.

– Hurra, Robur, der Sieger! rief eine Stimme spottend.

– Nun ja, Robur, der Sieger – ich nehme diesen Namen an und werde ihn führen, denn ich habe das Recht dazu.

– Wir erlauben uns indes daran zu zweifeln! rief Jem Cip.

– Meine Herren, erklärte Robur, dessen Augenbrauen sich runzelten, wenn ich eine ernsthafte Sache ernsthaft behandle, duld' ich es nicht, dass mir Jemand eine Unzuverlässigkeit meiner Worte vorwirft, und ich würde gern den Namen des Herrn kennen lernen, der mich in dieser Weise unterbrach.

– Ich heiße Jem Cip ... und bin Vegetarianer.

– Bürger Jem Cip, antwortete Robur, ich weiß, dass die Pflanzenesser gewöhnlich längere Eingeweide haben, als andere Menschen – mindestens um einen Fuß länger. Das ist schon viel ... Nun verleiten Sie mich nicht, die Ihrigen noch mehr zu verlängern, indem ich bei den Ohren anfange ...

– Durch die Thür!

– Hinaus auf die Straße!

– Man viertheile ihn!

– Lynchen, lyncht den Kerl!

– Verdrehen wir ihn zu einer Schraube! ...«

Die Wut der Ballonisten hatte ihren Gipfel erreicht. Schon sprangen sie von den Stühlen auf und umdrängten die Tribüne. Robur verschwand unter einer Unmasse von Armen, welche sich, wie von einem Sturme getrieben, auf- und abbewegten. Vergebens ließ die Dampftrompete ihren heulenden Ton durch die Versammlung brausen. An jenem Abende konnte Philadelphia wohl glauben, eine Feuersbrunst verzehre eines seiner Quartiere, und das ganze Wasser des Schuylkill-Stromes werde zum Löschen desselben nicht hinreichen.

Plötzlich entstand in der lärmenden Masse eine Bewegung nach rückwärts. Robur hatte eben die Hände wieder aus den Taschen gezogen und streckte sie gegen die vorderste Reihe der wütenden Gegner aus.

Seine beiden Hände zeigten jetzt zwei sogenannte amerikanische Fäuste, welche gleichzeitig Revolver bilden und die schon ein Druck des Daumens ihre überall verständliche Sprache reden lassen – zwei kleine Taschen-Mitrailleusen.

Dann rief er, das Zurückgehen der Angreifer und die vorübergehende Stille, welche dabei eintrat, schnell benützend:

»Entschieden war es nicht Amerigo Vespucci, der die Neue Welt entdeckt hat, sondern Sebastian Cabot. Sie sind keine Amerikaner, Bürger Ballonisten! Sie sind nur Cabo...«

In diesem Augenblicke krachten auch schon vier oder fünf Schüsse in die Luft, welche Niemand verwundeten. Inmitten des Pulverdampfes verschwand der Ingenieur, und als jener sich zerstreute, entdeckte man von ihm keine Spur mehr. Robur der Sieger war davongeflogen, als ob irgendein Aviations-Apparat ihn in die Lüfte entführt hätte.

IV.
IN DEM DER VERFASSER INFOLGE EINER BEMERKUNG DES DIENERS FRYCOLLIN DEN MOND WIEDER ZU EHREN ZU BRINGEN VERSUCHT.

Sicherlich schon mehr als einmal hatten die Mitglieder des Weldon-Instituts, wenn sie nach stürmischen Verhandlungen aus den Sitzungen kamen, Walnut-Street und die Nachbarstraßen noch streitend und lärmend durchzogen. Wiederholt waren von den Bewohnern dieses Stadtteiles Klagen eingegangen über die geräuschvollen Ausläufer solcher Verhandlungen, welche bis in ihre Wohnungen eindrangen, und mehr als einmal hatten Polizisten einschreiten müssen, um wenigstens Verkehrsstörungen zu beseitigen, da doch die meisten Leute sehr wenig oder gar kein Interesse an solchen, die Luftschifffahrt betreffenden Fragen nehmen. Doch vor diesem heutigen Abend hatte der Tumult noch nie so große Verhältnisse angenommen, niemals wären jene Klagen mehr begründet und niemals die Einmischung der Policemen notwendiger gewesen.

Immerhin konnte man den Mitgliedern des Weldon-Instituts mildernde Umbände zubilligen, da sie sich eines Überfalls in den eigenen vier Pfählen, wie sie eben erlitten, gewiss nicht versehen hatten. Den übereifrigen Verfechtern des Grundgesetzes »leichter, als die Luft« hatte ein nicht minder energischer Vertreter des »schwerer, als die Luft« höchst unangenehme Dinge in's Gesicht gesagt; und als ihm dafür die Behandlung zu Teil werden sollte, die er verdiente, war der Mann spurlos verschwunden.

Das schrie nach Rache! Um derartige Beleidigungen ungestraft zu lassen, hätten sie nicht amerikanisches Blut in ihren Adern haben müssen. Die Nachkommen Amerigo's als solche eines Cabot zu behandeln! War das nicht eine Beschimpfung, die umso unverzeihlicher schien, weil sie eigentlich richtig, wenigstens historisch berechtigt war?

Die Mitglieder des Clubs stürzen sich also truppweise erst in die Walnut-Street, hierauf in die Nachbarstraßen und dann in das ganze Quartier, wo alle Bewohner aufgescheucht werden.

Sie zwingen dieselben, eine Durchsuchung ihrer Häuser vornehmen zu lassen, um sich später wegen des gewalttätigen Angriffs in das Privatleben ihrer Mitbürger zu entschuldigen, was gerade bei den Völkern von angelsächsischem Stamme sonst ganz besonders respektiert wird. Vergebliches Aufgebot von Belästigungen und Nachforschungen. Robur wurde nirgends gefunden; er hatte nicht die leiseste Spur hinterlassen. Und wenn er mit dem »Go a head«, dem Ballon des Weldon-Instituts, davongefahren wäre, hätte er nicht mehr unauffindlich gewesen sein können. Nach einstündigen Haussuchungen mussten sie darauf verzichten, und die Kollegen trennten sich, aber nicht ohne die eidliche Zusicherung, ihre Nachforschungen über das ganze Gebiet Nord- und Südamerikas, das die Neue Welt bildet, auszudehnen.

Gegen elf Uhr war die Ruhe in dem Quartier nahezu wieder hergestellt. Philadelphia konnte sich wieder in sanften Schlummer versenken, wozu die Städte, welche weniger Industrie haben, das beneidenswerte Privilegium besitzen. Die verschiedenen Mitglieder des Clubs dachten jetzt an nichts anderes, als an die Heimkehr an den eigenen häuslichen Herd. Um nur einige der hervorragendsten zu nennen, so begab sich William T. Forbes eiligst nach dem Tische, auf dem Miss Doll und Miss Mat ihm den Abendtee zubereitet und mit der selbstzubereiteten Glucose versüßt hatten; Truk Milnor schlug den Weg nach seiner Fabrik ein, deren Ventilator die ganze Nacht hindurch in einer der entfernteren Vorstädte sauste. Der Schatzmeister Jem Cip, dem öffentlich nachgesagt worden war, einen um einen Fuß längeren Darmkanal zu haben, als der Mensch ihn sonst mit sich herumträgt, begab sich nach seinem Esszimmer, wo ihn ein vegetabilisches Abendbrot erwartete.

Zwei der bedeutendsten Ballonisten – aber nur zwei – schienen nicht daran zu denken, ihr Heim sogleich aufzusuchen. Sie hatten die Gelegenheit wahrgenommen, in hitzigster Weise weiter zu plaudern. Es waren das die beiden Unversöhnlichen, Onkel Prudent und Phil Evans, der Vorsitzende und der Schriftführer des Weldon-Instituts.

An der Thür des Clubhauses erwartete Frycollin, der Diener des Onkel Prudent, wie gewöhnlich seinen Herrn.

Er folgte diesem auf Schritt und Tritt nach, ohne sich um den Gegenstand des Gesprächs zu kümmern, der die beiden Kollegen schon in die Hitze gebracht hatte.

Wir gebrauchten auch nur euphemistisch das Zeitwort »plaudern« für die Tätigkeit, welcher der Vorsitzende und der Schriftführer des Clubs sich mit gleichem Eifer hingaben. In der That stritten und zankten sie sich mit einer Energie, deren Ursprung in ihrer alten Rivalität zu suchen war.

»Nein, und dreimal nein! wiederholte Phil Evans, hätte ich die Ehre gehabt, dem Weldon-Institut bei der heutigen Sitzung zu präsidieren, es wäre niemals zu einem solchen Skandal gekommen!

– Und was würden Sie getan haben, wenn Sie diese Ehre gehabt hätten? fragte Onkel Prudent.

– Ich hätte jenem öffentlichen Beleidiger das Wort abgeschnitten, noch ehe er den Mund öffnete.

– Mir scheint, um Jemand das Wort abzuschneiden, müsse man ihm ein solches wenigstens erst aussprechen lassen.

– Nicht in Amerika, mein Herr, nicht in Amerika!«

Und während sie sich so mehr bittere als angenehme Redensarten in's Gesicht warfen, schlenderten die beiden Männer mehrere Straßen dahin, die sie immer weiter von ihren Wohnungen entfernten; sie durchschritten Quartiere, deren Lage sie später zu großen Umwegen zwingen musste.

Frycollin folgte noch immer nach, fühlte sich aber doch etwas beunruhigt, seinen Herrn sich nach so menschenleeren Örtlichkeiten hin verirren zu sehen. Er liebte diese Gegenden nicht, vorzüglich nicht so kurz vor Mitternacht. Dazu herrschte tiefe Dunkelheit, denn der zunehmende Mond war eben nur dabei, »seine achtundzwanzigtägige Rundreise« zu beginnen.

Frycollin sah sich scheu nach rechts und links um, ob sie nicht von verdächtigen Schatten belauscht würden, und wirklich, er glaubte fünf oder sechs große Teufel zu erkennen, die sie nicht aus den Augen zu verlieren schienen.

Instinktiv näherte sich Frycollin seinem Herrn, um Alles in der Welt hätte er jedoch nicht gewagt, ihn inmitten eines Gesprächs zu unterbrechen, von dem er zuweilen einzelne Brocken aufschnappte.

Der Zufall fügte es, dass der Vorsitzende und der Schriftführer des Weldon-Instituts sich, ohne darauf zu achten, bis nach dem Fairmont-Park verirrten. Hier überschritten sie, in lebhaftem Wortwechsel begriffen, den Schuylkill-Strom auf der berühmten Eisenbrücke; sie begegneten nur sehr wenig Leuten und befanden sich endlich mitten in jenen weiten Terrains, die sich auf der einen Seite als ungeheure Wiesen ausdehnen, auf der anderen von herrlichem Baumbestand beschattet sind und in ihrer Gesamtheit eine vielleicht in der ganzen Welt einzig dastehende Anlage bilden.

Hier nahm der Schreck des Dieners Frycollin plötzlich noch mehr zu, und das mit umso größerer Berechtigung, da fünf bis sechs jener Schatten ihnen auch über die Strombrücke nachgefolgt waren. Die Pupille seiner Augen hatte sich dabei so erweitert, dass sie bis an den Rand der Iris reichte. Und gleichzeitig schrumpfte sein ganzer Körper zusammen und zog sich zurück, als besäße er jene eigentümliche Zusammenziehbarkeit, welche den Mollusken und auch gewissen Wirbeltieren eigen ist.

Der Diener Frycollin war nämlich ein vollständiger Hasenfuß.

Ein richtiger Neger und Südkaroliner, mit vierschrötigem Kopfe auf einem mageren Rumpfe. Er zählte jetzt gerade 21 Jahre, war also nicht einmal mehr zur Zeit seiner Geburt Slave gewesen, taugte deshalb aber nicht viel mehr, als ein solcher. Ein Grimassenschneider, Leckermaul und Faulpelz, aber vor Allem ein Prahlhans sondergleichen, stand er seit drei Jahren bei Onkel Prudent im Dienste. Hundert Mal war er schon nahe daran gewesen, vor die Türe gesetzt zu werden, doch hatte man ihn behalten – um nicht aus dem Regen in die Traufe zu kommen. Und doch lief er hier bei einem Herrn, der jeden Augenblick zu den tollkühnsten Unternehmungen bereit war, so oft Gefahr, in Lagen zu kommen, in denen sein Hasenherz auf die härtesten Proben gestellt werden musste. Dafür fand er auch gewisse Entschuldigungen. Niemand machte ihm besondere Vorwürfe wegen seiner Leckerhaftigkeit und noch weniger wegen seiner Trägheit. Ach, armer Frycollin, hättest Du in der Zukunft lesen können!

Warum war Frycollin auch nicht in Boston im Dienste einer gewissen Familie Sneffel geblieben, die im Begriffe, eine Reise nach der Schweiz anzutreten, darauf verzichtet hatte, weil daselbst Schneelawinen vorkamen? War für Frycollin nicht dieses Haus das geeignete, aber nicht das des Onkel Prudent, wo das kühne Wagen in Permanenz erklärt war?

Nun, er befand sich einmal hier und sein Herr hatte sich mit der Zeit an seine Fehler gewöhnt, übrigens besaß er doch *eine* gute Eigenschaft. Obwohl Neger von Abstammung, sprach er doch nicht, wie diese gewöhnlich – und das hat einigen Werth, denn nichts ist so widerlich, als der abscheuliche Jargon, in dem die Anwendung des besitzanzeigenden Fürwortes und des Infinitivs bis zum Missbrauch getrieben wird.

Es steht also fest, dass der Diener Frycollin ein feiger Prahlhans war, und zwar nannte man ihn einen »Prahlhans gleich dem Monde«.

Es erscheint übrigens nur gerecht, gegen diesen für die blonde Phöbe beleidigenden Vergleich Einspruch zu erheben; warum sollte man die sanfte Selene, die keusche Schwester des strahlenden Apollo, der Prahlerei zeihen, das Gestirn, welches, so lange die Welt steht, stets der Erde gerade in's Gesicht geblickt hat, ohne ihr jemals den Rücken zuzuwenden?

Doch wie dem auch sei, zu dieser Stunde – es war jetzt bald Mitternacht – begann die »blasse, verdächtige Scheibe« schon im Westen hinter den hohen Baumkronen des Parks zu verschwinden. Ihre durch das Gezweige hereindringenden Strahlen erhellten nur noch da und dort den Erdboden, so dass es unter den Bäumen noch etwas finsterer war.

Das gestattete Frycollin, einen forschenden Blick umherschweifen zu lassen.

»Brr, machte er, die Schurken sind wahrlich noch da! Offenbar kommen sie näher heran.«

Da hielt es ihn nicht mehr und er schritt auf seinen Herrn zu.

»Master Onkel!« redete er ihn an.

So nannte er ihn gewöhnlich und so wollte der Vorsitzende des Weldon-Instituts auch genannt sein.

Eben jetzt war der Streit der beiden Rivalen auf das Hitzigste entbrannt; und da sie einander spazieren führten, wurde Frycollin sehr grob angewiesen, diesen Spaziergang mitzumachen, wie es seine Pflicht und Schuldigkeit sei.

Und während die Beiden ohne Unterbrechung weiterstritten, geriet Onkel Prudent immer weiter hinaus nach den verödeten Grasgründen des Fairmont-Parkes und entfernte sich immer mehr vom Schuylkill und der Brücke, die sie zur Rückkehr nach der Stadt unbedingt überschreiten mussten.

Alle Drei befanden sich jetzt inmitten einer Gruppe hoher Bäume, in deren Gipfeln noch das letzte Licht des Mondes spielte. An den Saum derselben schloss sich eine größere Lichtung an, ein weiter, ovaler Wiesenplan, wie geschaffen für Wettrennen. Hier hätte nicht die kleinste Unebenheit des Bodens den Galopp eines Pferdes gestört und kein Busch oder Baum die Blicke der Zuschauer bei der Verfolgung der mehrere englische Meilen langen Bahnlinie gehindert.

Und doch, wären Onkel Prudent und Phil Evans in ihre Streitigkeiten nicht gar so sehr vertieft gewesen, hätten sie sich nur einigermaßen aufmerksam umgesehen, so hätte ihnen nicht entgehen können, dass der weite freie Platz heute einen ganz anderen Anblick darbot. War das ein Zauberspuk, der hier seit gestern entstanden war? Wahrlich, man hätte das Ganze mit seinen vielen Windmühlen für ein Zauberwerk erklären können, wenn man die Mühlenflügel sah, die, jetzt unbeweglich, im Halbdunkel Grimassen zu machen schienen.

Doch weder der Präsident, noch der Schriftführer des Weldon-Instituts bemerkte diese auffällige Veränderung der Ansicht des Fairmont-Parks; Frycollin sah sie ebenso wenig. Es schien ihm, als ob die unheimlichen Gestalten sich näherten und zusammenduckten, als rüsteten sie sich zu einem räuberischen Überfalle. Er zitterte aus Angst an allen Gliedern und war doch gleichzeitig wie gelähmt, so hatte ihn die Furcht vor den nächsten Minuten ergriffen.

Obwohl ihm die Knie förmlich schlotterten, gewann er doch noch die Kraft, einmal zu rufen:

»Master Onkel! ... Master Onkel!

– Nun, was gibt es denn?« antwortete Onkel Prudent.

Vielleicht wären er und Phil Evans nicht böse darüber gewesen, ihren Zorn dadurch abzukühlen, dass sie dem unglücklichen Diener eine tüchtige Tracht Prügel erteilten; dazu fanden sie aber ebenso wenig Zeit, wie letzterer, ihnen eine weitere Antwort zu geben.

Unter den Bäumen gellte plötzlich ein lauter Pfiff. Gleichzeitig flammte inmitten der Lichtung ein heller elektrischer Stern auf.

Das war zweifelsohne ein Signal und im vorliegenden Falle die Mahnung, dass der Augenblick zu irgendeiner Gewalttätigkeit gekommen sei.

Schneller, als man es ausdenken kann, stürzten sich schon sechs Männer durch das Unterholz, zwei auf Onkel Prudent, zwei auf Phil Evans und zwei auf den Diener Frycollin. Die beiden Letzten ganz überflüssiger Weise, denn der Neger wäre ganz unfähig gewesen, sich zu wehren.

Obgleich überrascht durch diesen Überfall, wollten der Vorsitzende und der Schriftführer des Weldon-Instituts doch versuchen, Widerstand zu leisten, hatten dazu aber weder Zeit, noch Kraft. Binnen wenigen Sekunden waren sie schon stumm gemacht durch einen Knebel im Munde, blind durch eine Binde über die Augen, und wurden, überwältigt und gefesselt, schnell durch die Waldlichtung hin fortgeschleppt. Was konnten sie anders annehmen, als dass sie einer Rotte jener gewissenlosen Herumlungerer in die Hände gefallen seien, welche Jeden ausrauben, den sie noch zu später Stunde im Walde antrafen? Und doch täuschten sie sich. Man durchsuchte nicht einmal ihre Taschen, obwohl Onkel Prudent stets, seiner Gewohnheit nach und also auch heute, mehrere Tausend Dollars Papiergeld bei sich führte.

Kurz, eine Minute nach diesem Überfalle fühlten Onkel Prudent, Phil Evans und der Diener Frycollin, dass sie, ohne dass ein Wort zwischen den Angreifern gewechselt worden wäre, nicht auf den Rasen der Waldblöße, sondern auf eine Art Fußboden niedergelegt wurden, der unter ihrem Gewichte knarrte. Hier lehnte man sie dann Einen an den Anderen. Darauf hörte man das Klirren eines Riegels in seiner Klappe und dies belehrte die drei Männer, dass sie gefangen seien.

Nachher entstand ein seltsames, anhaltendes Geräusch, wie ein Schnarren, ein frrr, dessen rrr sich ohne Ende fortsetzten, ohne dass in der so ruhigen Nacht etwas Anderes hörbar geworden wäre.

*

Welche Unruhe herrschte am folgenden Tage in Philadelphia. Schon in den Morgenstunden erfuhr die ganze Stadt, was sich in der letzten Sitzung des Weldon-Instituts zugetragen: Die Erscheinung jenes rätselhaften Fremdlings, eines Ingenieurs, namens Robur – Robur der Sieger! – die Streitigkeiten, welche er offenbar absichtlich unter den Ballonisten erregt, und endlich sein unerklärliches Verschwinden.

Es machte aber doch einen noch ganz anderen Eindruck, als man später davon hörte, dass auch der Vorsitzende und der Schriftführer des Clubs in der Nacht vom 12. zum 13. Juni verschwunden seien.

Welche Nachsuchungen wurden da nicht in der Stadt und deren Umgebungen angestellt! Vergeblich – alle vergeblich. Die Zeitungen von Philadelphia, nach ihnen die Journale von Pennsylvanien und endlich die von ganz Amerika bemächtigten sich eifrig dieses Vorfalls und erklärten ihn auf hunderterlei Weise, von denen keine die richtige war. Durch Annoncen und Maueranschläge wurden beträchtliche Preise ausgesetzt – nicht allein für Den, der die ehrenwerten Verschwundenen wieder finden würde, sondern auch für Jeden, der nur auf eine Fährte hinweisen könnte, auf der man ihren Spuren folgen konnte. Nichts hatte Erfolg. Und hätte sich die Erde aufgetan gehabt, um sie zu verschlingen, so konnten der Vorsitzende und der Schriftführer des Weldon-Instituts nicht vollständiger von der Oberfläche der Erdkugel verschwunden sein.

Die Regierungsblätter traten bei dieser Gelegenheit mit dem Verlangen hervor, das Personal der Polizei in beträchtlichem Maßstabe zu vermehren, weil ähnliche Attentate gegen die besten Bürger der Vereinigten Staaten sich wiederholen könnten – und sie hatten damit Recht.

Freilich verlangten die Blätter der Opposition, dass das Personal vollständig, und zwar als unnütz verabschiedet werde, da derartige Raubanfälle sich doch wiederholen könnten, ohne dass es möglich würde, die Urheber derselben zu entdecken – und vielleicht hatten sie damit nicht Unrecht.

Alles in Allem, die Polizei blieb, was sie war und immer sein wird in der besten der Welten, die nicht vollkommen ist und es niemals werden wird.

V.
IN DEM DIE EINSTELLUNG DER FEINDSELIGKEITEN ZWISCHEN DEM VORSITZENDEN UND DEM SCHRIFTFÜHRER DES WELDON-INSTITUTS BESCHLOSSEN WIRD.

Eine Binde über den Augen zu tragen, einen Knebel im Munde, einen Strick um die Handgelenke und einen solchen um die Knöchel zu haben, d. h. also jeder Möglichkeit zu sehen, zu sprechen und sich zu bewegen, beraubt zu sein, das war für den Onkel Prudent keine Lage, in der er sich hätte wohl fühlen können, und ebenso wenig für Phil Evans und den Diener Frycollin. Obendrein nicht einmal zu wissen, wer die Urheber dieser Entführung waren, nicht zu wissen, wo man sich befand und welches Loos man zu erwarten habe – das musste gewiss auch das allergeduldigste Lamm in Wut bringen, und bekanntlich gehörten die Mitglieder des Weldon-Instituts, was ihre Geduld betraf, nicht im geringsten zur Familie der Lämmer. Berücksichtigt man die natürliche Heftigkeit seines Charakters, so kann man sich leicht vorstellen, in welcher Gemütsverfassung Onkel Prudent sich jetzt befinden mochte.

Jedenfalls mussten Phil Evans und er langsam einsehen, dass es für sie Schwierigkeiten haben werde, am nächsten Abend ihre Plätze im Bureau des Clubs einzunehmen.

Frycollin war es mit den verbundenen Augen und dem geschlossenen Munde überhaupt unmöglich, irgendetwas zu denken; er war schon mehr tot, als lebendig.

Während einer Stunde trat in der Lage der Gefangenen keine Änderung ein. Kein Mensch ließ sich erblicken, sie zu besuchen oder ihnen wenigstens die Freiheit der Bewegung und der Sprache wieder zu geben, nach der sie doch so sehr verlangten. Jetzt sahen sie sich auf erstickte Seufzer, auf ein dumpfes, »Ach!« angewiesen, das sich kaum durch ihre Knebel presste, und beschränkt auf schwache Bewegungen, wie sie etwa ein seinem natürlichen Element entrissener absterbender Karpfen ausführt, und man begreift leicht, welchen stummen Zorn, welch' verhaltene oder vielmehr eingeschnürte Wut das in ihnen erzeugen musste. Nach wiederholten vergeblichen Befreiungsversuchen verhielten sie sich eine Zeit lang ganz still. Da ihnen der Gesichtssinn augenblicklich abging, bemühten sie sich, vielleicht durch den Gehörsinn einige Aufklärung über diesen beunruhigenden Zustand der Dinge zu erlangen. Vergeblich aber strengten sie sich an, ein anderes Geräusch zu hören, als das ununterbrochene und unerklärliche »frrr«, das hier den ganzen Umkreis zu beherrschen schien.

Inzwischen gelang es Phil Evans, der hier mit mehr Ruhe ans Werk ging, den Strick locker zu machen, der um seine Handgelenke lag. Dann löste sich allmählich der fesselnde Knoten, er schmiegte die Finger dicht aneinander, und endlich erlangten seine Hände wieder die gewohnte Bewegungsfreiheit.

Durch kräftiges Reiben stellte er den in ihnen halb unterbrochenen Blutumlauf wieder her, und in der nächsten Minute schon hatte Phil Evans die Binde abgerissen, die ihm die Augen bedeckte, den Knebel aus seinem Munde gelöst und alle Stücke mit der feinen Klinge seines »Bowie-Messers« zerschnitten. Ein Amerikaner, der nicht stets sein Bowie-Messer in der Tasche hätte, wäre eben kein Amerikaner mehr.

Wenn Phil Evans aber hieraus die Möglichkeit, sich zu bewegen und zu sprechen, wieder erlangte, so war das doch eben Alles. Seine Augen fanden keine Gelegenheit zu nützlicher Tätigkeit – wenigstens jetzt nicht, denn in der Zelle, die sie einschloss, herrschte vollständige Finsternis. Ein ganz schwacher Lichtschein drang nur durch eine Art Schießscharte herein, die in sechs bis sieben Fuß Höhe in der Wand angebracht war.

Es versteht sich von selbst, dass Phil Evans keinen Augenblick zögerte, auch seinen Rivalen zu befreien. Einige Züge mit dem Bowie-Messer genügten zur Durchschneidung der Stricke, welche dessen Füße und Hände fesselten. In heller Wut riss sich Onkel Prudent, als er sich kaum auf den Füßen aufrichten konnte, die Binde herunter und den Knebel heraus und stammelte mit erstickter Stimme:

»Ich danke Ihnen!

– Nein! ... Hier ist nichts zu danken, antwortete der Andere.

– Phil Evans?

– Onkel Prudent?

– Hier gibt es keinen Vorsitzenden und keinen Schriftführer des Weldon-Instituts, ich denke, auch keine Gegner mehr.

– Sie haben Recht, bestätigte Phil Evans. Hier sind wir nur zwei Männer, die sich zu rächen haben an einem Dritten, dessen Gewaltstreich die strengste Wiedervergeltung herausfordert.

– Und dieser Dritte ...

– Ist jener Robur! ...

– Ja, jener Robur!«

Hier fand sich also einmal ein Punkt, bezüglich dessen die beiden Ex-Konkurrenten völlig übereinstimmten, ein Streit über diesen Gegenstand schien demnach ganz ausgeschlossen.

»Und Ihr Diener? bemerkte da Phil Evans mit einem Fingerzeig auf Frycollin, der wie ein Seehund schnaufte, wir müssen auch ihn befreien.

– Noch nicht, erwiderte Onkel Prudent, er würde uns mit seinen Klageliedern den Kopf warm machen, und wir haben jetzt Anderes zu tun, als auf sein Jammern zu achten.

– Und was denn, Onkel Prudent?

– Uns zu retten, wenn es möglich ist.

– Und selbst wenn es unmöglich ist!«

Ein Zweifel daran, dass diese Entführung jenem Fremdling, dem Robur, zuzuschreiben sei, konnte dem Präsidenten und seinem Kollegen gar nicht in den Sinn kommen. In der That hätten ja einfache, ehrsame Räuber sie unzweifelhaft ihrer Uhren, Edelsteine, Brieftaschen und Portemonnaies entledigt und sie dann mit einem Schnitt durch den Hals in den Schuylkill-Strom geworfen, statt sie einschließen in ... Ja, in was? – Das war eine ernste Frage, welche die schleunigste Lösung verdiente, ehe sie mit einiger Aussicht auf Erfolg an irgendwelche Vorbereitungen zu ihrer Flucht denken konnten.

»Phil Evans, nahm Onkel Prudent wieder das Wort, wir hätten wahrlich besser daran getan, wenn wir beim Weggehen aus der Sitzung, statt Liebenswürdigkeiten, auf welche wir hier nicht zurückkommen wollen, auszutauschen, lieber etwas weniger zerstreut gewesen wären. Verließen wir die Straßen von Philadelphia nicht, so wäre das Alles nicht geschehen. Offenbar hatte jener Robur schon eine Ahnung davon, was sein Auftreten im Club bewirken würde, er mutmaßte die Wuthausbrüche, welche seine Herausforderungen entfesseln mussten, und hatte vor der Türe sicherlich einige seiner Banditen, ihm im schlimmsten Falle beizuspringen. Als wir dann die Walnut-Straße verließen, spürten uns seine Schergen auf, folgten unseren Spuren und als sie sahen, dass wir uns unkluger Weise in die Alleen des Fairmont-Parkes verirrten, da hatten sie ja leichtes Spiel.

– Einverstanden, antwortete Phil Evans. Ja, wir haben sehr Unrecht getan, nicht unmittelbar unsere Wohnungen aufzusuchen.

– Man hat immer Unrecht, nicht Recht zu haben,« versetzte Onkel Prudent.

Da ertönte ein langgezogener Seufzer aus dem finsteren Winkel der Zelle.

»Was war das? fragte Phil Evans.

– O nichts ... Frycollin träumt nur.«

Und Onkel Prudent fuhr ungestört fort:

»Zwischen dem Zeitpunkte, wo wir wenige Schritte vom Anfang der Lichtung ergriffen wurden, und dem, wo man uns in diesen Winkel warf, sind kaum zwei Minuten verflossen. Es liegt also auf der Hand, dass jene Leute uns nicht über den Fairmont-Park hinaus verschleppt haben.

– Denn wenn das geschehen wäre, hätten wir doch von der Fortschaffung etwas verspüren müssen.

– Einverstanden, erklärte Onkel Prudent. Es unterliegt also keinem Zweifel, dass wir in einer Abtheilung irgendeines Wagens eingesperrt sind, vielleicht in einem jener langen Prairie-Reisewagen oder in dem Gefährte von Seiltänzern.

– Ohne Zweifel. Befänden wir uns auf einem auf dem Schuylkill-Strom vertäuten Schiffe, so müsste sich das durch ein leichtes Schwanken von Bord zu Bord, veranlasst durch die Strömung, zu erkennen geben.

– Einverstanden, völlig einverstanden, wiederholte Onkel Prudent, und ich meine, es ist, wo wir uns noch in der Parklichtung befinden, jetzt oder nie der geeignete Moment zur Flucht, um später jenen Robur wieder aufzuspüren ...

– Und ihn diesen Angriff auf die Freiheit zweier Bürger der Vereinigten Staaten von Amerika teuer bezahlen zu lassen!

– Teuer ... sehr teuer!

– Doch, wer ist dieser Mann? ... Woher kommt er? ... Ist es ein Engländer, ein Deutscher, ein Franzose ...

– Jedenfalls ein elender Wicht, das genügt, antwortete Onkel Prudent. Und nun an's Werk!«

Mit ausgestreckten Händen und gespreizten Fingern tasteten Beide an der Wand des kleinen Raumes umher, um einen Riss oder eine Spalte zu entdecken. Vergeblich. Es fand sich hier ebenso wenig davon, wie an der Thür. Diese erwies sich fast hermetisch geschlossen, und es wäre unmöglich gewesen, das Schloss derselben zu sprengen. Man musste also ein Loch herzustellen suchen, um durch dasselbe zu entkommen. Dabei trat nun die Frage hervor, ob die Bowie-Messer die Wand anzugreifen im

Stande seien, ob ihre Klingen sich nicht verbiegen oder bei dem Vorhaben gar zerbrechen würden.

»Doch woher stammt jenes Zittern, das gar nicht aufhört? fragte Phil Evans, der sich über das immer fortdauernde frrr nicht beruhigen konnte.

– Es ist ohne Zweifel der Wind, meinte Onkel Prudent.

– Der Wind? ... Bis Mitternacht schien mir, als ob die Luft ganz ruhig gewesen wäre ...

– Gewiss, Phil Evans, doch, wenn es der Wind nicht sein soll, was halten Sie denn für die Ursache?«

Phil Evans versuchte, nachdem er die beste Klinge seines Messers aufgeklappt, in die Wand nahe der Thür einzuschneiden. Vielleicht genügte es hier, eine Öffnung zu machen, um diese von außen zu öffnen. wenn sie nur durch einen Riegel versperrt oder der Schlüssel im Schlosse stecken geblieben war.

Wenige Minuten Arbeit reichten hin, die Klinge des Bowie-Messers zu verderben, die Spitze desselben abzubrechen und es in eine tausendzähnige Säge zu verwandeln.

»Es greift wohl nicht, Phil Evans?

– Nein.

– Sollten wir uns in einer Zelle aus Stahl befinden?

– Das nicht, Onkel Prudent; diese Wände geben angeschlagen keinen metallischen Ton.

– Also vielleicht aus Eisenholz?

– Nein, weder aus Eisen, noch aus Holz.

– Aus was bestände sie denn dann?

– Das ist unmöglich zu entscheiden; unbedingt aber ist es eine Substanz, welche der Stahl nicht angreift.«

Onkel Prudent loderte in hellem Zorn auf, er fluchte, stampfte den widerhallenden Boden mit den Füßen und seine Hände suchten einen eingebildeten Robur zu erwürgen.

»Ruhig, Onkel Prudent, ermahnte ihn Phil Evans, ruhig. Versuchen Sie einmal Ihr Glück.«

Onkel Prudent versuchte es, das Bowie-Messer konnte aber nicht in eine Wand einschneiden, die selbst dessen beste Klingen nicht zu ritzen vermochten, als ob diese aus Kristall wäre.

Eine Flucht erschien also ganz unausführbar, denn ohne Öffnung der Thür war an eine solche doch gar nicht zu denken.

Es galt demnach, für jetzt darauf zu verzichten, was dem Yankee-Temperament nicht eben leicht zu werden pflegt, und Alles vom Zufall zu erwarten, was hervorragenden praktischen Geistern allemal zuwider ist. Natürlich geschah das nicht ohne Verwünschungen, furchtbare Drohungen und an die Adresse Robur's gerichtete schwere persönliche Beleidigungen, während er doch gar nicht der Mann dazu schien, sich deshalb ein graues Haar wachsen zu lassen, wenn anders er sich im Privatleben ebenso zeigte, wie bei seinem Auftreten im Weldon-Institute.

Inzwischen gab Frycollin einige unzweifelhafte Zeichen seiner unbehaglichen Lage von sich. Ob er nun krampfhaftes Krümmen im Magen empfand oder die Einschnürung ihm einen Krampf der Glieder zugezogen hatte, jedenfalls begann er jämmerlich zu lamentieren.

Onkel Prudent glaubte seinen Qualen ein Ende machen zu müssen, indem er die Stricke, welche den Neger fesselten, durchschnitt.

Fast hätte er Ursache gehabt, diese Regung von Mitleid zu bedauern. Sofort begann Jener nämlich eine endlose Litanei, in der Ausbrüche des Entsetzens und – Klagen über Hunger die Hauptrolle spielten. Frycollin litt ebenso sehr im Kopfe, wie im Magen, so, es wäre schwierig gewesen, zu entscheiden, welchem dieser beiden Organe am meisten Schuld an dem Jammern des Negers beizumessen war.

»Frycollin!« rief Onkel Prudent.

»Master Onkel! Master Onkel!« antwortete der Neger mit kläglichem Geschrei.

»Es ist möglich, dass wir verdammt sind, in diesem Gefängnisse Hungers zu sterben. Wir sind aber entschlossen, Alles, was irgend verzehrbar erscheint, zu versuchen, um unser Leben zu verlängern.

– Und mich aufzuzehren? jammerte Frycollin.

– Wie man es unter solchen Umständen mit einem Neger stets macht! Sorge also, Frycollin, dass Du Dich uns nicht zu sehr bemerkbar machst ...

– Oder Du wirst fri-cas-sirt!« setzte Phil Evans hinzu.

Frycollin bekam wirklich Angst, dass sein Leichnam in Anspruch genommen werden könnte, das Leben zweier Männer zu verlängern, das jedenfalls wertvoller war, als das seinige. Er begnügte sich also, nur noch im Stillen zu seufzen.

Inzwischen verstrich die Zeit und alle Versuche, die Thür oder die Wand gewaltsam zu öffnen, waren erfolglos geblieben. Woraus diese Wand bestand, ließ sich unmöglich feststellen. Metall war das nicht, Holz war es nicht und Stein war es auch nicht. Der Fußboden der Zelle schien übrigens aus demselben Material hergestellt zu sein. Stieß man mit dem Fuße auf denselben, so gab das einen ganz seltsamen Ton, den unter die bekannten Geräusche zu klassifizieren, Onkel Prudent gewiss viele Mühe gemacht hätte.

Dabei bemerkte man noch, dass der Fußboden entschieden hohl klang, so, als ob er nicht direct auf dem Boden der Lichtung ruhte; ja, er schien bei dem unerklärlichen frrr selbst leise zu erzittern. Alles das war nicht gerade beruhigender Natur.

»Onkel Prudent, begann Phil Evans.

– Phil Evans? antwortete der Gefragte.

– Meinen Sie, dass unsere Zelle ihre Lage verändert hat?

– Keineswegs.

– Und doch, als wir kaum eingesperrt waren, konnte ich deutlich den frischen Geruch des Grases und den harzigen Duft der Bäume des Parkes wahrnehmen. Jetzt kann ich Luft einfangen, so viel ich will, es erscheint mir, als ob davon nichts zu riechen wäre.

– Das ist freilich wahr.

– Doch, wie soll man das erklären?

– Erklären wir es auf ganz beliebige Weise, Phil Evans, nur nicht durch die Hypothese, dass unser Gefängnis eine Ortsveränderung erlitten habe. Ich wiederhole, dass wir es unbedingt hätten fühlen müssen, wenn wir uns auf einem in Gang befindlichen Wagen oder auf einem dahingleitenden Schiffe befänden.«

Frycollin ließ einen langgedehnten Seufzer hören, den man hätte für seinen letzten halten können, wenn ihm nicht mehrere andere nachgefolgt wären.

»Ich gab mich der Hoffnung hin, dass Robur uns bald veranlassen werde, vor ihn zu treten, fuhr Phil Evans fort.

– Ich nicht minder, rief Onkel Prudent, aber ich werde ihm in's Gesicht sagen ...

– Was?

– Dass er erst wie ein Unverschämter in unsere Verhandlungen eingegriffen hat, um schließlich gleich einem Schurken zu handeln!«

Eben jetzt bemerkte Phil Evans, dass der Tag zu grauen begann. Ein noch schwacher Lichtschein drang durch die enge, am oberen Theile der der Thür gegenüberliegenden Wand angebrachte Schießscharte herein. Es mochte also gegen vier Uhr morgens sein, denn im Juni und unter dieser Breite färbt sich der Horizont von Philadelphia zu dieser Stunde mit den ersten Morgenstrahlen.

Und doch, als Onkel Prudent seine Repetieruhr schlagen ließ, ein Meisterwerk, das aus der Anstalt eines Kollegen hervorgegangen war – meldete diese, dass es erst dreivierteldrei Uhr war, obwohl die Uhr inzwischen bestimmt nicht gestanden hatte.

»Seltsam! sagte Phil Evans. Um dreivierteldrei Uhr sollte es noch Nacht sein.

– Meine Uhr müsste dann bedeutend nachgeblieben sein, bemerkte Onkel Prudent.

– Eine Uhr der Waldon Watch Compagnie!« rief Phil Evans beleidigt.

Auf jeden Fall begann es jetzt Tag zu werden. Nach und nach hob sich die Schießscharte weiß von der tiefen Dunkelheit der Zelle ab. Und doch, wenn das Morgengrauen frühzeitiger auftrat, als es entsprechend dem 40. Breitengrade, unter dem Philadelphia liegt, zu erwarten war, so erschien es doch nicht mit der bekannten Schnelligkeit, wie in den niedrigen Breiten.

Onkel Prudent machte diese neue Beobachtung und erwähnte der fast unerklärlichen Erscheinung.

»Wir könnten vielleicht bis nach der Schießscharte hinaufklimmen«, bemerkte Phil Evans, um von da aus Rundschau zu halten, wo wir überhaupt sind.

– Das können wir,« stimmte Onkel Prudent zu.

Dann wandte er sich an Frycollin:

»Nun munter, Fry, auf die Füße!«

Der Neger erhob sich.

»Lehne Dich mit dem Rücken gegen diese Wand, fuhr Onkel Prudent fort, und Sie, Phil Evans, steigen gefälligst auf die Schultern dieses Burschen, während ich Sie von rückwärts halte.

– Recht gern,« antwortete Phil Evans.

Einen Augenblick später kletterte er schon auf Frycollin's Schultern, so dass er zu der Schießscharte hinaussehen konnte.

Dieselbe war verschlossen, aber nicht durch ein Linsenglas, wie die Lichtpforte eines Schiffes, sondern durch eine gewöhnliche Planscheibe. Obwohl sie nicht sehr stark war, verhinderte sie doch den freien Ausblick Phil Evans', dessen Gesichtskreis dadurch ziemlich beschränkt wurde.

»So zerbrechen Sie doch die Scheibe, sagte Onkel Prudent, vielleicht können Sie dann besser sehen.«

Phil Evans führte einen heftigen Schlag mit dem Heft seines Bowie-Messers gegen die Scheibe, welche einen fast silbernen Ton gab, aber nicht zerbrach.

Ein zweiter, noch kräftigerer Schlag hatte nur dasselbe Resultat.

»Schön, rief Phil Evans, unzerbrechliches Glas!«

Wirklich musste diese Scheibe aus dem nach der Methode des Erfinders Siemens gehärteten Glase bestehen, da sie trotz der wiederholten Schläge ganz blieb.

Übrigens war es jetzt draußen hell genug, um ziemlich weit sehen zu können, wenigstens innerhalb des Gesichtsfeldes, das die Einfassung der Schießscharte frei ließ.

»Was sehen Sie? fragte Onkel Prudent.

– Nichts.

– Wie? Keinen Wald?

– Nein.

– Nicht einmal die Gipfel der Bäume?

– Auch diese nicht.

– Wir befinden uns also nicht mehr inmitten der Lichtung?

– Weder in der Lichtung, noch überhaupt im Park.

– Erkennen Sie denn auch nicht die Dächer der Häuser, die Spitzen der Denkmäler? sagte Onkel Prudent, dessen Enttäuschung schon in einem Grade zunahm, dass sie nahe an Wut grenzte.

– Weder Dächer, noch Spitzen.

– Was? Auch nicht einen Mast mit Flagge, nicht einen einzigen Kirchturm, nicht einmal einen Fabrikschornstein?

– Nichts – nichts als die leere Luft.«

Eben jetzt öffnete sich die Thür der Zelle, in der ein Mann sichtbar wurde. Das war Robur.

»Ehrenwerte Ballonisten, sagte eine ernste Stimme. Sie sind nun frei, nach Belieben zu gehen, wohin Sie wollen ...

– Frei! rief Onkel Prudent.

– Ja ... das heißt innerhalb der Grenzen des »Albatros«!

Onkel Prudent und Phil Evans stürzten aus der Zelle.

Und was sahen sie da?

Zwölf- bis dreizehnhundert Meter unter ihnen die Oberfläche eines Landes, das sie vergeblich zu erkennen sich bemühten.

VI.
WELCHES INGENIEURE, MECHANIKER UND ANDERE GELEHRTE VIELLEICHT AM BESTEN ÜBERSCHLAGEN.

»Wann wird der Mensch einmal aufhören, in der Tiefe umherzukriechen, um im Azur und im Frieden des Himmels zu leben?«

Die Antwort auf diese Frage Camille Flammarion's ist ziemlich leicht. Das wird dann geschehen, wenn die Fortschritte der Mechanik das Problem der Aviation, d. h. der Nachahmung des Vogelfluges, zu lösen gestatten, und vor Ablauf weniger Jahre – das sah man ja voraus – musste eine praktische Verwertung der Elektrizität zur Lösung dieses Rätsels führen.

Schon im Jahre 1773, also ziemlich lange, bevor die Brüder Montgolfier ihre erste Montgolfiere und der Physiker Charles seinen ersten Wasserstoffballon konstruierten, hatten einzelne abenteuerliche Köpfe davon geträumt, mittelst mechanischer Apparate die Luft so zu sagen zu erobern. Die ersten Erfinder hatten also keineswegs an Apparate gedacht, welche leichter als die Luft waren, was schon der Standpunkt der physikalischen Wissenschaft ihrer Zeit nicht erlaubte. Sie gingen darauf aus, die Fortbewegung durch die Luft durch spezifisch schwerere Apparate, durch Flugmaschinen, welche die Bewegung des Vogels nachahmten, zu ermöglichen.

Ganz dasselbe hatte schon jener Thor, der Icarus, der Sohn des Daedalus, getan, dessen mit Wachs angeheftete Flügel ihm bei der Annäherung an die Sonne abfielen.

Doch ohne bis auf mythologische Zeiten zurückzugehen, ohne eines Archytas von Tarent zu erwähnen, begegnet man schon in den Arbeiten eines Dante von Perousa, eines Leonard de Vinci und Guidotti der Idee von Maschinen, welche bestimmt waren, sich in der Atmosphäre zu bewegen. Zweieinhalb Jahrhunderte später traten weit zahlreichere Erfinder auf. Im Jahre 1742 konstruiert sich der Marquis de Baqueville ein System von Flügeln, versucht dasselbe über der Seine und bricht beim Herabfallen den Arm. 1768 entwirft Paucton den Plan zu einem Apparat mit zwei Schrauben zum Heben und zur Fortbewegung. 1781 baut Meerwein, der Architekt des Fürsten von Baden, eine Maschine zur Nachahmung des Vogelflugs und verwirft den Gedanken der Lenkbarkeit von Ballons, welche eben erfunden worden waren. 1784 lassen Launoy und Bienvenu eine Helicoptere aufsteigen, die von Federn bewegt wurde. 1808 Fliegversuch des Österreichers Jakob Degen. 1810 erscheint

ein Schriftchen von Deniau aus Nantes, in dem der Grundsatz des
»schwerer, als die Luft« beleuchtet ist. In den Zeitraum von 1811-40 fallen die Untersuchungen und Versuche von Berblinger, Vigual, Sarti, Dubochet und Cagniard de Latour. 1842 tritt der Engländer Henson mit seinem System der geneigten Ebene und durch Dampf bewegter Schraube auf; 1845 Cossus mit seinem Apparat mit Steigschrauben; 1847 meldet sich Camille Vert mit seiner Helicoptere aus Federbügeln; 1852 Letur mit seinem lenkbaren Fallschirm, dessen praktische Prüfung ihm das Leben kostete. In demselben Jahre tritt Michel Loup hervor mit seinem Vorschlage, bei dem die gleitende Bewegung in Verbindung mit vier sich drehenden Flügeln gebracht ist. 1853 Béléguic mit seinem durch Zugschrauben bewegten Aeroplan; Vaussin-Chardannes mit seinem lenkbaren Drachen; Georges Cauley mit seinen Fliegmaschinen, die ein Gasmotor treiben sollte. Zwischen 1854 und 1863 sind zu nennen: Josef Bline, der Patente auf verschiedene Systeme der Luftschifffahrt besitzt, Bréant, Carlingfort, Le Bris, Du Temple, Bright, dessen Steigschrauben sich in verkehrter Richtung bewegen; Smythies, Panafieu, Crosnier u. A. m. Endlich wird im Jahre 1863 auf Betreiben Nadar's in Paris eine Gesellschaft »Schwerer, als die Luft« gegründet; hier führen die Erfinder ihre Maschinen vor, von denen schon verschiedene patentiert wurden, wie die von Ponton d'Amécourt und seine Dampf-Helicoptere; de la Landelle's System einer Verbindung von Schrauben mit geneigten Ebenen und Fallschirmen; Louvrié's Aeroscaph; Esterno's mechanischer Vogel; Groof's Apparat mit durch Hebel bewegten Flügeln. Jetzt, nachdem der Anstoß gegeben ist, erfinden die Erfinder, berechnen die Rechner Alles, was die willkürliche Fortbewegung durch die Luft ihrer praktischen Anwendung zuzuführen verspricht. Bourcart, Le Bris, Kaufmann, Smyth, Stringfellow, Prigent, Danjard, Pomès und de la Panze, Moy, Rénaud, Jobert, Hureau de Villeneuve, Achenbach, Garapon, Duchesne, Danduran, Parisel, Dieuaide, Melkisff, Forlanini, Brearey, Tatin, Dandrieux, Edison erdenken, konstruieren, erbauen und vervollkommnen – die Einen unter Anwendung von Flügeln oder Schrauben, die Anderen unter den von geneigten Ebenen – Maschinen, welche bereit sein werden, an dem Tage zu funktionieren, wo ihnen ein glücklicher Erfinder einen Motor von hinreichender Kraft und außerordentlicher Leichtigkeit hinzufügt.

Wir bitten wegen dieses etwas langen Namensverzeichnisses um freundliche Entschuldigung, doch es schien uns notwendig, die Einzelstufen jener Leiter der Luftschifffahrtserfolge, auf deren Gipfel jetzt Robur der Sieger erscheint, vorzuführen. Ohne die schwachen Versuche und die kühnen Experimente seiner Vorgänger, hätte der Ingenieur ja unmöglich einen so vollkommenen Apparat zu konstruieren vermocht. Und wenn er nur ein verächtliches Achselzucken für Diejenigen hatte, welche noch immer starrsinnig dabei verharrten, die Lenkbarkeit von Ballons erfinden zu wollen, so standen bei ihm die Anhänger des Grundsatzes »schwerer als die Luft« in hohem Ansehen, ob das nun Engländer, Amerikaner, Deutsche, Österreicher, Italiener oder Franzosen waren – vor Allem letztere, deren durch ihn vervollkommnete Arbeiten ihn in den Stand gesetzt hatten, seine Flugmaschine, den »Albatros«, zu ersinnen und auszuführen, jenes Ungeheuer, das jetzt das Luftmeer durchmaß.

»Die Taube fliegt! hatte einer der enthusiastischen Anhänger des »Albatros« gerufen.

– Man wird noch durch die Luft spazieren fahren, wie jetzt über die Erde! hatte darauf ein hochbegeisterter Verteidiger derselben Theorie hinzugesetzt.

– Mit der Lokomotive, der Aeromotive!« hatte der lustigste von Allen hinaustrompetet, der sich mit Vorliebe der Presse bediente, um die Alte und die Neue Welt für die Sache zu interessieren.

In der That steht es ja durch Rechnung und Erfahrung fest, dass die Luft ein sehr widerstandsfähiger Stützpunkt sein kann. Ein Kreis von einem Meter Durchmesser vermag als Fallschirm nicht allein das Eindringen in die Luft zu verlangsamen, sondern den Fall sogar isochronisch zu machen. Das war schon längst bekannt.

Ebenso wusste man, dass die Einwirkung der Schwerkraft, wenn die Fortbewegung eines Körpers eine sehr schnelle ist, etwa im umgekehrten Verhältnisse zum Quadrat der Schnelligkeit abnimmt und zuletzt ziemlich bedeutungslos werden kann.

Man wusste ferner, dass sich bei zunehmendem eigenen Gewichte eines fliegenden Tieres die zum Schwebenderhalten desselben notwendige Oberfläche der Flügel nicht in gleichem Maße vergrößert, obwohl die Bewegungen, die es ausführt, etwas langsamer sein müssen.

Ein Aviations-Apparat muss demnach so konstruiert sein, dass er diesen Naturgesetzen entspricht und dem Vogel nachgebildet ist, »dem wunderbaren Typus der Fortbewegung in der Luft«, wie Doktor Marey im französischen Institut sich ausgedrückt hat.

Die Apparate nun, welche allein dieses Problem zu lösen vermögen, zerfallen in folgende drei Arten:

1. Die Helicopteren oder Spiraliferen, welche nur aus Schrauben mit vertikalen Achsen bestehen.
2. Die Orthopteren, das sind Maschinen, welche ganz den natürlichen Flug der Vögel nachzuahmen bestimmt sind.
3. Die Aeroplanen, in Wirklichkeit geneigte Ebenen, wie die Papierdrachen der Knaben, aber von horizontalen Schrauben getrieben oder gezogen.

Jedes dieser Systeme hatte und hat selbst noch heute entschiedene Anhänger, welche ihre Ansichten unabänderlich als die richtigen hinstellen.

Aus mancherlei Gründen hatte Robur jedoch die beiden letzteren verworfen.

Es unterliegt zwar keinem Zweifel, dass die Orthoptere, der mechanische Vogel, gewisse Vorzüge aufweist. Die Arbeiten Renaud's haben dafür 1884 den Beweis beigebracht. Doch man darf, wie dem Genannten auch eingeworfen wurde, die Natur niemals sklavisch nachahmen wollen. Die Lokomotiven sind auch nicht nach dem Vorbilde der Hasen und die Dampfschiffe nicht nach dem der Fische gebaut. Den ersteren gab man Räder, welche doch keine Beine sind, dem letzteren Schrauben, welche gewiss nicht den Flossen entsprechen. Und wir meinen, Beide laufen doch recht gut. Übrigens weiß man noch gar nicht genau, wie der Flug der Vögel, welche sehr komplizierte Bewegungen ausführen, eigentlich zu Stande kommt. Doktor Marey z. B. hat die Vermutung ausgesprochen, dass die Federn der Flügel sich beim Aufschlag öffnen, um die Luft durchzulassen – ein Vorgang, der durch eine künstliche Maschine schwerlich herzustellen sein möchte.

Andererseits ist es nicht zweifelhaft, dass auch die Aeroplane einige gute Erfolge aufzuweisen haben. Setzen die Schrauben den Luftschichten eine schiefe Ebene entgegen, so müsste daraus eine ansteigende Bewegung hervorgehen, und kleine Versuchs-Apparate haben bewiesen, dass das disponible Gewicht, dasjenige, über welches man noch über das Eigengewicht des Apparates hinaus verfügen könnte, mit dem Quadrate der Geschwindigkeit zunahm. Hierin liegt offenbar ein großer Vorteil, der die der Aerostaten, welche aufgetrieben werden sollen, weit übertrifft.

Nichtsdestoweniger glaubte Robur, dass, wenn es etwas noch Besseres gäbe, das auch noch einfacher sein müsse. Auch die Schrauben – die ihm im Weldon-Institut durch ein glückliches Wortspiel direct an den Kopf geworfen worden waren – konnten ja wohl allen Ansprüchen an seine Flugmaschine genügen. Die Einen sollten dieselbe in der Luft schwebend erhalten, die Anderen sie unter den besten Verhältnissen der Schnelligkeit und Sicherheit in der Horizontalen fortbewegen.

Theoretisch müsste man ja mittelst einer nur kurzen, aber in der Fläche großen Schraube, wie Victor Tatin es zuerst ausgesprochen hatte, dahin gelangen, »wenn man es auf das Äußerste triebe, ein ungeheures Gewicht durch verschwindend kleine Kraft zu heben«.

Wenn die Orthoptere – durch Flügelschläge gleich einem Vogel – sich erhebt, indem sie sich in normaler Weise gegen die Luft stürzt, so steigt die Helioptere auf, indem sie mit ihren Schraubenflügeln schräg dagegen wirkt, als ob sie eine geneigte Ebene hinaufklimme. Im Grunde hat sie ja nur schraubenförmig gewundene, an Stelle der schaufelartigen Flügel. Die Schraube bewegt sich notwendig in der Richtung ihrer Achse fort. Ist diese vertikal, so bewegt sie sich vertikal; ist sie horizontal angebracht, so treibt sie in horizontalem Sinne.

Der große Flugapparat des Ingenieur Robur beruhte nur auf diesen beiden Wirkungen.

Wir geben hier eine genaue Beschreibung desselben, welche füglich in drei Theile zerfallen kann, betreffend das Verdeck, die Schwebe- und Treibmaschinen und die äußere Maschinerie.

Verdeck. Das war ein dreißig Meter langes, vier Meter breites Bauwerk, ein wirkliches Schiffsdeck mit Vordersteven in Form eines Rammsporns. Darunter wölbte sich der festgefügte Rumpf, der die Apparate zur Erzeugung der mechanischen Kraft barg, ferner befanden sich da die Pulverkammer, die Werkzeuge, das allgemeine Magazin für Vorräte aller Art, darunter auch die Wassergefäße des Fahrzeugs. Rund herum standen leichte Pfosten, die, mit Eisendraht unter einander verbunden, die Reling bildeten. Darauf aber erhoben sich drei Ruffs, deren Räumlichkeiten zur Wohnung für das Personal und für die Maschinerie bestimmt sind. Im mittleren Ruff arbeitet die Maschine, welche das Schwebewerk in Bewegung setzt; in dem vorderen die Maschine für die vordere Treibschraube, im hinteren die für die hintere Schraube, so dass diese drei voneinander völlig unabhängig wirken. Nahe dem Vorderteile befindet sich der Ruff für die Werkstatt, die Küche und die Mannschaftswohnung. Nahe dem Heck, im letzten Ruff, finden sich mehrere Kabinen, unter anderen die des Ingenieurs, ein Speisezimmer und darüber ein kleiner verglaster Raum, in dem sich der Steuermann aufhält, der das Ganze mittelst eines gewaltigen Steuerrades lenkt und leitet. Alle diese Ruffs werden durch Lichtpforten erhellt, deren Scheiben aus Hartglas bestehen, das eine zehnfach größere Widerstandsfähigkeit als gewöhnliches Glas hat. Unterhalb des Rumpfes ist ein System von biegsamen Federn angebracht, dazu bestimmt, etwaige Stöße zu mildern, obwohl eine Landung ungemein sanft bewerkstelligt werden konnte, so sehr war der Ingenieur Herr seines Apparates.

Auftriebs- und Treibmaschinen. Auf dem Verdeck erhoben sich lotrecht siebenunddreißig Achsen, von denen je fünfzehn an Back- und Steuerbord und sieben höhere in der Mitte errichtet waren, so dass das Ganze einem Schiffe mit siebenunddreißig Masten ähnlich wurde; nur trugen diese Masten an Stelle der Segel jeder zwei horizontale Schrauben von kurzer Steigung und geringem Durchmesser, denen aber eine ungeheure Umdrehungsgeschwindigkeit erteilt werden konnte. Jede dieser Achsen empfängt ihre Bewegung unabhängig von der anderen, und außerdem drehen sich je zwei und zwei in entgegengesetztem Sinne – eine notwendige Maßregel, um den ganzen Apparat nicht in wellenförmige Bewegung kommen zu lassen. Auf diese Weise aber halten sich alle Schrauben, während sie eine wie die andere auf vertikalen Luftsäulen emporzusteigen streben, gegenseitig das Gleichgewicht. Der Apparat ist demnach mit vierundsiebzig Schwebeschrauben ausgerüstet, deren drei Arme äußerlich durch einen Metallring zusammengehalten werden, der, als Schwungrad wirkend, die motorische Kraft besser ausnützen hilft. Am Vorder- wie am Hinterteile drehen sich, auf horizontalen Achsen montiert, zwei Treibschrauben mit vier Armen jede, welche der Fortbewegung des Ganzen vorstehen. Diese Schrauben, welche an Durchmesser die Auftriebsschrauben übertreffen, können sich ebenfalls mit der größten Geschwindigkeit drehen.

Alles in Allem schließt sich dieser Apparat an die Systeme an, welche von Cossus, de la Landelle und de Ponton d'Amécourt aufgestellt und vom Ingenieur Robur verbessert wurden. Dagegen gebührt ihm bezüglich der Wahl und der Verwendung der motorischen Kraft unbedingt der Ruhm des Erfinders.

Maschinerie. Weder vom Dampf des Wassers oder anderer Flüssigkeiten, weder von der komprimierten Luft oder anderen elastischen Gasen und endlich ebenso wenig von explosiven Gemischen, welche fähig sind, eine mechanische Wirkung auszuüben, entlehnte Robur die notwendige Kraft, seinen Apparat schwebend zu erhalten und fortzubewegen, er nahm dazu die Elektrizität in Anspruch, jene Naturkraft, welche dereinst die Seele der industriellen Welt zu werden verspricht. Eine dynamoelektrische Maschine verwendete er zur Erzeugung derselben jedoch nicht, sondern nur Batterien und Akkumulatoren; nur war es Robur's Geheimnis, welche Materialien er zur Zusammenstellung seiner Elemente und welche Säuren er zur Erregung derselben anwendete; dasselbe galt für die Akkumulatoren. Niemand wusste, woraus deren positive und negative Platten bestanden. Der Ingenieur hatte sich aus gewissen Gründen wohl gehütet, darauf ein Patent zu nehmen. Unbestreitbar aber zeigten seine Batterien eine außerordentliche Ergiebigkeit, die Säuren eine fast vollständige Widerstandsfähigkeit gegen Verdunstung und Frieren, seine Akkumulatoren eine unverkennbare Überlegenheit über die von Faure, Sellon, Volckmar, und endlich lieferten seine Ströme Ampères von bisher unerreichter Anzahl. Daraus aber ergab sich eine so zu sagen unendliche Menge elektrischer Pferdekräfte zur Bewegung der Schrauben, welche dem Apparate eine seinen Bedürfnissen weit überlegene Schwebe- und Triebkraft unter allen Umständen verliehen.

Wir wiederholen jedoch, das war die Sache des Ingenieur Robur und darüber bewahrte er ein unverbrüchliches Geheimnis, und wenn der Vorsitzende und der Schriftführer des Weldon-Instituts nicht das Glück haben, dasselbe zu durchdringen, so dürfte es wahrscheinlich auf immer für die Menschheit verloren sein.

Es versteht sich von selbst, dass dieser Apparat infolge der glücklich gewählten Lage seines Schwerpunktes hinreichende Stabilität zeigte. Man brauchte also niemals zu fürchten, dass er mit der horizontalen bedenkliche Winkel bilden oder gar umschlagen könnte.

Es erübrigt noch mitzuteilen, aus welchem Material der Ingenieur Robur seinen Aeronef hergestellt hatte, ein Name, der für den »Albatros« besonders geeignet erscheint. Welches war der so harte Stoff, dass das Bowie-Messer Phil Evans' ihn nicht zu ritzen und dessen Natur Onkel Prudent nicht zu erkennen vermochte? Ganz einfach – Papier!

Schon eine Reihe von Jahren hatte die Fabrikation desselben große Ausdehnung gewonnen. Ungeleimtes Papier, dessen Blätter mit Dextrin und Stärkemehl imprägniert wurden, bildet unter der Wirkung der hydraulischen Presse ein Material von der Härte des Stahls. Man erzeugt daraus Rollen, Schienen und Wagenräder, welche haltbarer und gleichzeitig leichter sind, als solche aus Metall. Diese große Haltbarkeit bei außerordentlicher Leichtigkeit eben hatte Robur bei der Erbauung seiner Luftlokomotive zu benützen gesucht. Alles, Rumpf, Rippen, Ruffs, Kabinen, bestand aus Strohpapier, das unter hohem Drucke metallähnlich geworden war und das sich – ein Umstand, bei einem in großer Höhe dahinschwebenden Apparate gewiss von Werth – auch als unverbrennlich erwies.

Für die verschiedenen Theile der Schwebe- und Treibmaschinerie, wie für die Flügel der Schrauben hatte gelatiniertes Fasergewebe als ebenso widerstandsfähiges, wie biegsames Material gedient und von diesem auch, da es sich allen Formen anpasste, in den meisten Gasen und Flüssigkeiten, Säuren und Salzen unlöslich war – ohne von seinen isolierenden Eigenschaften zu sprechen – in der elektrischen Maschinerie des »Albatros« der ausgedehnteste Gebrauch gemacht worden.

Der Ingenieur Robur, sein Obersteuermann Tom Turner, ein Mechaniker mit zwei Gehilfen, zwei Bootsmänner und ein Koch – Alles in Allem acht Personen – bildeten die ganze Besatzung des »Albatros«, welche für die bei der Fahrt durch die Luft nötigen Manöver übrig ausreichte. Jagd- und Kriegswaffen, Fischergeräte, elektrische Lampen, Beobachtungsinstrumente, Boussolen und Sextanten zur Erkennung der Fahrtrichtung, Thermometer zur Messung der Temperatur; verschiedene Barometer, die einen, um die erreichte Höhe, die anderen, um die Veränderung des Luftdruckes zu messen, ein »Stormglas« zum Erkennen drohender Stürme, eine kleine Bibliothek, eine kleine tragbare Druckerei, ein Geschütz auf Zapfen, in der Mitte des Decks, das, von rückwärts geladen, ein Geschoß von sechs Zentimeter Durchmesser schleuderte; der nötige Vorrat an Pulver, Kugeln, Dynamitpatronen; eine Küche, in der die von Akkumulatoren gelieferten Ströme zur Feuerung dienten, ein Vorrat von Konserven, Fleisch und Gemüse, die in einer Cambüse ad hoc neben Gefäßen mit Brandy, Whisky und Gin aufgestapelt waren, endlich Alles, was während einiger Monate gebraucht werden konnte, ohne landen zu müssen – das bildete das Material und die Vorräte des »Albatros« – ohne die berühmte Trompete zu rechnen.

Außerdem befand sich ein leichtes, unversenkbares Kautschukboot an Bord, das acht Mann auf einem Flusse, einem See oder auch auf ruhigem Meer tragen konnte. Fallschirme in Voraussicht eines eintretenden Unglücks führte Robur nicht mit sich. Er glaubte nicht an Unfälle dieser Art. Die Achsen der Schrauben waren alle voneinander unabhängig; der Stillstand der einen blieb auf die übrigen ohne Einfluss. Selbst wenn nur das halbe Triebwerk in Gang blieb, reichte es schon aus, den »Albatros« in seinem natürlichen Element zu erhalten.

»Und mit ihm, wie Robur der Sieger Gelegenheit fand gegen seine Passagiere – Passagiere wider Willen – zu äußern, mit ihm bin ich Herr jenes siebenten Weltteiles, der an Größe Australien und Afrika, Ozeanien, Asien, Amerika und Europa übertrifft, jenes Icariens der Luft, das eines Tages noch Tausende von Icarussen bevölkern werden!«

VII.
IN WELCHEM DER ONKEL PRUDENT UND PHIL EVANS SICH NOCH IMMER NICHT ÜBERZEUGEN LASSEN WOLLEN.

Der Vorsitzende des Weldon-Instituts war höchst erstaunt, sein Gefährte geradezu verblüfft. Aber weder der Eine, noch der Andere wollte sich diese so natürliche Regung anmerken lassen. Der Diener Frycollin dagegen verheimlichte sein Entsetzen nicht, sich an Bord einer solchen Maschine in den Luftraum entführt zu sehen, im Gegenteil, er gab das offen zu erkennen.

Inzwischen drehten sich die Schwebe- oder Auftriebschrauben hastig über ihren Köpfen. So schnell diese Bewegung auch vor sich ging, hätte sie doch noch um das Dreifache gesteigert werden können, im Fall der »Albatros« höhere Zonen erreichen wollte.

Die beiden eigentlichen Propeller, die jetzt einen mittelmäßigen Gang zeigten, verliehen dem Apparate nur eine Fortbewegung von zwanzig Kilometern in der Stunde.

Sich über das Verdeck hinausbeugend, konnten die Passagiere des »Albatros« ein langes, gewundenes, flüssiges Band wahrnehmen, das sich gleich einem Bächlein durch wellenförmiges Land schlängelte, in dem auch einzelne kleinere Seen die Strahlen der Sonne glänzend widerspiegelten. Dieser Bach war übrigens ein Fluss, und zwar einer der bedeutendsten des betreffenden Gebiets. An seinem linken Ufer erhob sich eine Bergkette, deren Fortsetzung sich über Gesichtsweite hinaus verlor.

»Werden Sie uns wohl sagen, wo wir uns befinden? fragte Onkel Prudent mit einer vor Ingrimm zitternden Stimme.

– Ich habe dazu gar keine Veranlassung, antwortete Robur.

– Und werden Sie uns sagen, wohin wir fahren? setzte Phil Evans hinzu.

– Durch den Luftraum.

– Und das dauert, wie lange? ...

– So lange es Zeit erfordert.

– Wollen Sie etwa eine Reise um die Erde mit uns machen? fragte Phil Evans ironisch.

– Noch mehr als das, erwiderte Robur.

– Und wenn eine solche Reise uns nicht passt? ... versetzte Onkel Prudent.

– So wird sie ihnen eben passen müssen!«

Das gab einen kleinen Vorgeschmack von den Beziehungen, die sich zwischen dem Herrn des »Albatros« und seinen Gästen, um nicht zu sagen, seinen Gefangenen, zu entwickeln versprachen. Offenbar wollte Jener ihnen jedoch erst Zeit gönnen, sich zu sammeln, den außerordentlichen Apparat zu bewundern, der sie durch die Lüfte trug, und ohne Zweifel auch, um dem Erfinder ihre Glückwünsche darbringen zu können. Dieser schlenderte scheinbar ziellos von einem Ende des Verdecks zum anderen; sie dagegen hatten vollständige Freiheit, die Anordnung der Maschinerie und die Gesamtausrüstung des »Aeronefs« zu betrachten, oder auch ihre Aufmerksamkeit ungeteilt der Landschaft zuzuwenden, deren Relief sich unter ihren Füßen so zu sagen aufrollte.

»Onkel Prudent, begann da Phil Evans, wenn ich mich nicht täusche, müssen wir über den mittleren Gebietsteilen von Canada hinschweben. Jener nach Nordwest verlaufende Fluss ist wahrscheinlich der St. Lorenz, und die Stadt, die wir da hinter uns lassen, ist Quebec.«

Es war in der That die alte Stadt Champlain's, deren Weißblechdächer wie Reflektoren in der Sonne glänzten. Der »Albatros« hatte sich bis zum sechsundvierzigsten Grade der Breite erhoben – was den vorzeitigen Anbruch des Tages und die abnorme Verlängerung des Morgenrotes hinlänglich erklärte.

»Ja, fuhr Phil Evans fort, da liegt ja die Stadt in der Gestalt eines Amphitheaters, der Hügel, der ihre Zitadelle trägt, dieses Gibraltar Nordamerikas! Dort erheben sich die englische und die französische Hauptkirche, und da wieder das Zollamt mit seiner Kuppel und der englischen Fahne darauf!«

Phil Evans hatte kaum ausgesprochen, als die Hauptstadt Canadas schon wieder in der Ferne zu verschwinden begann. Der Aeronef trat in eine Schicht kleinerer Wolken ein, welche den Ausblick nach der Erde allmählich verhinderten.

Als Robur jetzt sah, dass der Vorsitzende und Schriftführer des Weldon-Instituts ihre Aufmerksamkeit der äußeren Construction des »Albatros« zuwendeten, trat er auf sie zu und sagte:

»Nun, meine Herren, glauben Sie endlich an die Möglichkeit einer Fortbewegung durch die Luft mittelst Apparaten, die schwerer sind als jene?«

Es wäre ja schwierig gewesen, sich dem augenscheinlichen Beweise zu widersetzen. Onkel Prudent und Phil Evans gaben jedoch keine Antwort.

»Sie schweigen? fuhr der Ingenieur fort. Aha, jedenfalls verhindert Sie der Hunger am Sprechen ... doch, wenn ich es unternommen habe, Sie durch die Luft zu transportieren, so glauben Sie nicht, dass ich Sie auch mit diesem wenig nahrhaften Fluidum ernähren wollte. Ihr erstes Frühstück erwartet Sie.«

Da Onkel Prudent und Phil Evans einen schon recht quälenden Hunger verspürten, hatten sie hier keine Veranlassung, Umstände zu machen. Eine Mahlzeit verpflichtet ja noch zu nichts, und wenn Robur sie erst wieder auf der Erde abgesetzt hätte, rechneten sie nach wie vor darauf, ihm gegenüber auch ihre ganze Handlungsfreiheit wieder zu erhalten.

Beide wurden nach dem hinteren Ruff geleitet und nach einem kleinen »dining-room«, in dem sich ein sauber gedeckter Tisch befand, an welchem sie während der Fahrt speisen sollten. An Gerichten trug derselbe verschiedene Konserven und unter Anderem eine Art Brot aus gleichen Teilen Mehl und pulverisiertem Fleisch, untermischt mit ein wenig Speck, welches, in Wasser gekocht, eine vorzügliche nahrhafte Suppe liefert; ferner Schnitte von geräuchertem Schinken und als Getränk Tee.

Auch Frycollin war nicht vergessen worden. Auf dem Vorderteil erhielt er eine tüchtige Brotsuppe. Wahrlich, er musste gewaltigen Hunger haben, um essen zu können, denn seine Kinnladen zitterten eigentlich aus Furcht und hätten ihm jeden anderen Dienst versagt.

»Wenn das entzwei ginge! Wenn das entzwei ginge!« wiederholte der unglückliche Neger. Das machte ihm fortwährend Angst. Aber man denke nur ... ein Sturz von fünfzehnhundert Meter, der ihn in Pulver verwandelt hätte!

Nach Verlauf einer Stunde erschienen Onkel Prudent und Phil Evans wieder auf dem Verdeck. Robur war nicht mehr hier. Am Hinterteile folgte der Steuermann in seinem Glashäuschen, das Auge auf den Kompass gerichtet, unentwegt dem ihm vom Ingenieur vorgezeichneten Kurse.

Die andere Mannschaft mochte wohl auch durch das Frühstück in ihrem Logis zurückgehalten werden. Nur ein Hilfsmechaniker, dem nun die Überwachung der Maschinen oblag, wanderte von einem Ruff zum anderen umher.

War die Geschwindigkeit des Apparats jetzt auch eine große, so konnten die beiden Kollegen darüber doch nur unvollkommen urteilen, obgleich der »Albatros« aus jener Wolkenschicht wieder hervorgetreten war und sich der Erdboden fünfzehnhundert Meter unter ihnen deutlich zeigte.

»Man kann eigentlich gar nicht daran glauben! bemerkte Phil Evans.

– So glauben wir nicht daran,« antwortete Onkel Prudent.

Sie begaben sich hiermit nach dem Vorderdeck und ließen die Blicke über den Horizont im Westen schweifen.

»Ah, eine andere Stadt! rief Phil Evans.

– Können Sie dieselbe erkennen?

– Ja, es scheint mir Montreal zu sein.

– Montreal? ... Aber wir haben doch Quebec vor kaum zwei Stunden verlassen!

– Das beweist, dass diese Maschine sich mit einer Geschwindigkeit von mindestens fünfundzwanzig Lieues die Stunde bewegt.«

Das war in der That die Größe der Geschwindigkeit des »Albatros«, und wenn die Passagiere davon keine Belästigung verspürten, lag das daran, dass sie mit dem Winde forttrieben. Bei stillem Wetter hätte sie diese Schnelligkeit schon merkbar geniert, weil sie fast der eines Expresszuges gleichkommt. Bei widrigem Winde wäre dieselbe ganz unerträglich gewesen.

Phil Evans täuschte sich nicht. Unter dem »Albatros« erschien Montreal, das an seiner Victoria-Brücke, einer Röhrenbrücke über den St. Lorenz gleich dem Bahnviadukt über die Lagunen von Venedig, leicht kenntlich war. Bald unterschied man auch seine breiten Straßen, die ungeheuren Magazine, die Paläste der Banken, die Kathedrale, eine neuerdings nach dem Vorbilde des St. Peters-Domes in Rom erbaute Basilika und endlich den Mont-Royal, der die ganze Stadt überragt und zu einem herrlichen Park umgeschaffen ist.

Es war ein Glück zu nennen, dass Phil Evans die Hauptstadt Canadas schon früher einmal besucht hatte. Er konnte so Mehreres erkennen, ohne Robur erst zu fragen. Nach Montreal kamen sie etwa einhalb zwei Uhr nachmittags, über Ottawa hinweg, dessen Fälle, von oben gesehen, einem ungeheuren Siedekessel glichen, der durch sein furchtbares Überschäumen einen großartigen Effekt hervorbrachte.

»Da ist der Parlaments-Palast,« sagte Phil Evans.

Er wies bei diesen Worten nach einer Art Nürnberger Spielzeug, das auf einem Hügel verloren war. Dieses Spielzeug mit seiner vielfarbigen Architektur glich dem Parlamentshaus zu London, wie die Kathedrale von Montreal der Peters-Kirche zu Rom. Doch nichtsdestoweniger war und blieb die in Sicht befindliche Stadt eben Ottawa.

Auch diese schien von dem Standpunkte der Beschauer aus schnell dem Horizonte zuzueilen und bildete bald nur einen etwas helleren Fleck auf der Erde.

Es mochte gegen zwei Uhr sein, als Robur wieder erschien. Sein Obersteuermann Tom Turner begleitete ihn. Er sagte zu diesem nur drei Worte. Letzter übermittelte dieselben den beiden Gehilfen im Vorder- und im Hinterruff. Auf ein Zeichen veränderte der Steuermann die Richtung des »Albatros«, so dass dieser um zwei Grade nach Südwesten abwich. Gleichzeitig konnten Onkel Prudent und Phil Evans wahrnehmen, dass den Treibschrauben des Aeronefs eine größere Schnelligkeit verliehen wurde.

Diese Schnelligkeit hätte in Wirklichkeit noch verdoppelt werden können, und man hätte damit eine Maschine erhalten, welche alle Erdmaschinen weit hinter sich lassen musste.

Man urteile selbst: Torpedoboote können zweiundzwanzig Knoten oder vierzig Kilometer in der Stunde zurücklegen. Die schnellsten Eisenbahnzüge bringen es wohl bis auf hundert; Schlittenboote auf den übereisten Seen der Vereinigten Staaten bis auf hundertfünfzehn; eine in der Werkstatt Patterson's erbaute Maschine mit Zahnrädern hat über den Erie-See hinweg hundertdreißig erreicht und eine andere Lokomotive zwischen Trenton und Jersey gar hundertsiebenunddreißig Kilometer.

Der »Albatros« aber konnte beim Maximum seiner Kraftäußerung mittelst seiner Treibschrauben sich zweihundert Kilometer in der Stunde, das heißt rund fünfzig Meter in der Sekunde, fortbewegen.

Eine solche Schnelligkeit aber ist die des Orkans, der Bäume entwurzelt, die jenes Windstoßes, der bei dem Sturm vom 21. September 1881 in Cahors hundertvierundneunzig Kilometer in der Stunde dahinraste. Es ist die mittlere Geschwindigkeit der Brieftaube, welche nur noch von der gewöhnlichen Schwalbe (mit siebenundsechzig Metern in der Sekunde) und von der Mauerschwalbe (mit neunundachtzig Metern) übertroffen wird.

Mit einem Worte, und wie Robur gesagt, der »Albatros« hätte bei Entwickelung der ganzen Kraft seiner Schrauben die Fahrt um die Erde binnen zweihundert Stunden, d. h. also in noch nicht acht Tagen zurücklegen können.

Wenn auch die Erde jener Zeit schon 450.000 Kilometer Eisenstraßen besaß, d. h. eine Länge, welche elfmal den Äquator umspannt hätte – so blieb das doch für diese fliegende Maschine ohne Bedeutung. Stand ihr nicht das ganze große Luftmeer offen?

Brauchen wir jetzt noch mehr hinzuzufügen? Jenes Phänomen, dessen Erscheinung die ganze Alte und Neue Welt in Aufruhr versetzt hatte, war der Aeronef des Ingenieurs. Jene Trompete, welche die schmetternden Fanfaren in den Lüften ertönen ließ, war die des Obersteuermanns Tom Turner. Die Flaggen, welche man auf den Hauptbauwerken Europas, Asiens und Amerikas aufgepflanzt gefunden hatte, war die Flagge Robur's des Siegers und seines »Albatros«.

Und wenn der Ingenieur bisher einige Vorsicht beobachtet hatte, um nicht erkannt zu werden, wenn er mit Vorliebe nur in der Nacht gefahren war, die er zuweilen durch jene elektrischen Lichtströme erhellte, während er den Tag über jenseits der Wolken zu verschwinden trachtete, so schien er sein Geheimnis doch jetzt nicht mehr bewahren zu wollen. Denn als er nach Philadelphia gekommen war und sich in dem Sitzungssaale des Weldon-Instituts vorgestellt hatte, konnte er da etwas Anderes beabsichtigen, als die Bekanntgebung seiner wunderbaren Entdeckung, um selbst die Ungläubigsten ipso facto zu überzeugen?

Wir wissen, wie er hier aufgenommen wurde, und werden sehen, welche Repressalien er gegenüber dem Vorsitzenden und dem Schriftführer des bekannten Clubs zu ergreifen gedachte.

Inzwischen hatte sich Robur den beiden Männern genähert. Diese stellten sich noch immer, als erstaunten sie nicht im Geringsten über das, was sie vor sich sahen: offenbar setzte sich allmählich unter diesen beiden angelsächsischen Schädeln ein Starrsinn fest, der nur schwierig auszurotten sein würde.

Robur seinerseits wollte sich auch nicht den Anschein geben, als fiele ihm das auf, und begann deshalb, als setze er nur ein Gespräch fort, das doch schon seit zwei Stunden unterbrochen war:

»Sie haben sich ohne Zweifel damit befasst, meine Herren, ob dieser für die Bewegung durch die Luft ausgezeichnete Apparat auch eine noch größere Geschwindigkeit annehmen könne. Er wäre indes nicht würdig, den Luftraum sozusagen besiegt zu haben, wenn er sich denselben nicht gänzlich unterwürfig machen könnte. Ich bin darauf ausgegangen, die Luft als festen Stütz- und Angriffspunkt zu benützen, und als solcher dient sie mir. Ich sah längst ein, dass man, um gegen den Wind anzukämpfen, stärker sein müsse, als dieser, und ich bin stärker. Ich bedarf keiner Segel, die mich ziehen, keiner Ruder oder Räder, die mich treiben, keiner Schienen, um schneller und leichter fortzukommen – nur Luft ... nichts weiter! Luft, die mich ganz ebenso umgibt, wie das Wasser jedes submarine Fahrzeug, und in der meine Propeller sich drehen, wie die Schrauben eines Dampfers. Das ist das ganze Geheimnis, wie ich das Problem der Aviation löste; da haben Sie, was weder ein Ballon, noch irgend ein Apparat, der leichter als die Luft ist, jemals leisten wird.«

Die beiden Kollegen schwiegen still wie das Grab, ohne dass sich der Ingenieur dadurch aus der Fassung bringen ließ. Er begnügte sich, verstohlen zu lächeln, und fuhr in folgenden Fragesätzen fort:

»Sie fragen vielleicht, ob der »Albatros« mit dieser Kraft, die ihn horizontal treibt, auch eine gleich wirkungsvolle Kraft verbindet, um sich in vertikaler Richtung zu bewegen, mit einem Worte, ob er, wenn es sich darum handelte, große Höhen zu erreichen, werde noch mit einem Aerostaten wetteifern können? Nun, ich würde Ihnen nicht raten, den »Go a head« mit ihm um den Preis kämpfen zu lassen.«

Die beiden Kollegen zuckten einfach mit den Achseln, das war vielleicht der wunde Punkt, an dem sie den Ingenieur fassen zu können glaubten.

Robur gab ein Zeichen. Die Treibschrauben standen sofort still, und nachdem der »Albatros« etwa noch eine Meile in gleicher Richtung dahin geschwebt war, blieb auch er unbeweglich.

Auf ein zweites Zeichen Robur's setzten sich die Auftriebsschrauben in Bewegung, und zwar mit einer Geschwindigkeit, welche man füglich hätte mit den zu akustischen Experimenten benützten Sirenen vergleichen können. Ihr frrr erhob sich in der Tonleiter um fast eine ganze Octave, während dessen Intensität wegen der jetzt dünneren Luft abnahm, und der Apparat strebte lotrecht in die Höhe, wie eine Lerche, welche ihre hellen Töne durch die Lüfte schmettert.

»Herr! Bester Herr! ... rief Frycollin wiederholt, wenn nur nicht Alles in Stücke geht!«

Ein verächtliches Lächeln war Robur's ganze Antwort. Nach wenigen Minuten hatte der »Albatros« eine Höhe von zweitausendsiebenhundert Metern erreicht, was den Gesichtskreis auf siebzig Meilen ausdehnte – dann eine solche von viertausend Metern, was der bis auf vierhundertachtzig Millimeter herabsinkende Barometer anzeigte.

Nach dieser gelungenen Vorführung sank der »Albatros« wieder herab. Die Verminderung des Drucks in den hohen Luftschichten bedingt bekanntlich eine starke Abnahme des Sauerstoffes in derselben und deshalb auch im Blute. Das ist die Ursache der ernsten Unfälle, welche schon Hunderten von Luftschiffern zugestoßen sind. Robur aber hielt es für nutzlos, sich einem solchen auszusetzen.

Der »Albatros« gelangte also nach derjenigen Höhe zurück, die er mit Vorliebe einzuhalten schien, und seine wieder in Tätigkeit gesetzten Treibschrauben führten ihn jetzt mit vermehrter Geschwindigkeit nach Südwesten hin.

»Jetzt, meine Herren, können Sie sich, wenn Sie nur darnach fragten, selbst Antwort geben.«

Hiermit neigte er sich über die Reling hinaus und blieb so in Betrachtung versunken stehen.

Als er den Kopf wieder erhob, waren der Vorsitzende und der Schriftführer des Weldon-Institut vor ihn hingetreten.

»Ingenieur Robur, begann Onkel Prudent, der sich vergebens zu bemeistern suchte, das, was Sie zu glauben scheinen, haben wir uns keineswegs gefragt. Doch wollen wir Ihnen eine Frage stellen, auf welche wir jedenfalls Antwort erwarten.

– Reden Sie!

– Mit welchem Rechte haben Sie uns in Philadelphia, im Fairmont-Park überfallen? Mit welchem Rechte uns in jene Zelle eingeschlossen? Mit welchem Rechte entführen Sie uns wider Willen an Bord dieser fliegenden Maschine?

– Und mit welchem Rechte, meine Herren Ballonisten, entgegnete Robur, mit welchem Rechte haben Sie mich beleidigt, verspottet; in Ihrem Club bedroht, und zwar in einer Weise, dass ich mich selbst wundere, lebend davon gekommen zu sein.

– Fragen heißt nicht antworten, erwiderte Phil Evans, und ich wiederhole Ihnen, mit welchem Rechte handelten Sie?

– Sie wollen das wissen? ...

– Wenn es Ihnen gefällig ist.

– Nun wohl, mit dem Rechte des Stärkeren!

– Das ist zynisch!

– Aber es ist so.

– Und wie lange, Bürger Ingenieur, fragte Onkel Prudent, dem nun die Geduld ausging, wie lange denken Sie, dieses Recht uns gegenüber auszunützen?

– Aber, meine Herren, antwortete Robur ironisch, wie können Sie nur eine solche Frage stellen, da Sie nur den Blick zu senken brauchen, um ein Schauspiel zu genießen, das in der Welt nicht seines Gleichen findet?«

Der »Albatros« spiegelte sich eben in der ungeheuren Fläche des Ontario-Sees, er war eben über das von Cooper so hoch poetisch besungene Land gekommen, dann folgte er der Südgrenze dieses weiten Wasserbeckens und wandte sich dem berühmten Flusse zu, der ihm die Gewässer des Erie-Sees, aber zerstäubt im seinen Katarakten, zuführt.

Einen Augenblick lang drang ein wahrhaft majestätisches Geräusch, gleich dem Rollen des Sturmes, bis zu ihm hinauf, und als ob sich ein feuchter Dunst in den Lüften verbreitete, wurde die Temperatur merklich kühler.

Tief unten donnerten die ungeheuren Wassermassen in Hufeisenbogen hinunter. Man glaubte wohl einen gewaltigen Strom von Kristall vor sich zu sehen, den tausend, durch Refraktion aus der Zerlegung des Sonnenlichtes entstandene Regenbogen umglänzten. Es war ein wirklich erhebender Anblick.

Vor diesen Fällen verband eine, gleich einem Faden ausgespannte schmale Brücke ein Ufer mit dem anderen. Etwas weiter unten – etwa drei Meilen entfernt war eine Hängebrücke darüber geschlagen, über welche sich eben ein Bahnzug hinschlängelte, der von dem kanadischen Ufer nach dem amerikanischen zu dampfte.

»Die Niagarafälle!« rief Phil Evans.

Und dieser Ausruf entfuhr ihm, während Onkel Prudent sich die erdenklichste Mühe gab, alle Wunder, die sich vor seinen Augen entrollten, scheinbar nicht zu beachten.

Eine Minute später hatte der »Albatros« den Strom überschritten, der die Vereinigten Staaten von der Kolonie Canada scheidet, und er schwebte nun über den unendlich weiten Gebieten des nördlichen Amerika.

VIII.
WORIN MAN SEHEN WIRD, DASS ROBUR SICH ENTSCHLIEßT, AUF DIE IHM VORGELEGTE WICHTIGE FRAGE ZU ANTWORTEN.

In einer der Kabinen des Ruffs auf dem Hinterdeck hatten Onkel Prudent und Phil Evans zwei vorzügliche Lagerstätten, Wäsche, eine hinreichende Menge Kleidungsstücke zum Wechseln, nebst Mänteln und Reisedecken vorgefunden. Kein transatlantischer Dampfer hätte ihnen mehr Bequemlichkeiten bieten können. Wenn sie nicht in einem fort schliefen, so lag das nur in ihrer Absicht, oder es hielten sie mindestens sehr beunruhigende Gedanken davon zurück. In welch' unberechenbares Abenteuer waren sie hier geraten? Was zu erleben und zwar wider ihren Willen zu erleben stand ihnen Alles noch bevor? Wie würde die ganze Geschichte ablaufen und was beabsichtigte eigentlich der Ingenieur Robur? – Das war gewiss genug Material, unausgesetzt ihre Gedanken zu erfüllen.

Der Diener Frycollin war auf dem Verdeck in einer mit der des Kochs vom »Albatros« zusammenstoßenden Kabine untergebracht worden. Diese Nachbarschaft missfiel ihm keineswegs – er liebte es, sich mit den Großen dieser Erde auf guten Fuß zu stellen. Doch wenn er endlich einschlief, so träumte der arme Teufel nur vom Herabstürzen durch die Luft, was seinen Schlummer zum fortwährenden Alpdrücken verunstaltete.

Und doch konnte es keine ruhigere Fahrt geben, als dieses Dahinschweben durch die Atmosphäre, deren Strömung sich am Spätabend ganz gelegt hatte. Außer dem Schwirren der Schraubenflügel drang kein Geräusch nach dieser Höhe, höchstens zuweilen der schrille Pfiff einer irdischen Lokomotive, die auf ihrer Eisenstraße dahinrollte, oder kaum vernehmbare Laute von Haustieren. – Ein eigentümlicher Instinkt schien diesen Erdengeschöpfen zu verraten, dass die Flugmaschine über ihnen hinglitt, und das veranlasste sie, einen Angstschrei von sich zu geben.

Am folgenden Tage, am 14. Juni, lustwandelten Onkel Prudent und Phil Evans schon früh fünf Uhr auf dem Verdeck des »Albatros«. Eine Veränderung gegen den Vortag zeigte sich nicht, der Ausguck stand am vorderen, der Steuermann am hinteren Theile desselben. Wozu diente aber hier ein Wachtposten? Fürchtete man auch mit der ersten Maschine dieser Art einen etwaigen Zusammenstoß? Nein, das gewiss nicht. Robur hatte ja noch keine Nachahmer gefunden. Die Möglichkeit, einem in den Lüften schwebenden Aerostaten zu begegnen, war eine so geringe, dass sie füglich außer Rechnung gelassen werden konnte. Jedenfalls wäre der Aerostat am schlimmsten daran gewesen – wie bei einem Zusammenstoß des eisernen Topfes mit dem irdenen. Der »Albatros« hatte von einer solchen Kollision ja so gut wie nichts zu fürchten.

Doch konnte eine solche überhaupt vorkommen? Ja. Es war ja nicht ausgeschlossen, dass der Aeronef unversehens auf eine Küste zusteuerte, wie ein Schiff, wenn ein Berg, den es eben nicht umsegeln kann, ihm den Weg versperrte. Ein solcher Berg wäre also eine Klippe in der Luft, und diese galt es zu vermeiden, wie das Schiff die Klippe des Meeres zu meiden hat.

Wohl hatte der Ingenieur, ganz wie ein Kapitän die Fahrtrichtung angegeben unter Berücksichtigung der notwendigen Höhe, in der sich der Apparat halten musste, um auch die höchsten Berggipfel der betreffenden Gegenden zu übersegeln. Da der Aeronef sich aber eben im stark gebirgigem Lande befand, war es gewiss nur ein Gebot der Klugheit, sorgsam Ausguck zu halten, wenn er einmal aus irgend einem Grunde vom richtigen Laufe abwich.

Bei Betrachtung der unter ihnen liegenden Gegend bemerkten Onkel Prudent und Phil Evans einen großen Binnensee, dessen nach Süden gelegene Spitze der »Albatros« bald erreichen musste. Sie schlossen daraus, dass sie während der Nacht über den Erie-See in seiner ganzen Länge weggekommen wären. Da der Aeronef nun direct nach Westen steuerte, so mussten sie später den äußersten Teil des Michigan-Sees erreichen.

»Hier ist kein Zweifel möglich, sagte Phil Evans, jenes Meer von Dächern am Horizonte ist Chicago!«

Er täuschte sich nicht, das war die genannte Stadt, in der siebzehn Eisenbahnlinien zusammenlaufen, die Königin des Westens, das ungeheure Magazin, in dem die Erzeugnisse von Indiana, Ohio, Wisconsin, Missouri und überhaupt die aus allen Provinzen zusammenströmen, welche den westlichen Teil der Union bilden.

Bewaffnet mit einem vortrefflichen Marinefernrohr, das er in seinem Ruff gefunden, erkannte Onkel Prudent leicht die Hauptgebäude jener Stadt. Sein College konnte ihm die Kirchen, die öffentlichen Bauten, die zahlreichen Elevatoren, ebenso wie das gewaltige Hôtel Sheeman zeigen, das einem großen Würfel, wie man solche zum Spielen gebraucht, glich, an dem freilich die Fenster als hundertfache Augen auf jeder Seite erschienen.

»Da das Chicago ist, bemerkte Onkel Prudent, so ist damit bewiesen, dass wir etwas gar zu weit nach Westen entführt worden sind, als es wünschenswert wäre, um nach unserem Abfahrtspunkt zurückzukehren.«

Der »Albatros« entfernte sich in der That in gerader Linie von der Hauptstadt Pennsylvaniens.

Hätte Onkel Prudent aber Robur auch darum angehen wollen, sie nun nach Osten zurückzuführen, so wäre das jetzt wenigstens unmöglich gewesen. Gerade an diesem Morgen schien der Ingenieur gar keine Eile zu haben, seine Kabine zu verlassen, mochte er darin nun mit irgend welchen Arbeiten beschäftigt sein oder vielleicht nur noch schlafen. Die beiden Kollegen mussten also frühstücken, ohne ihn gesehen zu haben.

Die Fahrgeschwindigkeit war seit dem vorigen Tage nicht verändert. Bei der Richtung des eben wendenden Windes wurde dieselbe nicht lästig, und da der Thermometer sich nur um einen Grad bei der Erhebung um hundertsiebzig Meter senkte, so war auch die Temperatur eine erträgliche. In Erwartung des Ingenieurs gingen Onkel Prudent und Phil Evans nachdenklich hin und her unter der Takelage der Schrauben – wenn der Ausdruck erlaubt ist – welche immerhin eine so schnelle Drehbewegung einhielten, dass die Strahlen ihrer Flügel zu einer halbdurchscheinenden Scheibe verschmolzen.

In weniger als zwei Stunden kamen sie auf diese Weise längs seiner Nordgrenze über den Staat Illinois hinweg, und dabei über den Vater der Gewässer, den Mississippi, dessen zweietagige Dampfer nicht größer als gewöhnliche Kähne erschienen. Dann wendete sich der »Albatros« nach Iova, nachdem Iova-City gegen elf Uhr vormittags in Sicht gekommen war.

Einzelne Hügelketten, die »Bluffs«, schlängelten sich von Süden nach dem Nordwesten durch dieses Gebiet. Ihre mäßige Höhe machte keine besondere Aufsteigung des Aeronefs nötig. Diese Bluffs mussten auch bald noch niedriger werden, um nachher den weiten Ebenen von Iova Platz zu machen, welche sich über dessen ganzen nördlichen Teil, wie über Nebraska ausdehnen – ungeheure Prärien, welche bis zum Fuß der Felsengebirge heranreichen. Da und dort glänzten zahlreiche Rios, Zuflüsse und Nebenflüsse des Missouri. An ihren Ufern lagen Städte und Dörfer, welche jedoch immer seltener wurden, je nachdem der »Albatros« schneller nach dem Far-West über sie hinwegglitt.

Im Laufe des Tages ereignete sich nichts Besonderes. Onkel Prudent und Phil Evans blieben sich gänzlich selbst überlassen. Kaum bemerkten sie einmal Frycollin, der auf dem Verdeck ausgestreckt lag und die Augen geschlossen hielt, um lieber gar nichts zu sehen. Übrigens litt er nicht etwa an Schwindelzufällen, wie man hätte glauben können. Wegen Mangels an Vergleichsobjekten hätte sich dieser Schwindel überhaupt nicht in derselben Weise äußern können, wie etwa auf dem Dache eines hohen Gebäudes; der Abgrund verliert seine Anziehungskraft, wenn man in der Gondel eines Ballons oder auf dem Deck eines Aeronefs über ihm schwebt, oder vielmehr unter dem Aeronauten gähnt gar kein Abgrund, sondern der Horizont allein erhebt sich an allen Seiten und umringt denselben.

Um zwei Uhr glitt der »Albatros« über Omaha an der Grenze von Nebraska hin, über Omaha-City, den wirklichen Kopf der Pacific-Bahn, jenes fünfzehnhundert Lieues langen Schienenstranges, der New-York und San Francisco verbindet. Einen Augenblick lang sah man die gelblichen Fluten des Missouri, nachher die Stadt mit ihren Holz- und Steinhäusern, inmitten dieses reichen Beckens gelegen gleich dem Schloss eines Gürtels, der Nordamerika in der Taille umspannt.

Zweifellos mussten, während die Passagiere des Aeronefs alle diese Einzelheiten betrachteten, auch die Bewohner von Omaha den seltsamen Apparat wahrgenommen haben.

Ihr Erstaunen aber, denselben in den Lüften hinschweben zu sehen, konnte gewiss nicht größer sein, als das des Vorsitzenden und des Schriftführers des Weldon-Instituts, sich an Bord desselben zu befinden.

Jedenfalls lag hier eine Tatsache vor, welche durch die Journale der Union besprochen wurde; eben diese lieferte eine Erklärung des Phänomens, mit dem sich seit einiger Zeit die ganze Welt beschäftigte.

Eine Stunde später war der »Albatros« schon über Omaha hinweg. Der »Albatros« steuerte jetzt konstant nach Westen, indem er sich vom Platte-River entfernte, dessen Thal die Pacific-Railway durch die Prairie folgt. Den Onkel Prudent und Phil Evans konnte diese Wahrnehmung gerade nicht befriedigen.

»Die Sache wird ernsthaft mit diesem sinnlosen Project, uns zu den Antipoden zu bringen, sagte der Eine.

– Und noch dazu wider unseren Willen! bemerkte der Andere. O, dieser Robur soll sich nur in Acht nehmen, ich bin nicht der Mann dazu, mit mir spielen zu lassen!

– Ich auch nicht! versicherte Phil Evans. Doch, folgen Sie meinem Rate, Onkel Prudent, versuchen Sie sich zu mäßigen ...

– Mich mäßigen! ...

– Und bemeistern Sie Ihre Wut bis zu dem Augenblick, wo es an der Zeit ist, sie ausbrechen zu lassen.«

Gegen fünf Uhr und nach Überschreitung der mit Tannen und Zedern bedeckten schwarzen Berge flog der »Albatros« über jenen Gebieten hin, die man mit Recht das »schlimme Land« genannt hat – ein Chaos von ockerfarbigen Hügeln, gleichsam von Bergstücken, welche der Schöpfer hatte auf die Erde fallen lassen und die dabei in Trümmer gegangen waren. Von ferne gesehen, nahmen diese Blöcke die phantastischsten Formen an. Da und dort inmitten dieser ungeheuren Ansammlung von Bruchstücken erblickte man Ruinen von mittelalterlichen Städten mit Forts, Warttürmen, Laufgräben und Schanzen. Heutzutage bildet dieses »schlimme oder böse Land« aber nichts als ein gewaltiges Beinhaus, in dem die Reste von Pachydermen, Chelonien und der Sage nach sogar von fossilen Menschen bleichen, welche durch eine unbekannte Erdrevolution in grauer Vorzeit hierher geworfen wurden.

Mit einbrechendem Abend war schon das große Becken des Platte-River übersegelt. Jetzt dehnte sich vor dem »Albatros« eine weite Ebene bis zu dem, durch dessen hohen Standpunkt sehr erweiterten Horizonte aus.

Während der Nacht waren es nicht mehr die scharfen Pfiffe der Lokomotive oder die heulenden Töne von Dampfbooten, welche die Ruhe des gestirnten Firmaments störten. Lang anhaltendes Grunzen und Blöken drang manchmal bis zu dem, übrigens jetzt der Erde näheren Aeronef hinauf. Dasselbe rührte von den Bisonherden her, welche bei Aufsuchung von Wasserläufen und Weideland durch die Prairie trotteten. Und wenn jene schwiegen, dann erzeugte das Rascheln des Grases unter ihren Hufen ein dumpfes Geräusch, ähnlich dem Rauschen einer Überschwemmung, und sehr verschieden von dem Schwirren und Sausen der Schrauben.

Von Zeit zu Zeit ließ sich wohl auch das Heulen von Wölfen, das Gebell und Geschrei von Füchsen und Wildkatzen hören oder das scharfe Bellen von Coyoten, jenes »canis latrans«, dessen Name sich schon durch die gellenden Töne des Tieres rechtfertigt.

Daneben verbreitete sich ein durchdringender Duft von Minze, Salbei und Absinth, vermischt mit dem kräftigen Harzgeruch von Koniferen, in der reinen Nachtluft.

Endlich hörte man, um alle vom Erdboden kommenden Geräusche zu erwähnen, auch eine Art recht unheimlichen Bellens, das aber nicht von den Coyoten herrührte; das war der Schrei einer Rothaut, welchen kein Pionier des fernen Westens mit dem Geschrei eines Raubtieres verwechseln könnte.

Phil Evans verließ seine Kabine. Vielleicht sollte er an diesem Tage den Ingenieur Robur endlich wiedersehen.

Begierig, zu erfahren, warum Jener sich am vergangenen Tage gar nicht gezeigt haben möge, wandte er sich an den Obersteuermann Tom Turner.

Tom Turner, von englischer Herkunft und etwa fünfundvierzig Jahre alt, breit in der Brust, untersetzt von Gestalt und mit Knochen von Eisen, hatte einen jener charakteristischen Köpfe à la Hogarth, wie sie dieser Maler der angelsächsischen Hässlichkeiten aus seinem Pinsel hervorgezaubert hat. Wer die Tafel IV von Harlots Progress genauer betrachtet, der wird auf derselben den Kopf Tom Turner's auf den Schultern des Gefängniswärters wiederfinden und wird erkennen, dass dessen Physiognomie nicht eben viel Ermutigendes hat.

»Werden wir heute den Ingenieur Robur sehen? fragte Phil Evans.

– Weiß nicht, antwortete Tom Turner.

– Ich frage Sie nicht, ob er etwa weggegangen ist.

– Vielleicht.

– Auch nicht, wann er zurückkehren könnte.

– Vermutlich, wenn er mit seiner Kursbestimmung fertig ist.«

Hiermit verschwand Tom Turner schon wieder in seinem Ruff.

Phil Evans musste sich wohl oder übel mit dieser Antwort begnügen, welche umso weniger beruhigend erschien, als eine fortgesetzte Beobachtung des Kompasses ihm lehrte, dass der »Albatros« noch immer nach Südwesten weiter steuerte. Welcher Unterschied aber zwischen dem seit der Nacht verlassenen Gebiete des schlimmen Landes und der Landschaft, die sich jetzt unten auf der Erde entrollte!

Nachdem der Aeronef tausend Kilometer von Omaha aus zurückgelegt, befand er sich über einer Gegend, welche Phil Evans aus dem Grunde nicht zu erkennen vermochte, weil er sie vorher noch niemals besucht hatte. Einige Forts, mit dem Zwecke, die Indianer im Schach zu halten, bekrönten die Bluffs mit ihren geometrischen Linien, welche mehr aus Palisaden, als aus Mauerwerk bestanden; Dörfer gab es nur wenige und ebenso wenig Bewohner in diesem von dem goldführenden, einige Grade südlicher liegenden Gebiete Colorados so auffallend verschiedenen Landstriche.

In der Ferne erhob sich, vorläufig nur in verschwindenden Umrissen, eine Reihe von Bergkämmen, welche die aufsteigende Sonne mit feurig leuchtendem Kranze schmückte.

Das waren die Felsengebirge.

Zum ersten Male an diesem Morgen beobachteten Onkel Prudent und Phil Evans eine empfindliche Kälte. Die Erniedrigung der Temperatur war aber nicht etwa einem Witterungsumschlage zuzuschreiben, denn die Sonne leuchtete fortwährend in hellem Glanze.

»Das wird von der Erhebung des »Albatros« in der Atmosphäre herkommen,« meinte Phil Evans.

In der That war der an der äußeren Seite der Thür des mittleren Ruffs angebrachte Barometer bis auf fünfhundertvierzig Millimeter gesunken – was einer Erhebung von etwa dreitausend Metern entspricht. Der Aeronef hielt sich also in einer bedeutenden, übrigens durch die gebirgige Bodenbeschaffenheit bedingten Höhe.

Eine Stunde vorher hatte er sogar eine Höhe von viertausend Metern übersteigen müssen, denn hinter ihm erhoben sich viele, mit ewigem Schnee bedeckte Berghäupter.

Weder Onkel Prudent noch sein Gefährte konnten sich erinnern, welches Land das wohl wäre. Im Laufe der Nacht hatte der »Albatros« ja einen anderen Weg nach Norden oder Süden einhalten können, und bei seiner übermäßigen Schnelligkeit genügte das, sie schon sehr weit zu verschlagen.

Nachdem sie verschiedene mehr oder weniger annehmbare Hypothesen besprochen, einigten sie sich darüber, dass das vorliegende, von einem kreisförmigen Bergwall umrahmte Gebiet dasselbe sein werde, welches durch Kongressakte vom März 1872 zum Nationalpark der Vereinigten Staaten erklärt worden war.

Sie hatten hiermit Recht, und jenes Gebiet verdient vollständig den Namen eines Parks, aber eines solchen mit Bergen statt der Hügel, mit Seen statt der Teiche, mit Strömen statt der Bäche, mit tiefen Wäldern statt künstlich angelegter Labyrinthe, und als Springbrunnen schmückten denselben wirkliche Geyser von erstaunlicher Mächtigkeit.

Nach wenig Minuten glitt der »Albatros«, den Stevensonberg rechts liegen lassend, über den Yellowstone-Fluß hin und gelangte nach dem großen See, der den Namen jenes Flusses trägt. Welch' reiche Abwechslung im Zuge der Ufer dieses Wasserbeckens, deren flachere, mit Obsidianen und kleinen Kristallen besäte Ränder die Sonnenstrahlen in unzähligen Facetten widerspiegelten! Wie launenhaft liegen die Inseln über seine Oberfläche zerstreut! Wie wunderbar blau wirft dieser Riesenspiegel die Farbe des Himmels zurück! Und rings um diesen See – übrigens einer der höchstgelegenen der ganzen Erde – schwammen und flatterten ganze Wolken verschiedener Vögel, wie Pelikane, Schwäne, Möwen, Gänse, Rotgänse und Tauchervögel. Einige der Strecken des steiler abfallenden Uferlandes trugen ein immergrünes Gewand von Fichten- und Lärchenbäumen, während am Fuße seiner Böschungen unzählige weiße Dampfquellen emporwirbelten. Dieser Dampf entsteigt dem Erdboden wie aus einem ungeheuren Kessel, in dem das Wasser durch das Feuer des Erdinneren in fortwährendem Sieden erhalten wird.

Für den Koch wäre jetzt oder niemals eine günstige Gelegenheit gewesen, sich mit reichlichem Vorrate von Forellen zu versorgen, welche Fischart die einzige ist, die der Yellow-See, aber auch zu Myriaden, ernährt. Der »Albatros« hielt sich jedoch stets in einer solchen Höhe, dass ein Fischzug, der unzweifelhaft von einträglichem Erfolge gewesen wäre, sich nicht hätte ausführen lassen.

Übrigens wurde der See schon binnen dreiviertel Stunden und wenig später das Gebiet der Geyser, die mit den schönsten in Island wetteifern, überschritten. Über das Verdeck hinaus gebeugt, beobachteten Onkel Prudent und Phil Evans die flüssigen Säulen, die hoch aufstiegen, als sollten sie dem Aeronef noch ein neues Kraftelement zuführen. Es waren das »der Fächer«, dessen Dämpfe sich kreisförmig ausbreiten; »das befestigte Schloss«, das sich gleichsam durch Trombenschüsse zu verteidigen scheint; »der alte Treue« mit seiner von Regenbogen begrenzten Flüssigkeitssäule, und »der Riese«, durch den der innere Druck einen lotrechten Strom von fünfundzwanzig Fuß Umfang auf mehr als zweihundert Fuß Höhe emporschleudert.

Robur schien die Wunder dieses unvergleichlichen Schauspiels, das gewiss in der Welt einzig dasteht, schon zur Genüge zu kennen, denn er erschien nicht auf dem Verdeck.

Sollte er den Aeronef nur zum Vergnügen seiner Gäste über dieses National-Eigentum hingeführt haben? Wenn diese Voraussetzung auch vielleicht zutraf, so entzog er sich doch ihren Dankesbezeugungen. Er ließ sich nicht einmal durch die kühne Fahrt quer durch die Felsengebirge, welche der »Albatros« gegen sieben Uhr morgens erreichte, aus seiner Ruhe stören.

Es ist bekannt, dass dieses orographische System sich gleich einem gewaltigen Rückgrat von den Lenden Nordamerikas bis zu dessen Halse hin ausdehnt, indem es eine Fortsetzung der mexikanischen Anden bildet. Das Ganze erreicht eine Länge von dreitausendfünfhundert Kilometern und hat seinen höchsten Punkt im Pic-James, der bis fast zwölftausend Fuß hoch aufragt.

Gewiss hätte der »Albatros« durch Vermehrung seiner Flügelschläge, gleich einem im Äther dahineilenden Vogel, auch die höchsten Gipfel dieser Ketten überfliegen können, um dann wie mit Riesenschwingen nach Oregon und Utah hinabzusteigen. Dieses Manöver war aber nicht einmal notwendig, da es hier Pässe gibt, um durch die Bergkette zu gelangen, ohne deren Kamm zu übersteigen. Man findet verschiedene solcher »Cañons«, eine Art mehr oder weniger enger Schluchten, durch welche man nur schwer gelangen kann – die einen, wie der Bridger-Pass, dem auch die Pacific-Bahn folgt, um in das Mormonengebiet einzudringen, die anderen etwas weiter im Norden oder im Süden.

In einen dieser Cañons lenkte der »Albatros« ein, nachdem er seine Geschwindigkeit vermindert hatte, um jedenfalls ein Anstoßen an die Wände der Schlucht zu vermeiden. Der Steuermann, dessen ungemein sichere Hand die vorzügliche Wirksamkeit des Steuerruders in besonders helles Licht setzte, lenkte denselben, wie er es mit einem Boote ersten Ranges beim Wettfahren des Royal Thames Club getan hätte. Es war in der That bewunderungswürdig anzusehen. Und trotz des Widerwillens, den die beiden Feinde des »Schwerer, als die Luft« noch immer empfanden, mussten sie doch entzückt sein über die Vollkommenheit dieser sich durch den Luftraum bewegenden Maschine.

Binnen weniger als zweiundeinerhalbe Stunde wurde die gewaltige Bergkette durchfahren und der »Albatros« nahm seine gewöhnliche Geschwindigkeit von hundert Kilometer (in der Stunde) wieder an. Er steuerte jetzt auf's Neue dem Südwesten zu, um nicht gar zu hoch über dem Erdboden das Gebiet von Utah schräg zu durchschneiden. Dabei war er bis auf wenige hundert Meter gesunken, als die Töne einer Pfeife die Aufmerksamkeit des Onkel Prudent und Phil Evans' erregten.

Diese kamen von einem Zuge der Pacific-Bahn her, welcher der Stadt am großen Salzsee zu dampfte.

In diesem Augenblick senkte sich auf geheimen Befehl der »Albatros« noch weiter, um dem mit voller Dampfkraft dahinfahrenden Zuge zu folgen. Er wurde sofort bemerkt. Einige Köpfe erschienen an den Türen der Waggons. Dann drängten sich bald zahlreiche Passagiere auf den kleinen Laufbrücken, welche die amerikanischen »Cars« mit einander verbinden. Einzelne wagten es sogar, die Doppelwagen des Trains zu erklettern, um die Flugmaschine besser sehen zu können. Laute Hipps und Hurras dröhnten durch die Luft, hatten aber nicht den Erfolg, Robur erscheinen zu lassen.

Das Spiel seiner Schrauben weiter verlangsamend, stieg der »Albatros« noch immer tiefer hinunter und verminderte auch seine horizontale Schnelligkeit, um den Bahnzug, den er bequem hätte überholen können, nicht hinter sich zu lassen. So flog er über diesen hin, wie ein ungeheurer Käfer, während er doch hätte einem riesenhaften Raubvogel gleichen können. Jetzt schwenkte er wie spielend nach rechts und nach links ab, schoss einmal vorwärts und kehrte auf demselben Wege wieder zurück, auch hatte er stolz die schwarze Flagge mit der goldenen Sonne gehisst, worauf der Zugführer als Antwort das Banner mit den siebenunddreißig Sternen der amerikanischen Union schwenkte.

Vergeblich versuchten die beiden Gefangenen, die sich jetzt darbietende Gelegenheit zu benützen, um Kunde davon zu geben, was aus ihnen geworden wäre. Vergebens rief der Vorsitzende des Weldon-Instituts mit Stentorstimme:

»Ich bin Onkel Prudent aus Philadelphia!«

Und der Schriftführer:

»Ich bin Phil Evans, sein College!«

Ihre Rufe verhallten in den tausend Hurras, mit denen die Passagiere des Zugs die merkwürdige Erscheinung des Luftschiffes begrüßten.

Inzwischen waren drei bis vier Mann vom Aeronef auf dem Verdeck desselben erschienen und Einer von ihnen ließ – wie es Seeleute zu tun pflegen, wenn sie ein langsamer fahrendes Schiff überholen – nach dem Zuge ein Stück Tau hinab – ein ironisches Angebot, ihn in's Schlepptau zu nehmen.

Dann nahm der »Albatros« sofort seinen gewöhnlichen Gang wieder an und nach einer halben Stunde hatte er jenen Expresszug, dessen letzte Dampfwölkchen bald aus dem Gesichtskreise verschwanden, schon weit hinter sich gelassen.

Gegen ein Uhr mittags wurde eine sehr große Scheibe sichtbar, welche die Sonnenstrahlen gleich einem ungeheuren Reflektor zurückwarf.

»Das muss die Hauptstadt der Mormonen, Salt-Lake-City, sein!« sagte Onkel Prudent.

In der That war es die große Salzsee-Stadt und jene konvexe Scheibe war das Dach des Tabernakels, das bequem zehntausend Heilige aufnehmen kann. Wie ein erhabener Spiegel zerstreute derselbe die Strahlen der Sonne nach allen Richtungen hin.

Hier dehnte sich die große Stadt aus am Fuße der Wasatsh-Berge, welche bis zur halben Höhe mit Zedern und Fichten bedeckt sind, und am Ufer jenes Jordan, der die Gewässer von Utah in den großen Salzsee ergießt. Unter dem Aeronef breitete sich das Damenbrett aus, welches die meisten amerikanischen Städte bilden – hier ein Damenbrett mit »mehr Damen als Feldern«, da die Polygamie bei den Mormonen in so hoher Blüte steht. Die Landschaft im Umkreise zeigte sich jedoch gut bestellt und kultiviert, auch reich an Spinnfaserpflanzen, während sich Schafherden von mehr als tausend Köpfen vielfach umhertummelten.

Aber das Ganze verblasste wie ein Schatten, und der »Albatros« flog jetzt nach Südwest mit gesteigerter Geschwindigkeit, welche ziemlich fühlbar wurde, weil sie die des Windes übertraf.

Bald darauf schwebte der Aeronef über dem Staate Nevada und seinen silberführenden Gebieten, die nur die Sierra von den goldführenden Ländereien Kaliforniens trennt.

»Wir können auf jeden Fall erwarten, San Francisco noch vor dem Abend zu sehen, sagte Phil Evans.

– Und dann? ...« antwortete Onkel Prudent.

Es war jetzt um sechs Uhr nachmittags, als die Sierra Nevada durch denselben Einschnitt von Truckie überschritten wurde, der auch der Bahn als Bergpass dient. Von hier aus hatte man nur noch dreihundert Kilometer zurückzulegen, um, wenn nicht San Francisco, so doch mindestens Sacramento, die Hauptstadt von Kalifornien, zu erreichen.

Die dem »Albatros« jetzt verliehene Geschwindigkeit war eine so große, dass noch vor acht Uhr die Kuppel des Kapitols am westlichen Horizonte auftauchte, nur um bald wieder am entgegengesetzten zu verschwinden.

Eben jetzt zeigte sich Robur auf dem Verdeck. Die beiden Kollegen gingen auf ihn zu.

»Ingenieur Robur, begann Onkel Prudent, wir befinden uns nun an den Grenzen Amerikas. Wir meinen, dieser Scherz könnte nun sein Ende finden.

– Ich scherze nie,« antwortete Robur.

Er gab ein Zeichen; der »Albatros« senkte sich schnell abwärts, doch gleichzeitig nahm er eine solche Schnelligkeit an, dass sich Alle in die Ruffs flüchten mussten.

Kaum hatte sich die Thür der Kabine hinter den beiden Kollegen geschlossen, als Onkel Prudent rief:

»Nur noch etwas mehr und ich erwürge ihn!

– Wir müssen versuchen, zu entfliehen, riet Phil Evans.

– Ja ... es koste, was es wolle!«

Da klang ein langes Gemurmel bis zu ihnen herein.

Das war das Grollen des Meeres, das gegen die Küstenfelsen brandete. Es war der Pazifische Ozean.

IX.
IN DEM DER »ALBATROS« FAST ZEHNTAUSEND KILOMETER ZURÜCKLEGT UND DAS MIT EINEM MERKWÜRDIGEN SPRUNGE ENDIGT.

Onkel Prudent und Phil Evans waren fest entschlossen, zu fliehen. Hätten sie es nur zu dreien mit den acht, allerdings sehr kräftigen Männern zu tun gehabt, welche die Besatzung des Aeronefs bildeten, so würden sie den Kampf vielleicht gewagt haben. Ein kühner Handstreich hätte sie zu Herren an Bord gemacht und ihnen die Möglichkeit gegeben, an einem beliebigen Punkte der Vereinigten Staaten niederzugehen. Zu Zweien aber – denn Frycollin konnte ja nur als verschwindende Größe gezählt werden – war daran nicht wohl zu denken; da jede Gewaltanwendung also ausgeschlossen blieb, mussten sie, sobald der »Albatros« einmal zur Erde hinabging, zur List ihre Zuflucht nehmen. Das bemühte sich auch Phil Evans seinem wutschnaubenden Kollegen beizubringen, da er von diesem immer noch eine gewalttätige Übereilung fürchtete, welche ihre Lage nur verschlimmern konnte.

Jedenfalls war jetzt kein günstiger Augenblick. Der Aeronef glitt in schnellster Gangart eben über den Nordpazifischen Ozean hin. Schon am nächsten Morgen, dem des 16. Juni, sah man nichts von der Küste, und da diese von der Vancouver-Insel bis zur Gruppe der Aleuten – das ist der früheren russischen Besitzung in Amerika, welche 1867 an die Vereinigten Staaten abgetreten wurde – in einem großen Bogen verläuft, so hatte es den Anschein, als ob der »Albatros« letztere an dem vorspringendsten Bogenteile kreuzen sollte, wenigstens wenn die jetzt eingehaltene Fahrtrichtung nicht verändert wurde.

Wie lang erschienen die Nächte jetzt den beiden Kollegen! Sie beeilten sich auch jeden Morgen, ihre Kabine zu verlassen. Als sie heute nach dem Deck kamen, war der Horizont im Osten schon vollständig hell. Man näherte sich ja der Sommersonnenwende, dem längsten Tage auf der nördlichen Halbkugel, an dem es unter dem 60. Breitengrade eigentlich kaum Nacht wird.

Der Ingenieur Robur dagegen schien – ob aus Gewohnheit oder mit Absicht – keine besondere Eile zu haben, seinen Ruff zu verlassen; und als das heute endlich geschah, begnügte er sich, seine beiden Gäste zu begrüßen, als er auf dem Hinterteile des Aeronef ihren Weg kreuzte.

Inzwischen hatte sich auch Frycollin mit vor Schlaflosigkeit geröteten Augen, glanzlosem Blicke und schlotternden Beinen aus seiner Kabine gewagt. Er ging dahin wie Einer, dessen Fuß es empfindet, dass dem Boden darunter nicht recht zu trauen ist. Sein erster Blick richtete sich nach der Auftriebsmaschinerie, die, ohne sich zu beeilen, mit beruhigender Regelmäßigkeit arbeitete.

Danach begab sich der immerfort schwankende Neger nach der Reling und ergriff diese mit beiden Händen, um sich, mehr Gleichgewicht zu sichern. Offenbar wünschte er einen Überblick über das Land zu gewinnen, das der »Albatros« jetzt in der Höhe von höchstens zweihundert Metern überflog.

Frycollin hatte sich tüchtig zusammennehmen müssen, um einen solchen Versuch zu wagen. Es bedurfte ja, seiner Meinung nach, einer gewissen Kühnheit, seine werte Person einer solchen Gefahr auszusetzen.

Vor der Reling stehend, hielt Frycollin erst den Körper nach rückwärts geneigt, dann schüttelte er an derselben, um ihre Haltbarkeit zu prüfen; nachher richtete er sich auf, beugte sich etwas nach vorwärts und steckte endlich den Kopf ein wenig hinaus. Wir brauchen wohl nicht zu bemerken, dass er während der Dauer dieses Experimentes beide Augen fest geschlossen hielt. Endlich öffnete er dieselben.

Hei, wie schrie er da laut, wie flog er eiligst zurück und wie verkroch sich sein Kopf zwischen den Schultern!

Unter dem Abgrunde hatte er den ungeheuren Ozean erblickt. Wären seine Haare nicht gar zu kraus gewesen, sie hätten sich gewiss über der Stirn gesträubt.

»Das Meer! Das Meer! ...« schrie er auf.

Frycollin wäre lang auf das Verdeck hingestürzt, wenn der Koch nicht die Arme ausgebreitet hätte, ihn aufzufangen.

Dieser Koch war ein Franzose, vielleicht ein Gascogner, obwohl er sich François Tapage nannte. Wenn er nicht Gascogner war, so musste er während seiner Kindheit die sanften Winde der Garonne eingeatmet haben. Wie dieser François Tapage aber in die Dienste des Ingenieurs gekommen, durch welche Reihe von Zufälligkeiten er unter die Mannschaft des »Albatros« geraten war, das wusste kein Mensch. Jedenfalls sprach dieser Schlaukopf englisch wie ein Yankee.

»Heda, aufrecht, zum Teufel, herauf! rief er, den Neger mit kräftigem Handgriffe aufrichtend.

– Master Tapage! ... antwortete der arme Teufel, einen verzweiflungsvollen Blick nach den Schrauben werfend.

– Was willst Du denn, Frycollin?

– Geht das manchmal entzwei?
– Manchmal nicht, aber es wird einmal entzwei gehen.
– Warum? ... Warum denn? ...
– Weil zuletzt Alles einmal zum Kuckuck geht, wie man bei mir zu Hause sagt.
– Ja, aber da ist ja das Meer darunter? ...
– Im Fall eines Sturzes ist das viel besser.
– Doch da muss man ertrinken!
– Man ertrinkt freilich, aber man behält seine Knochen«, erwiderte François Tapage zuversichtlich.

Wie eine Schlange dahinkriechend, war Frycollin gleich darauf tief hinein in seine Kabine geschlichen.

Im Laufe des 16. Juni hielt der Aeronef nur eine mittlere Geschwindigkeit ein. Er schien an der Oberfläche dieses so ruhigen Meeres, das im vollen Sonnenschein glänzte, fast hinzustreichen, da er sich kaum hundert Fuß über demselben hielt. Heute nun waren Onkel Prudent und sein Gefährte in ihrer Kabine zurückgeblieben, um Robur nicht zu begegnen, der rauchend, bald allein, bald mit seinem Obersteuermann Tom Turner, auf dem Deck umherging. Nur die halbe Anzahl Schrauben war in Tätigkeit, doch das genügte schon, den Apparat in den niedrigeren Zonen der Atmosphäre zu erhalten.

Unter diesen Verhältnissen hätte die Mannschaft außer dem Vergnügen eines Fischzugs sich noch die Befriedigung bereiten können, in ihren gewohnten Speisezettel eine Abwechslung zu bringen, wenn das Wasser des Stillen Ozeans fischreich genug wäre. Auf dessen Oberfläche zeigten sich aber nur einzelne Walfische, von der Art mit gelbem Bauche, welche gegen fünfundzwanzig Meter in der Länge misst. Gerade diese kennt man als die furchtbarsten Cetaceer der nördlichen Meere. Die Fischer von Beruf hüten sich weislich, dieselben anzugreifen, so gefährlich können die Tiere werden.

Immerhin konnte man wohl die Harpunierung eines jener Walfische entweder mit der Flechter'schen Rakete oder mit der Wurfbombe versuchen, und von beiden hatte man eine Auswahl an Bord.

Wozu aber diese unnütze Schlächterei? Wahrscheinlich wollte Robur nur den beiden Mitgliedern des Weldon-Instituts zeigen, wozu er seinen Aeronef Alles verwenden könne, und deshalb sollte auf einen der gewaltigen Cetaceer Jagd gemacht werden.

Auf den Ruf: »Walfische! Walfische!« eilten Onkel Prudent und Phil Evans aus ihren Kabinen. Vielleicht war ein Schiff, ein sogenannter Walfischfahrer, in Sicht. In diesem Falle wären Beide, um ihrem Gefängnisse zu entfliehen, entschlossen gewesen, sich in's Meer zu stürzen, auf die schwache Hoffnung hin, von einem Fahrzeug aufgenommen zu werden.

Schon stand die ganze Mannschaft des »Albatros« geordnet und jedes Befehls gewärtig auf dem Verdeck und wartete.

»Wir wollen's also versuchen, Master Robur? fragte der Obersteuermann Tom Turner.

– Ja, Tom,« antwortete der Ingenieur.

In den Ruffs für die Maschinerie standen der Mechaniker und seine Gehilfen auf Posten, um jedes Manöver auszuführen, das ihnen durch Zeichen anbefohlen wurde. Der »Albatros« senkte sich sofort nach dem Meere zu und hielt etwa fünfzig Fuß darüber an.

Wie die beiden Kollegen sich überzeugen konnten, war hier kein Schiff in Sicht, so wenig wie eine Küste, welche sie hätten schwimmend erreichen können, vorausgesetzt, dass Robur sie nicht wieder ergreifen ließ.

Mehrere Dunst- und Wasserstrahlen, welche sie durch die Nasenlöcher austrieben, verkündeten die Anwesenheit von Walfischen, welche, um zu atmen, einmal auf die Oberfläche kamen.

Tom Turner hatte sich, unterstützt von einem seiner Kameraden, am Vorderteil aufgestellt. Ihm nahe zur Hand lag eine jener Wurfbomben kalifornischen Fabrikats, welche mit einer Art Büchse abgeschossen werden. Jene besteht aus einem Metallzylinder, der mit einer ebenso geformten Bombe endigt, welche in eine Stange mit widerhakigen Spitzen ausläuft. Von dem Vorderkastell aus, das er eben bestieg, gab Robur mit der rechten Hand dem Mechaniker und mit der linken Hand dem Steuermann die nötigen Zeichen, wie sie manövrieren sollten; so beherrschte er den Aeronef sowohl in waagrechter, wie in senkrechter Richtung.

»Ein Walfisch! ... Ein Walfisch!« rief Tom Turner noch einmal.

Eben tauchte wirklich der Rücken eines solchen Cetaceers etwa vier Kabellängen vor dem »Albatros« auf.

Der Aeronef stürzte gleichsam auf ihn zu und hielt, als er sich kaum noch sechzig Fuß über dem Tiere befand, schnell an.

Tom Turner hatte seine, in einer an der Reling befestigten Gabel liegende Büchse angeschlagen. Der Schuss krachte und das Geschoß, das eine lange, mit ihrem Ende am Verdeck angebundene Leine mit sich riss, schlug in den Körper des Walfisches ein. Die mit leicht entzündlichen Stoffen gefüllte Bombe explodierte und schleuderte dabei eine Art kleinere, zweiarmige Harpune, die sich in das Fleisch des Tieres einkrallte.

»Achtung!« rief Tom Turner. Trotz ihrer herzlich schlechten Laune betrachteten Onkel Prudent und Phil Evans dieses Schauspiel doch mit aufrichtigem Interesse.

Der schwer verwundete Walfisch hatte das Meer mit dem Schwanze so furchtbar gepeitscht, dass das Wasser bis zum Vorderteil des Aeronefs hinaufspritzte; dann tauchte derselbe bis zu großer Tiefe hinab, während man die Leine schnell nachgleiten ließ; letztere war übrigens in einem mit Wasser gefüllten Fasse zusammengelegt, um durch die Reibung nicht Feuer zu fangen. Als der Walfisch wieder an die Oberfläche kam, suchte er so schnell als möglich in der Richtung nach Norden zu entfliehen.

Der Leser kann sich leicht vorstellen, mit welch' rasender Schnelligkeit der »Albatros« dabei geschleppt wurde, denn die Triebschrauben waren vorher angehalten worden. Man überließ das Tier ganz sich selbst und hielt sich nur auf gleicher Höhe mit ihm. Tom Turner stand bereit, die Leine zu kappen, wenn ein erneutes Tauchen dieses Schleppen gefährlich machte.

So wurde der »Albatros« etwa eine halbe Stunde lang und vielleicht eine Entfernung von sechs Meilen weit hingezerrt; dann merkte man aber, dass der Cetaceer zu erlahmen anfing.

Jetzt ließen die Hilfsmaschinisten das Triebwerk nach rückwärts arbeiten und die Triebschrauben setzten dem Walfisch, der sich dem Bord mehr und mehr näherte einen gewissen Widerstand entgegen.

Bald schwebte der Aeronef nur noch fünfundzwanzig Fuß über demselben; noch immer peitschte sein Schweif das Wasser mit fast unglaublicher Gewalt, und wenn er sich vom Bauch auf den Rücken drehte, wühlte das Tier eine wirkliche Brandung auf.

Plötzlich richtete es sich, so zu sagen, gerade in die Höhe und tauchte mit solcher Schnelligkeit unter, dass Tom Turner kaum Zeit hatte, ihm die Leine gehörig nachschießen zu lassen.

Mit einem Male wurde der Aeronef bis zur Wasserfläche herabgezerrt; an der Stelle, wo das Tier verschwunden war, hatte sich ein vollständiger Wirbel gebildet, und über die Reling hinein schlug das Wasser, wie es über den Bug eines Schiffes geht, gegen Wind und Wellen läuft.

Glücklicher Weise trennte Tom Turner noch rechtzeitig mit einem Axthiebe die Leine, und der nun befreite »Albatros« stieg unter dem Drucke seiner Auftriebschrauben zweihundert Meter empor.

Auch während dieses aufregenden Zwischenfalls hatte Robur den Apparat geleitet, ohne dass ihn seine Kaltblütigkeit nur einen Augenblick verlassen hätte.

Einige Minuten später kam der Walfisch wieder an die Oberfläche – diesmal aber tot.

Von allen Seiten flatterten die Seevögel herzu, um sich des Kadavers zu bemächtigen, und stießen Schreie aus, welche einen sich zankenden Kongress taub gemacht hätten.

Der »Albatros«, der mit der toten Beute doch nichts beginnen konnte, setzte seinen Weg nach Westen fort.

Am folgenden Tage, am 17. Juni, Morgens um 6 Uhr, erstreckte sich am Horizonte Land hin. Es war die Halbinsel Alaska und die lange Klippenreihe der Aleuten.

Der »Albatros« zog über dieser Barriere hin, an der es von Pelzseehunden wimmelte, welche die Aleutier für Rechnung der russisch-amerikanischen Gesellschaft jagen. Der Fang dieser sechs bis sieben Fuß langen, fast rosenroten und zwei-, drei- bis fünfhundert Pfund wiegenden Amphibien ist für sie ein sehr gutes Geschäft. Dieselben lagen hier in endloser Reihe wie in Schlachtordnung und in Abertausenden von Exemplaren.

Wenn sie sich durch das Vorüberkommen des »Albatros« nicht in ihrer phlegmatischen Ruhe stören ließen, so war das nicht der Fall mit den Tauchervögeln, Polarenten und Eistauchern, deren heiseres Geschrei die Luft erfüllte und welche unter dem Wasser verschwanden, als ob ein entsetzliches Luftungeheuer sie bedrohe.

Die zweitausend Kilometer des Bering-Meeres von den ersten Aleuten bis zur äußersten Spitze von Kamtschatka wurden während der vierundzwanzig Stunden dieses Tages und der folgenden Nacht zurückgelegt. Um ihren Fluchtplan in's Werk zu setzen, befanden sich Onkel Prudent und Phil Evans nicht gerade in günstigen Verhältnissen, denn weder an dem öden Strande des nördlichsten Asiens, noch über dem Ochotskischen Meere hätten sie mit auch nur einiger Aussicht auf glücklichen Erfolg entweichen können.

Allem Anscheine nach wandte sich der »Albatros« nach der Gegend von Japan oder China zu. Wenn es auch nicht sehr weise sein mochte, sich auf die Unterstützung von Chinesen oder Japanern zu verlassen, waren die beiden Kollegen doch fest entschlossen, zu fliehen, wenn der Aeronef an irgendeinem Punkte dieser Länder anhalten sollte.

Doch würde er denn Halt machen? Es lag ja bei ihm nicht so, wie bei einem Vogel, der durch langen Flug endlich ermüdet, oder wie bei einem Ballon, der wegen Gasmangel genötigt wird, einmal niederzugehen. Der Aeronef besaß noch für mehrere Wochen aushaltende Vorräte aller Art, und seine Organe von wunderbarer Solidität straften jede Erwartung auf Schwäche oder Trägheit Lügen.

Nach scharfer Fahrt über die Halbinsel Kamtschatka, von der man kaum die Niederlassung von Petropaulowsk und den Vulcan von Klutschew sah, und nach der weiteren, über das Ochotskische Meer, nahezu in der Höhe der Kurilen, welche darin einen von Hunderten von Kanälen unterbrochenen Damm bilden, erreichte der »Albatros« am 19. Juni die La Pérouse-Straße zwischen der Nordspitze von Japan und der Insel Sachalien an dem kleinen Einschnitt, in welchen sich der große sibirische Strom, der Amur, ergießt.

Nachher erhob sich ein dichter Nebel, den der Aeronef unter sich lassen wollte, wenn er auch nicht gezwungen war, denselben zu meiden, um weiter zu fahren, denn in der von ihm jetzt eingenommenen Höhe hatte er kein Hindernis zu fürchten, weder höhere Bauwerke, an welche er hätte anstoßen können, noch Berge, an welchen er sich im Fluge zu zertrümmern Gefahr gelaufen wäre. Das Land war kaum wellenförmiger Natur. Die Dünste machten sich aber doch zu unangenehm fühlbar, da sie Alles an Bord durchnässten.

Es bedurfte ja nichts weiter, als sich über diese Nebelschicht, welche drei- bis vierhundert Meter stark sein mochte, zu erheben. Die Schrauben wurden also in schnelle Umdrehung versetzt, und oberhalb des Nebels fand der »Albatros« wieder den reinen, vom Sonnenlicht gebadeten Himmel.

Unter diesen Verhältnissen hätten Onkel Prudent und Phil Evans Mühe gehabt, ihren Fluchtversuch auszuführen, selbst wenn sie den Aeronef hätten verlassen können.

An diesem Tage blieb Robur, als er einmal an ihnen vorüberkam, wie zufällig stehen und sagte, ohne äußerlich seinen Worten besondere Bedeutung beizulegen:

»Meine Herren, ein Segel- oder Dampfschiff, das in einen Nebel geriet, dem es nicht entrinnen kann, ist immer sehr geniert, es fährt nur unter fortwährendem Pfeifen oder unter den Tönen des Nebelhorns weiter. Es muss seine Fortbewegung verlangsamen und hat trotz aller Vorsicht jeden Augenblick eine Kollision zu befürchten. Der »Albatros« kennt solche Sorgen nicht. Was kümmern ihn die Nebel, da er sich ihnen entziehen kann? Ihm gehört das Luftmeer, die ganze weite Atmosphäre!«

Nach diesen Worten ging Robur ruhig weiter, ohne eine Antwort abzuwarten, die er auch gar nicht verlangte, und die blauen Wölkchen seiner Pfeife zerflossen im Azur.

»Onkel Prudent, begann da Phil Evans, es scheint, als ob dieser merkwürdige »Albatros« ganz und gar nichts zu fürchten habe.

– Das werden wir noch sehen!« antwortete der Vorsitzende des Weldon-Instituts.

Der Nebel hielt drei Tage lang, den 19., 20. und 21. Juni, mit beklagenswerter Zähigkeit an. Man hatte hoch steigen müssen, um die japanischen Gebirge von Fuji-Yama zu vermeiden. Als dieser Nebelvorhang aber zerrissen war, gewahrte man eine ungeheure Stadt mit Palästen, Villen, Türmchen, Gärten und Parks. Selbst ohne dieselben zu sehen, hätte Robur sie schon erkannt an dem Gebell der Tausende von Hunden, an dem Schreien der Raubvögel und vor Allem an dem Leichengeruch, den die Körper von Hingerichteten in weitem Umkreise verbreiteten.

Die beiden Kollegen befanden sich auf dem Deck, als der Ingenieur eben das Besteck machte, für den Fall, dass er seine Fahrt wieder im Nebel fortzusetzen gezwungen wäre.

»Meine Herren, begann er, ich habe keinen Grund, Ihnen zu verheimlichen, dass diese Stadt Yeddo, die Hauptstadt von Japan ist.«

Onkel Prudent antwortete nicht. In Gegenwart des Ingenieurs keuchte er nur, als wenn es seinen Lungen an Luft fehlte.

»Dieser Anblick Yeddos ist wirklich recht merkwürdig.

– So merkwürdig er auch sein mag ... versetzte Phil Evans.

– So bleibt er doch hinter dem von Peking zurück, unterbrach ihn der Ingenieur. Das ist meine Meinung auch, – und Sie werden binnen Kurzem selbst darüber urteilen können.«

Unmöglich hätte der Mann liebenswürdiger sein können.

Der »Albatros«, der bisher auf Südost zuhielt, veränderte jetzt seine Richtung um vier Kompassstriche, um im Osten eine neue Route aufzusuchen.

Während der Nacht zerstreute sich der Nebel, dagegen erschienen Anzeichen eines nicht weit entfernten Taifuns, denn der Barometer fiel sehr rasch, alle Dunstmassen verschwanden, am fast kupferfarbenen Grunde des Himmels ballten sich große elliptische Wolken zusammen und am entgegensetzten Horizont glühten lange, karminrote Streifen, die sich vom schieferblauen Hintergrunde abhoben, im Norden aber war ein Teil des Himmels völlig klar. Das Meer lag zwar still; sein Wasser nahm jedoch mit Sonnenuntergang eine dunkle Scharlachfarbe an.

Zum Glück entfesselte sich dieser Taifun mehr im Süden und hatte hier keine weiteren Folgen, als dass er die seit drei Tagen angehäuften Nebelmassen zerteilte.

Binnen einer Stunde hatte man die zweihundert Kilometer der Meerenge von Korea und nachher die vorspringendste Spitze dieser Halbinsel überschritten; während der Taifun an den Südostküsten von China wütete, wiegte sich der »Albatros« über dem Gelben Meere, und während des 22. und 23. über dem Golf von Petscheli; am 24. glitt er das Thal des Pei-Ho hinauf und gelangte endlich über die Hauptstadt des Himmlischen Reiches.

Über die Reling hinausgebeugt, konnten die beiden Kollegen – wie es der Ingenieur vorausgesagt – sehr deutlich die ungeheure Stadt sehen, die Mauer, welche sie in zwei ungleiche Hälften, die Mandschu- und die Chinesenstadt, teilt, ebenso wie die zwölf sie umgebenden Vorstädte, die breiten, nach dem Mittelpunkte zu verlaufenden Alleestraßen, die Tempel, deren gelbe oder grüne Dächer in der aufgehenden Sonne erglänzten, die Parks, welche sich um die Paläste der Mandarinen ausdehnen; ferner, inmitten der Mandschustadt, die sechshundertachtundsechzig Hektar große Gelbe Stadt mit ihren Pagoden, ihren kaiserlichen Gärten, künstlichen Seen, dem die ganze Stadt überragenden Kohlenberge, und endlich unterschieden sie in der Mitte der Gelben Stadt, gleich einer jener wunderbaren chinesischen in einander geschachtelten Arbeiten, die Rothe Stadt, d. i. den eigentlichen Kaiserpalast, mit allen Phantasien seiner fast unglaublichen Architektur.

Eben jetzt ertönte die Luft unter dem »Albatros« von einer seltsamen Harmonie; man hätte ein Concert von Äolsharfen zu hören vermeint. In der Luft schwankten nämlich gegen hundert verschieden geformte Drachen aus Palmen- oder Pandanuspapier umher, deren oberen Teil eine Art leichten hölzernen Bogens bildete, welcher durch ein ganz dünnes Bambusstäbchen gespannt erhalten wurde. Unter dem schwachen Windhauche erzeugten alle diese saitenartigen, verschiedene, denen einer Harmonika ähnliche Töne gebenden Stäbchen ein leises Gesumme von höchst melancholischer Wirkung. Es machte den Eindruck, als ob man hier in der Höhe – musikalischen Sauerstoff einatme.

Da fiel es Robur ein, sich diesem Luftorchester zu nähern, und langsam tauchte der »Albatros« in die tönenden Wellen herab, welche die Drachen nach der Atmosphäre entsandten.

Plötzlich entstand in der fast zahllosen Bevölkerung tief unten eine außerordentliche Aufregung. Tamtamschläge und andere entsetzliche Instrumente des chinesischen Orchesters erschallten, Flintenschüsse krachten und hundertfach hämmerten die Leute auf großen Mörsern herum, Alles in der Absicht, den Aeronef zu verjagen. Wenn die Sternkundigen des chinesischen Reiches an diesem Tage vielleicht erkannten, dass diese Flugmaschine die veranlassende Ursache zu so vielen Streitigkeiten der ganzen gelehrten Welt gewesen sein möchte, so hielten die Millionen Chinesen vom niedrigsten Manne bis zum vielknöpfigen Mandarin sie jedenfalls für ein apokalyptisches Ungeheuer, das am Himmel Buddhas erschien.

In dem unnahbaren »Albatros« kümmerte sich natürlich Niemand um jene lärmenden Kundgebungen. Die Bindfäden aber, welche die Drachen an kleinen in den kaiserlichen Gärten eingerahmten Pfählen festhielten, wurden entweder zerschnitten oder schnell eingezogen. Die leichten »Spielzeuge«, wie wir sagen würden, kamen dadurch, einen nur noch lauteren Ton gebend, entweder rasch zur Erde, oder sie fielen herab, gleich flügellahm geschossenen Vögeln, deren Gesang mit dem letzten Atemzuge verstummt.

Da dröhnte eine gewaltige Fanfare aus der Trompete Tom Turner's über der Hauptstadt und übertäubte die letzten Klänge jenes Lufttonwerks, doch das machte dem Gewehrfeuer unten kein Ende. Als aber eine Sprengkugel nur einige zwanzig Fuß vom Verdeck des »Albatros« platzte, stieg dieser nach den unerreichbaren Zonen des Himmels empor.

Im Laufe der nächstfolgenden Tage ereignete sich kein Zwischenfall, den sich die Gefangenen hätten zunutze machen können. Die Richtung des Aeronefs blieb unabänderlich eine südwestliche, was darauf hindeutete, dass er sich Hindostan nähern sollte. Übrigens bemerkte man, dass der fortwährend höher aufsteigende Erdboden den »Albatros« nötigte, sich nach den Linien seines Profils zu richten. Etwa zehn Stunden nach der Weiterfahrt von Peking konnten Onkel Prudent und Phil Evans an der Grenze von Chen-Si einen Teil der Großen Mauer erkennen. Dann kamen sie, unter Umgehung der Bung-Berge, über und durch das Thal von Wany-Ho und überschritten die Grenze des chinesischen Kaiserreichs, da, wo diese mit Tibet zusammenstößt.

Tibet bildet eine vegetationslose Hochebene, da und dort mit schneebedeckten Gipfeln, trockenen Schluchten oder von Gletschern genährten Bergströmen, mit Abgründen, aus welchen mächtige Salzlager heraufschimmern, und mit vielen, von grünenden Forsten eingerahmten Seebecken.

Das auf 450 Millimeter gesunkene Wetterglas zeigte jetzt eine Höhe von viertausend Metern über dem Meere an. In dieser Höhe überschritt die Temperatur, obgleich man sich jetzt in den wärmsten Monaten der nördlichen Halbkugel befand, nicht den Gefrierpunkt. Diese starke Abkühlung im Verein mit der Schnelligkeit des »Albatros« machte die Situation fast unerträglich, und obwohl die beiden Kollegen warme Reisedecken zur Verfügung hatten, zogen sie es doch vor, in ihre Ruffs zurückzukehren.

Selbstverständlich musste den Auftriebsschrauben eine außerordentliche Schnelligkeit erteilt werden, um den Aeronef in der hier schon recht verdünnten Luft zu erhalten. Diese arbeiteten jedoch in vorzüglichstem Zusammenwirken, und es schien, als ob die Insassen des Apparats durch das Schwirren ihrer Flügel gewiegt würden.

An diesem Tage sah Garlok, eine Stadt des nördlichen Tibet und der Hauptort der Provinz Gavi-Khorsum, den »Albatros« etwa in der Größe einer Brieftaube vorüberschweben.

Am 27. Juni bemerkten Onkel Prudent und Phil Evans einen gewaltigen Damm mit verschiedenen, in ewigem Schnee verlorenen Spitzen, der den Horizont begrenzte.

An das Ruff auf dem Vorderteil gelehnt, um dem Luftdruck bei der so schnellen Fortbewegung widerstehen zu können, sahen Beide die kolossalen Bergmassen, welche dem Aeronef vorauszulaufen schienen.

»Jedenfalls der Himalaya, sagte Phil Evans, wahrscheinlich wird Robur nur den unteren Teil desselben umkreisen, ohne nach Indien einzudringen.

– Desto schlimmer, antwortete Onkel Prudent, auf diesem ungeheuren Gebiete hätten wir vielleicht Gelegenheit –

– Wenigstens, wenn er um die Bergkette nicht über Birma im Osten oder über Nepal im Westen fährt.

– Ich möchte darauf wetten, dass er über dieselben gehen wird.

– Jedenfalls!« ließ sich da eine Stimme vernehmen.

Am folgenden Tage, am 28. Juni, befand sich der »Albatros« über der Provinz Zyang gegenüber jenen gewaltigen Bergmassen. An der anderen Seite des Himalaya lag das Gebiet von Nepal.

Wenn man von Norden kommt, schneiden nacheinander drei Gebirgsketten den Weg nach Indien. Die beiden nördlichen, zwischen denen der »Albatros« wie ein Schiff zwischen ungeheuren Klippen dahinglitt, sind die ersten Stufen des Grenzwalles im Süden von Central-Asien. Der Kuen-Lün, und nach diesem der Karakorum bezeichnen zuerst dieses längliche und mit dem Himalaya parallel verlaufende Thal, ungefähr in jener Höhenlage, in welcher sich die Stromgebiete des Indus im Westen und des Brahmaputra im Osten abgabeln.

Welch' wunderbares orographisches System! Hier ragen über zweihundert schon gemessene Gipfel auf, von denen siebzehn fünfundzwanzigtausend Fuß übersteigen! Vor dem »Albatros« erhob sich der Mount Everest auf achttausendachthundertvierzig Meter Höhe; ihm zur Rechten der Dawalaghiri, achttausendzweihundert Meter hoch; zur Linken der Kinahanjunga, achttausendfünfhundertzweiundneunzig Meter, der also seit den letzten genaueren Messungen des Mount Everest nur noch die zweite Stelle einnimmt.

Offenbar hatte Robur nicht die Absicht, über jene Gipfel hinwegzugehen, sondern er kannte zweifelsohne schon die verschiedenen Pässe des Himalaya, unter anderen den Ibi-Yamin-Paß, den die Gebrüder Schlagintweit 1856 in einer Höhe von sechstausendachthundert Metern überschritten haben; wenigstens hielt er entschlossen auf diesen zu.

Jetzt kamen einige ängstliche, selbst sehr beschwerliche Stunden, und wenn die Verdünnung der Luft auch nicht einen solchen Grad erreichte, dass man zu eigens dafür konstruierten Apparaten hätte greifen müssen, den Sauerstoff in den Kabinen zu erneuern, so wurde die Kälte doch höchst beschwerlich.

Auf dem Vorderteile stehend und die kräftige Gestalt in einen Mantel gehüllt, leitete Robur alle Manöver. Tom Turner hielt die Barre des Steuerruders fest in der Hand. Der Maschinist überwachte aufmerksam seine Batterien, von deren Säuren glücklicher Weise ein Einfrieren nicht zu fürchten war. Die zur allergrößten Umdrehungsgeschwindigkeit angetriebenen Schrauben gaben einen immer schärfer werdenden Ton, der trotz der höchst dünnen Luft laut vernehmbar blieb. Der Barometer fiel auf zweihundertneunzig Millimeter, was eine Höhe von siebentausend Metern anzeigte.

Wie prachtvoll lag dieses Chaos von Bergriesen hier vor dem erstaunten Blicke ausgebreitet! Überall weißglänzende Gipfel, keine Seen, aber gewaltige schimmernde Gletscher, die bis auf zehntausend Fuß Höhe hinabreichen. Kein Gras, außer einigen dürftigen Kryptogamen an der Grenze des vegetabilischen Lebens, nichts von jenen wunderschönen Fichten und Zedern, die sich an den unteren Abhängen der Kette in herrlichen Wäldern vorfinden; nichts von gigantischen Farren und endlosen Schmarotzerpflanzen, die sich, wie im Unterholz der Dschungeln, von Baum zu Baum hinziehen. Kein Tier, weder wilde Pferde, noch Yaks oder tibetanische Rinder; dann und wann nur eine Gazelle, die sich bis nach diesen Öden hinein verirrt hatte; keine Vögel, außer einzelnen jener Pärchen Raben, welche sich bis zu den letzten Schichten der atembaren Luft erheben.

Nachdem er diesen Pass durchschritten, begann der »Albatros« wieder hinabzusteigen. Als sie dessen Ausgang passierten, hatten die Reisenden, jenseits der Region der Bergwaldung, eine grenzenlose Landschaft vor sich, die sich in weitem Umkreise vor ihnen ausdehnte.

Jetzt trat Robur an seine Gäste heran und sagte mit liebenswürdigem Tone:

»Da haben Sie Indien, meine Herren!«

X.

WORIN MAN SEHEN WIRD, WIE UND WARUM DER DIENER FRYCOLLIN IN'S SCHLEPPTAU GENOMMEN WURDE.

Der Ingenieur hatte nicht die Absicht, seinen Apparat über die wundervollen Gefilde von Hindostan hinwegzuführen. Jedenfalls wollte er nur den Himalaya übersteigen, um zu beweisen, über welch' außerordentliche Fortbewegungsmaschine er verfügte, und um davon selbst Diejenigen zu überzeugen, welche nicht überzeugt sein wollten. Bedeutete das wohl so viel wie die Behauptung, dass der »Albatros« vollkommen sei, obgleich die Vollkommenheit nicht von dieser Welt ist? Das wird sich später zeigen.

Wenn Onkel Prudent und sein College auch nicht umhin konnten, innerlich anzuerkennen, dass die Kraft dieser Flugmaschine eine ganz außerordentliche war, so ließen sie sich davon wenigstens nichts merken. Sie suchten nur die Gelegenheit, zu entfliehen; ja, sie bewunderten nicht einmal das prachtvolle Schauspiel, welches sich ihren Augen bot, als der »Albatros« den reizenden Landschaften des Pendjab folgte.

Wohl gibt es am Himalaya einen Strich sumpfigen Landes, von dem gesundheitsschädliche Dünste aufsteigen, jenes Terrain, in dem Fieberkrankheiten epidemisch herrschen. Doch das ging den »Albatros« ja nichts an und konnte das Wohlbefinden seiner Insassen nicht gefährden, er erhob sich ohne große Eile nach dem Winkel zu, den Hindostan in seinem Vereinigungspunkt mit Turkestan und China bildet. Am 29. Juni öffnete sich vor ihm schon in den ersten Morgenstunden das herrliche Thal von Kaschmir.

Ja, sie ist ohne Gleichen, diese Hohlkehle, welche der Himalaya zwischen sich frei lässt! Gefurcht von Hunderten von Einzelvorsprüngen, welche die ungeheure Kette bis zum Becken des Hydaspis entsendet, wird dieselbe bewässert von den launischen Windungen des Flusses, der die Heersäulen Porus' und Alexanders, d. h. Indien und Griechenland, in Central-Asien zum Kampfe zusammenstoßen sah. Er füllt noch immer sein Bett, dieser Hydaspis, während die von dem Makedonier zur Erinnerung an seinen Sieg gegründeten beiden Städte so vollständig verschwunden sind, dass man nicht einmal im Stande ist, die Stelle derselben wieder zu finden.

Während dieses Vormittags schwebte der »Albatros« über Srinagar – mehr bekannt unter dem Namen Kaschmir – hin.

Onkel Prudent und sein Gefährte sahen eine sehr schöne, an beiden Flussufern sich hinziehende Stadt mit ihren Brücken gleich ausgespannten Fäden, den Sennhütten mit ihren geschnitzten Balkons, ihren von hohen Pappeln beschatteten Gebäuden mit berasten Dächern, welche fast das Aussehen großer Maulwurfshaufen haben, ihren vielfachen Kanälen mit Barken gleich Nussschalen und Bootsleuten gleich Ameisen darauf, mit ihren Palästen, Tempeln, Kiosks, Moscheen und den Bungalows am Eingange der Vorstädte – das Ganze auch noch verdoppelt durch die Widerspiegelung des Wassers; endlich die alte Zitadelle Hari-Parvata, die auf einem Hügel angelegt ist, wie das stärkste Fort von Paris auf dem Mont-Valérien.

»Das wäre Venedig, wenn wir uns in Europa befänden,« sagte Phil Evans.

– Und wenn wir in Europa wären, würden wir den Rückweg nach Amerika schon zu finden wissen,« antwortete Onkel Prudent.

Der »Albatros« verweilte nicht über dem See, den der Fluss durchfließt, sondern setzte seinen Flug durch das Thal des Hydaspis fort.

Nur eine halbe Stunde blieb er, bis auf zehn Meter über dem Flusse hinabsteigend, einmal an ein und derselben Stelle. Während dessen versorgten sich Tom Turner und seine Leute mittelst eines Kautschukschlauches mit neuem Wasservorrate, der durch eine Pumpe aufgesaugt wurde, welche die Ströme der Akkumulatoren in Bewegung setzten.

Onkel Prudent und Phil Evans hatten sich dabei bedeutungsvoll angesehen, da ein und derselbe Gedanke in ihnen aufstieg. Sie befanden sich nur wenige Meter über der Oberfläche des Hydaspis und nahe dem Ufer desselben. Beide waren geübte Schwimmer. Ein Sprung konnte ihnen jetzt die Freiheit wiedergeben, und wenn sie dann ein Stück unter dem Wasser fortschwammen, wie hätte Robur sie wieder ergreifen lassen können? Um den Treibschrauben ihre Beweglichkeit zu sichern, musste er sie ja mit seinem Apparate mindestens zwei Meter über dem Seebecken halten.

In einem Augenblicke hatten sie alle günstigen und ungünstigen Umstände eines solchen Versuchs gegen einander abgewogen und schon waren sie im Begriff, sich von dem Verdeck des Luftschiffes hinabzustürzen, als sich mehrere Hände fest auf ihre Schultern legten.

Sie wurden beobachtet und erkannten die Unmöglichkeit, zu entfliehen.

Immerhin ergaben sie sich nicht ohne einigen Widerstand und bemühten sich, die, welche sie hielten, zurückzustoßen – aber es waren handfeste Burschen, diese Leute des »Albatros«!

»Meine Herren, begnügte sich der Ingenieur zu sagen, wenn man das Vergnügen hat, in Gesellschaft mit Robur dem Sieger zu reisen, wie Sie ihn selbst so passend bezeichnet haben, und an Bord seines wunderbaren »Albatros«, so verlässt man diesen nicht so ... französisch. Ja, ich sage Ihnen, Sie verlassen denselben überhaupt nicht wieder!«

Phil Evans zerrte seinen Gefährten, der sich schon zu einem Gewaltakte hinreißen lassen wollte, noch zurück. Beide begaben sich nach ihrem Ruff, noch immer entschlossen, zu fliehen und wenn es ihnen, gleichviel wo, auch das Leben kosten sollte.

Der »Albatros« hatte wieder seinen Kurs nach Westen eingeschlagen. Während dieses Tages überschritt er bei mittlerer Geschwindigkeit das Gebiet von Kabulistan, die Grenze des Königreichs Herat.

In diesen noch immer so bestrittenen Ländern und auf diesem Wege, der den Russen nach den englischen Besitzungen in Indien offen steht, erschienen große Haufen von Menschen, Kolonnen, Gepäckwagen, mit einem Worte Alles, was das Personal und Material einer auf dem Marsche befindlichen Armee bildet. Man hörte wohl auch Kanonendonner und das Knattern von Gewehren; der Ingenieur mischte sich aber niemals in die Angelegenheiten anderer, so lange diese für ihn nicht eine Frage des Ehrgeizes oder der Humanität bildeten. War Herat, wie man sagt, wirklich der Schlüssel Central-Asiens, so kümmerte es ihn doch gar nicht, ob dieser Schlüssel in eine englische oder eine moskowitische Tasche kam. Irdische Interessen berührten den furchtlosen Mann nicht, der das Luftmeer zu seinem ausschließlichen Gebiete erkoren hatte.

Übrigens schwand das Land sehr bald unter einem wahrhaften Orkan von Sand, wie er in diesen Gegenden so häufig vorkommt. Dieser Sturmwind, der hier »Tebbad« genannt wird, trägt manche Fieberkeime mit dem unwägbar feinen Sand oft sehr weit mit fort, und manche Karawane ist schon in seinen wütenden Wirbeln zu Grunde gegangen.

Um diesem harten Staube zu entgehen, der die Feinheit seiner Zahngetriebe hätte gefährden können, erhob sich der »Albatros« um zweitausend Meter nach einer reineren Zone.

Damit schwand auch die Grenze Persiens aus den Augen und blieben dessen weite Ebenen fast ganz unsichtbar. Die Gangart war dabei eine sehr gemäßigte, obwohl eine Felsenklippe nirgends zu fürchten war. Wenn eine Landkarte dieser Gegend auch einige Berge zeigte, so steigen diese doch nur zu mittlerer Höhe an. Bei der Annäherung an die Hauptstadt freilich galt es, den Demawend zu vermeiden, der fast sechstausendsechshundert Meter emporragt, und auch die Elbruskette, an deren Fuß Teheran erbaut ist.

Mit dem ersten Tagesgrauen des 2. Juli tauchte jener Demawend aus dem Sand-Samum auf.

Der »Albatros« steuerte so, um über die Stadt hinwegzugehen, welche der Wind durch eine Wolke feinen Staubes verhüllte.

Gegen zehn Uhr morgens konnte man indes die breiten Gräben erkennen, welche die Umwallung einschließen, und in der Mitte den Palast des Schah, dessen Mauern mit Fayenceplatten bedeckt sind und dessen Wasserbecken aus ungeheuren Türkisen von leuchtendem Blau geschnitten scheinen.

Das schöne Bild verrann leider nur zu bald. Von hier aus schlug der »Albatros« nun eine andere Richtung ein und steuerte ziemlich genau nach Norden. Einige Stunden später befanden sie sich über einer kleinen Stadt im nördlichen Winkel der persischen Grenze und am Strande einer ausgedehnten Wasserfläche, deren Ende weder nach Norden, noch nach Osten zu erkennbar war.

Diese Stadt war der Hafen Aschuarda, die südlichste Station Russlands; die Wasserfläche aber fast ein Meer, nämlich der Kaspi-See.

Hier wirbelte kein Staub mehr umher. Man sah bequem einen Haufen nach europäischer Art gebauter Häuser, welche, mit einem sie überragenden Glockenturm, längs eines Vorgebirges lagen.

Der »Albatros« senkte sich über dieses Meer, dessen Gewässer dreihundert Fuß unter dem Niveau des Mittelmeeres liegen. Gegen Abend glitt er längs der früher turkestanischen, jetzt aber russischen Küste hin, die nach dem Golf des Beckens zu aufsteigt, und am nächsten Tage, dem 3. Juli, schwebte er etwa hundert Meter über dem Kaspi-See.

Weder an der asiatischen, noch an der europäischen Seite war hier Land in Sicht; nur auf dem Meer bemerkte man einzelne, von schwacher Brise geschwellte Segel, an deren Form man erkannte, dass es Fahrzeuge von Eingeborenen, Kesebegs mit zwei Masten, Kajiks, das sind Piratenschiffe mit nur einem Maste, und Teimils, einfache, zur Küstenfahrt oder zum Fischfang benützte Boote waren. Dann und wann wirbelten wohl auch die Ausläufer von Rauchsäulen bis zum »Albatros« empor, welche aus den Schornsteinen der Dampfer von Aschuarda quollen, die Russland zu Polizeizwecken auf den turkomanischen Gewässern unterhält.

An diesem Morgen plauderte der Obersteuermann Tom Turner mit dem Koch François Tapage und gab auf eine Frage des Letzteren Antwort:

»Ja, wir werden gegen achtundvierzig Stunden über dem Kaspi-See verweilen.

– Schön, erwiderte der Koch, da haben wir doch einmal Gelegenheit, zu fischen?

– Ganz gewiss.«

Da über vierzig Stunden darauf verwendet werden sollten, die sechshundertfünfundzwanzig Meilen, welche jenes Binnenmeer bei zweihundert (englischen) Meilen Breite misst, musste die Geschwindigkeit des »Albatros« natürlich stark gemäßigt und letzterer während eines vorzunehmenden Fischfanges ganz still gehalten werden.

Jene Antwort Tom Turner's wurde auch von Phil Evans gehört, der sich grade auf dem Vorderteil befand.

Eben begann Frycollin wieder mit seinen unaufhörlichen Klagen und bat ihn, bei seinem Herrn ein gutes Wort einzulegen, dass er ihn »auf der Erde absetzen« lasse.

Ohne auf dieses sinnlose Verlangen zu antworten, begab sich Phil Evans nach dem Hinterteil, um den Onkel Prudent zu treffen. Diesem teilte er unter größter Vorsicht, von Niemand gehört zu werden, die wenigen zwischen Tom Turner und dem Koche gewechselten Worte mit.

»Phil Evans, meinte Onkel Prudent, ich denke, wir machen uns doch keine Illusionen über die letzten Absichten dieses Elenden?

– Gewiss nicht, antwortete Phil Evans. Er wird uns die Freiheit nur wiedergeben, wenn ihm das passt – und wenn er sie uns überhaupt wieder gibt.

– In diesem Falle müssen wir Alles wagen, um den »Albatros« zu verlassen.

– Ein wundervoller Apparat, das muss man wohl zugestehen!

– Das ist wohl möglich, rief Onkel Prudent, aber es ist der Apparat eines Schurken, der uns gegen alles Recht und Gesetz hier zurückhält. Übrigens bildet dieser Apparat für uns und die Unsrigen eine unausgesetzte Gefahr. Gelingt es uns also nicht, denselben zu vernichten ...

– Beginnen wir damit, uns zu retten! ... antwortete Phil Evans, wir werden ja später sehen.

– Zugegeben, antwortete Onkel Prudent, und benützen wir jede sich bietende Gelegenheit. Allem Anscheine nach fährt der »Albatros« über den Kaspi-See, um sich dann im Norden oder im Süden von Russland nach Europa zu begeben. Nun, wohin wir auch den Fuß setzen mögen, bis zum Atlantischen Ozean hin wäre unsere Rettung gesichert. Wir müssen uns also jede Stunde bereithalten.

– Aber, fragte Phil Evans, wie sollten wir fliehen können?

– Hören Sie mich an, antwortete Onkel Prudent. Es kommt zuweilen vor, dass der »Albatros« während der Nacht nur wenige hundert Fuß über dem Erdboden hinschwebt. An Bord befinden sich verschiedene Kabel von dieser Länge, und mit einiger Kühnheit könnte man sich wohl hinabgleiten lassen ...

– Ja, stimmte Phil Evans bei, im gegebenen Falle würde ich nicht zaudern ...

– Ich auch nicht, versicherte Onkel Prudent. Ich füge noch hinzu, dass während der Nacht außer dem Steuermann auf dem Hinterteile Niemand wach ist. Eines jener Kabel liegt nun gewöhnlich auf dem Verdeck, und ohne gesehen und gehört zu werden, dürfte es möglich sein, dasselbe aufzurollen ...

– Gut, gut, unterbrach ihn Phil Evans; ich sehe mit Vergnügen, Onkel Prudent, dass Sie jetzt weit ruhiger sind; das ist besser, wenn man handeln will. Augenblicklich freilich befinden wir uns auf dem Kaspi-See; verschiedene Fahrzeuge sind in Sicht. Der »Albatros« wird noch tiefer hinabgehen und während des Fischzuges anhalten ... Könnten wir daraus keinen Vorteil ziehen? ...

– Ah, man überwacht uns, selbst wenn wir nicht glauben, überwacht zu sein, antwortete Onkel Prudent. Sie haben's ja gesehen, als wir versuchten, uns in den Hydaspis zu stürzen.

– Und wer sagt, dass wir nicht auch in der Nacht beobachtet sind? erwiderte Phil Evans.

– Einerlei, wir müssen ein Ende machen, rief Onkel Prudent, ein Ende machen mit diesem »Albatros« und seinem Besitzer!«

Man sieht, dass die beiden Kollegen – und vorzüglich Onkel Prudent – unter der Aufregung des Zornes leicht dazu verführt werden konnten, die waghalsigsten und für ihre eigene Sicherheit vielleicht gefährlichsten Handlungen zu begehen.

Das Gefühl ihrer Ohnmacht, der verächtliche Spott, mit dem Robur sie behandelte, die derben Antworten, welche er ihnen erteilte, Alles trug dazu bei, die Spannung ihrer Lage zu erhöhen, deren Druck jeden Tag deutlicher hervortrat.

An jenem Tage hätte übrigens ein neuer Auftritt bald einen höchst bedauerlichen Wortwechsel zwischen Robur und den beiden Kollegen herbeigeführt, und Frycollin ahnte wohl kaum, dass er dazu die Veranlassung geben sollte.

Als er sich einmal über diesem Meere ohne Grenzen sah, bemächtigte sich des Hasenfußes wieder ein furchtbarer Schrecken. Wie ein Kind – und wie ein Neger, der er ja war – fing er an zu jammern zu klagen und zu protestieren und machte die tollsten Verrenkungen und Grimassen.

»Ich will fort! ... Ich will weg von hier! rief er. Ich bin kein Vogel! ... Ich bin nicht geschaffen zum Fliegen! ... Ich will, dass ich auf der Erde abgesetzt werde, und das sogleich!«

Selbstverständlich bemühte sich Onkel Prudent keineswegs, ihn zu beruhigen, im Gegenteil. Das Heulen des Schwarzen erregte denn auch die Ungeduld Robur's.

Da Tom Turner und die Anderen sich eben zum Fischfang anschickten, befahl der Ingenieur, um sich Frycollins zu entledigen, diesen in sein Ruff einzusperren. Der Neger setzte das vorige Unwesen fort, donnerte an die Wand und heulte aus Leibeskräften.

Es war jetzt Mittag. Der »Albatros« schwebte eben nur fünf oder sechs Meter über der Oberfläche des Meeres. Einige bei seiner Annäherung erschreckte Boote waren eiligst davongefahren. Dieser Teil des Kaspi-Sees musste also bald ganz verlassen sein.

Man begreift leicht, dass die beiden Kollegen unter diesen Verhältnissen, wo sie gelegentlich nur hätten mit dem Kopfe zu nicken brauchen, der Gegenstand erhöhter Aufmerksamkeit sein mussten und wirklich waren.

Doch selbst angenommen, dass sie sich über Bord gestürzt hätten, so wäre es doch leicht gewesen, sie mit Hilfe des Kautschukbootes des »Albatros« wieder einzufangen. Während dieses Fischzuges war also nichts zu tun, und Phil Evans beteiligte sich lieber selbst tätig dabei, während Onkel Prudent im Zustand fortwährend kochender Wut sich in seine Kabine zurückzog.

Bekanntlich bildet der Kaspi-See eine beträchtliche Bodendepression wahrscheinlich vulkanischen Ursprunges. In dieses Becken ergießen sich die Gewässer sehr großer Ströme, wie der Wolga, des Ural, des Kur, der Kuma, Jemba u. A. Ohne die starke Verdunstung, welche dem Wasserbecken den Wasserüberfluss wieder entführt, hätte dieses siebzehntausend Quadratmeilen große Loch von fünf- bis sechshundert Fuß mittlerer Tiefe schon längst die niedrigen und sumpfigen Küsten im Norden und Osten überflutet. Obgleich diese Schale weder mit dem Schwarzen, noch mit dem Aral-Meer in Verbindung steht, deren Niveau weit höher liegt, so ernährt es doch eine große Menge Fische – wohl zu bemerken aber nur solche, welche die stark hervortretende Bitterkeit seines Wassers, eine Folge der Naphthaquellen am Südende desselben, vertragen.

Bei dem Gedanken an die Abwechslung, welche dieser Fischzug ihrem gewohnten Speisezettel zu verleihen versprach, gab die Mannschaft des »Albatros« die Befriedigung, welche er derselben gewährte, deutlich genug zu erkennen.

»Achtung!« rief Tom Turner, der eben einen Fisch von ziemlich bedeutender Größe und ähnlich einem Haifisch harpuniert hatte.

Es war das ein prächtiger, gegen sieben Fuß langer Stör, von der Art, welche die Russen Belonga nennen, dessen mit Salz, Essig und Weißwein zugerichtete Eier den Kaviar darstellen. Vielleicht sind die in den Flüssen gefangenen Störe noch schmackhafter als die aus dem Meere. Doch wurden letztere an Bord des »Albatros« mit großem Jubel begrüßt.

Noch weit ergiebiger gestaltete sich dieser Fischzug aber durch Anwendung von Schleppnetzen, in welchen es bald von Karpfen, Brachsen und Seehechten, vorzüglich von jenen mittelgroßen Sterlets wimmelte, welche reiche Feinschmecker lebend von Astrachan nach Moskau und Petersburg bringen lassen. Diese hier wanderten – ohne alle Transportkosten – unmittelbar aus ihrem natürlichen Element in die Siedekessel der Mannschaftsküche.

Die Leute Robur's zogen mit großem Vergnügen die Leine ein, nachdem der »Albatros« sie mehrere Stunden lang langsam dahingeführt hatte. Der Gascogner Tapage (der Name bedeutet deutsch: Lärmen, Getöse) machte durch sein Jubelgeschrei seinem Namen alle Ehre. Eine Stunde genügte, alle Behälter des »Albatros« mit jenem Nahrungsmaterial zu füllen, und dieser fuhr darauf nach Norden zu weiter.

Während dieses Aufenthaltes hatte Frycollin nicht aufgehört, zu schreien, an die Wand seiner Kabine zu hämmern, mit einem Worte, einen unausstehlichen Lärm zu machen.

»Wird dieser verdammte Nigger denn nicht Ruhe halten lernen! sagte Robur, dem die Geduld nun wirklich zu Ende ging.

– Mir scheint, Herr Robur, dass er völlig Recht hat, sich zu beklagen, bemerkte Phil Evans.

– Ja, ganz wie ich das Recht habe, meinen Ohren diese Qual zu ersparen, erwiderte Robur.

– Ingenieur Robur! ... ließ sich da der eben auf dem Verdeck erscheinende Onkel Prudent vernehmen.

– Herr Präsident des Weldon-Instituts?« ...

Beide waren auf einander zugetreten und sahen sich eine Zeit lang in die Augen.

Dann zuckte Robur ein wenig die Achseln.

»An das Ende des Taues!« sagte er.

Tom Turner hatte ihn verstanden; Frycollin wurde aus seiner Kabine geholt.

Aber wie jämmerlich schrie er auf, als der Obersteuermann und einer von dessen Kameraden ihn ergriffen und in einer Art Korb festbanden, an dem sie sorgsam das Ende eines Taues festknüpften.

Es war das eines jener Taue, welche Onkel Prudent zu dem uns bekannten Zwecke benützen wollte.

Der Neger hatte zuerst geglaubt, er solle gehenkt werden ... Nein, er sollte nur aufgehängt werden.

Das Tau wurde nämlich außen in der Länge von etwa hundert Fuß abgerollt und Frycollin schwebte damit frei in der Luft.

Jetzt stand es in seinem Belieben, zu schreien, so viel er wollte; der Schrecken schnürte ihm jedoch den Kehlkopf zu – er blieb stumm.

Onkel Prudent und Phil Evans hatten sich dem barbarischen Verfahren widersetzen wollen – sie wurden einfach zurückgestoßen.

»Das ist abscheulich! ... Das ist Barbarei! rief Onkel Prudent, der darüber ganz außer sich war.

– Freilich! antwortete Robur.

– Das ist ein Missbrauch der Gewalt, gegen den ich noch anders als durch Worte allein Einspruch erheben werde!

– Immer zu!

– Ich werde mich rächen, Ingenieur Robur!

– Rächen Sie sich getrost, Präsident des Weldon-Instituts.

– An Ihnen und Ihren Leuten!«

Die Mannschaft des »Albatros« hatte sich in nicht besonders wohlwollender Haltung genähert. Robur gab den Leuten ein Zeichen, sich zu entfernen.

»Ja, an Ihnen und Ihren Leuten ... wiederholte Onkel Prudent, den sein College vergebens zu beruhigen suchte.

– Ganz wie es Ihnen beliebt, erwiderte der Ingenieur.

– Und ohne Rücksicht auf die Mittel!

– Genug, sagte jetzt Robur in drohendem Tone, genug! Es gibt noch mehr Taue an Bord! Schweigen Sie ... oder ... der Herr ganz wie der Diener.«

Onkel Prudent schwieg, aber nicht aus Furcht, sondern weil ihn eine wahre Erstickung beklemmte, so dass Phil Evans ihn in seine Kabine führen musste.

Seit einer Stunde hatte sich das Wetter sehr merkbar verändert und es traten einzelne Zeichen hervor, welche keine Missdeutung zuließen – ein Unwetter war im Anzug. Die elektrische Sättigung der Atmosphäre hatte einen so hohen Grad erreicht, dass Robur gegen zweieinhalb Uhr Zeuge einer bisher von ihm nie beobachteten Erscheinung wurde.

Im Norden, von wo das Unwetter herkam, stiegen dicht geballte, fast leuchtende Dünste auf – was jedenfalls von der verschiedenen und wechselnden elektrischen Spannung der Wolkenschichten herrührte.

Der Reflex von diesen Ansammlungen ließ Myriaden von Lichtern auf der Oberfläche des Meeres hin tanzen, deren Intensität umso lebhafter wurde, je mehr der Himmel sich verfinsterte.

Der »Albatros« und jenes Meteor mussten bald zusammentreffen, da sie sich auf einander zu bewegten.

Und Frycollin? – Nun Frycollin folgte noch immer im Schlepptau – ja, das ist das richtige Wort, denn jenes Tau bildete einen weit offenen Winkel gegen den mit der Geschwindigkeit von hundert Kilometern hinfliegenden Apparat, wodurch der Korb nicht unerheblich zurückblieb.

Das Entsetzen des armen Teufels wird man sich unschwer ausmalen können, als die Blitze jetzt um ihn her aufzuckten und der Donner mit gewaltiger Macht durch die Himmelsräume rollte. Das ganze Personal bemühte sich angesichts dieses Unwetters so zu manövrieren, dass sie entweder höher als dasselbe hinaufkamen oder in den unteren Luftschichten bald jenes im Rücken ließen.

Der »Albatros« befand sich eben ungefähr in mittlerer Höhe – etwa tausend Meter – als ein Donnerschlag von ungeheurer Heftigkeit über ihn hereinbrach, dem ein furchtbarer Windstoß folgte. Binnen wenigen Sekunden stürzten sich die feurigen Wolken auf den Aeronef.

Da raffte sich Phil Evans zusammen, um zu Gunsten Frycollins ein gutes Wort einzulegen und zu erklären, dass dieser wieder an Bord herangezogen würde.

Robur hatte eine solche Vermittlung aber gar nicht erst abgewartet und schon den nötigen Befehl erteilt. Jetzt waren die Leute bereits mit dem Einziehen des Taues beschäftigt, als sich eine plötzliche Verlangsamung der Rotation der Auftriebschrauben bemerkbar machte.

Robur sprang nach dem mittleren Ruff.

»Kraft! ... Volle Kraft! rief er dem Maschinisten zu. Wir müssen schnell höher, als das Unwetter steht, emporsteigen.

– Es ist unmöglich, Herr Ingenieur.

– Warum?

– Die Ströme sind gestört ... Es treten Unterbrechungen ein.«

In der That senkte sich der »Albatros« schon recht merkbar.

Ganz wie das bei Gewittern mit den Strömen in den Telegraphendrähten vorkommt, so versagten jetzt auch die Akkumulatoren des Apparats den regelmäßigen Dienst; was aber nur eine Unbequemlichkeit ist, wenn es sich um Absendung von Depeschen handelt, wurde hier zur furchtbarsten Gefahr, das musste damit enden, dass der Aeronef, ohne dass man seiner ferner Herr war, in's Meer hinabstürzte.

»Lass' ihn sich senken, rief Robur, damit wir aus der elektrischen Zone herauskommen. Vorwärts, Jungen, bewahrt Euer kaltes Blut!«

Der Ingenieur hatte seine Kommandobrücke bestiegen. Die Mannschaft war an ihrer Stelle und hielt sich bereit, jeder Anordnung ihres Herrn eiligst nachzukommen.

Obwohl der »Albatros« sich nur einige hundert Fuß gesenkt hatte, schwebte er doch immer noch in der dichten Wolkenschicht inmitten von Blitzen, die sich wie Raketen eines Feuerwerks kreuzten. Man musste jeden Augenblick fürchten, dass ihn ein Blitzstrahl treffe. Die Bewegung der Schrauben verlangsamte sich noch mehr, und was bisher ein etwas Schnelleres Herabsinken war, drohte jetzt ein gefährlicher Sturz zu werden.

Zuletzt lag es auf der Hand, dass er in weniger als einer Minute auf der Meeresfläche angelangt sein musste, und einmal in's Wasser getaucht, hätte keine Macht ihn daraus zu befreien vermocht.

Plötzlich lagerte sich die elektrische Wolke dicht über ihnen. Der »Albatros« war jetzt nicht mehr als sechzig Fuß vom Kamm der Wellen entfernt. Binnen zwei bis drei Sekunden drohten diese das Verdeck zu überfluten.

Da benützte Robur noch den letzten Moment, stürzte nach dem mittleren Ruff hin und packte hier die Hebel für die Vorwärtsbewegung, wodurch die von den Batterien kommenden Ströme geschlossen wurden, auf welche die elektrische Spannung der umgebenden Atmosphäre keinen Einfluss äußerte ... in einem Augenblick hatte er den Schrauben ihre normale Schnelligkeit wieder gegeben, den Sturz aufgehalten, und der »Albatros« hielt sich in geringer Höhe, entfloh jetzt aber mit rasender Eile dem Unwetter, das er bald hinter sich zurückließ.

Es bedarf wohl nicht besonderer Bemerkung, dass Frycollin, wenn auch nur für wenige Sekunden, ein unfreiwilliges Bad genommen hatte. Als er an Bord zurückkam, war er durchnässt, als hätte er die Tiefe des Meeres gemessen. Man wird es kaum glauben, aber er schrie nicht mehr.

Am nächsten Tage, am 4. Juli, hatte der »Albatros« die Nordgrenze des Kaspi-Sees überschritten.

XI.
IN DEM DIE WUTH DES ONKEL PRUDENT MIT DEM QUADRAT DER GESCHWINDIGKEIT ZUNIMMT.

Wenn Onkel Prudent und Phil Evans je auf die Hoffnung, entfliehen zu können, verzichten mussten, so war das während der nun folgenden fünfzig Stunden der Fall. Befürchtete Robur, dass die Überwachung seiner Gefangenen bei der Fahrt über Europa weniger leicht sein möchte? Vielleicht. Er wusste ja übrigens, dass sie zu Allem entschlossen waren, um zu entweichen.

Doch, wie dem auch sein mochte, jeder Versuch wäre jetzt einem Selbstmorde gleichgekommen. Wenn Einer von einem Expresszuge, der mit der Geschwindigkeit von hundert Kilometern in der Stunde dahinfliegt, herabspringt, so setzt er vielleicht sein Leben in Gefahr; wer das aber von einem zweihundert Kilometer in der Stunde dahinrasenden Blitzzuge versuchte, der kann nur den Tod wollen.

Eben diese Geschwindigkeit, die größte, die er anzunehmen im Stande war, war jetzt dem »Albatros« erteilt worden. Er überholte noch den Flug der Schwalbe, die hundertachtzig Kilometer in der Stunde zurücklegen kann.

Hier mag auch bemerkt sein, dass bisher nordöstliche Winde in einer der Fortbewegung des »Albatros« sehr günstigen Ausdauer anhielten, da dieser in derselben Richtung, d. h. im Allgemeinen nach Westen zu flog. Dieser Wind begann aber allmählich abzuflauen, so dass es nachgerade unmöglich wurde, sich auf dem Verdeck zu halten, ohne die Atmung durch die Schnelligkeit der Bewegung fast aufgehoben zu sehen. Die beiden Kollegen wären auch beinahe über Bord geschleudert worden, wenn sie nicht der Luftdruck an ihrem Ruff so zu sagen festgenagelt hätte.

Zum Glück bemerkte sie der Steuermann durch die Lichtpforten seiner Hütte, und eine elektrische Klingel setzte die auf dem Verdeck eingeschlossenen Mannschaften von ihrer Notlage in Kenntnis.

Über das Verdeck hin kriechend, glitten vier Mann davon nach dem Hinterteil zu.

Diejenigen, welche sich in einem Sturm auf einem vor dem Winde liegenden Schiffe befunden haben, werden verstehen, welchen Druck der Wind dabei auszuüben vermag. Hier war es jedoch der »Albatros« selbst, der diesen durch seine maßlose Geschwindigkeit hervorrief.

Man musste wirklich seinen Gang verlangsamen, was Onkel Prudent und Phil Evans gestattete, ihre Kabine wieder zu erreichen.

Im Inneren seiner Ruffs führte der »Albatros«, ganz wie der Ingenieur das versichert hatte, eine vollkommen atembare Atmosphäre mit sich.

Welche erstaunliche Festigkeit besaß aber dieser Apparat, um einer so schnellen Fortbewegung den nötigen Widerstand leisten zu können. Die Triebschrauben am Bug und am Heck sah man gar nicht mehr sich drehen; sie pfiffen nur mit scharfem, durchdringendem Ton durch die Luft.

Die letzte, vom Bord aus gesehene Stadt war Astrachan gewesen, das ziemlich am nördlichsten Ende des Kaspi-Sees lag.

Der Stern der Wüste – jedenfalls hat ein russischer Dichter es so genannt – ist jetzt von der ersten Größe zur fünften oder sechsten zurückgegangen. Dieser sehr einfache Hauptort des Gouvernements hatte einen Augenblick seine alten, mit unnützen Zinnen gekrönten Mauern gezeigt, ebenso wie seine alten Türme in der Mitte der Stadt, seine an Kirchen in modernem Stil angrenzenden Moscheen, seine Kathedrale mit fünf vergoldeten und mit blauen Sternen übersäten Kuppeln, die einem ausgeschnittenen Stück Firmament glichen – das Ganze fast im Niveau der hier zwei Kilometer breiten Wolgamündung.

Von diesem Punkt aus war der Flug des »Albatros« schon mehr eine Art Ritt durch die Höhen des Himmels, als würde er von fabelhaften Hippogryphen fortgetragen, welche eine Meile mit jedem Flügelschlage zurücklegen.

Es war gegen zehn Uhr morgens am 4. Juli, als der Aeronef, etwa dem Thale der Wolga folgend, nach Nordwesten weiter steuerte. An beiden Stromesufern hin dehnten sich die Steppen des Don und des Ural. Wäre es möglich gewesen, einen Blick auf diese ungeheuren Gebiete zu werfen, so hätte man die Städte und Dörfer darin kaum zählen können. Am Abend endlich zog der Aeronef über Moskau weg, ohne die auf dem Kreml flatternde Flagge zu salutieren. Binnen zehn Stunden hatte er die zweitausend Kilometer, welche Astrachan von der Hauptstadt aller Russen trennen, zurückgelegt.

Von Moskau nach Petersburg ist die Eisenbahnlinie nicht länger als zwölfhundert Kilometer, konnte also mehr Zeit als einen halben Tag nicht beanspruchen. So erreichte denn auch der »Albatros« mit der Pünktlichkeit eines Expresszuges Petersburg und die Ufer der Newa gegen zwei Uhr morgens. Die Helligkeit der Nacht, in der in so hoher Breite die Sonne nicht tief unter den Horizont nieder taucht, gestattete einen Augenblick, das Gesamtbild dieser großen Stadt zu überschauen.

Nachher folgte der finnische Meerbusen, das Inselgewirr von Abo, die Ostsee, Schweden in der Breite von Stockholm, Norwegen in der von Christiana – zweitausend Kilometer in nur zehn Stunden! Wahrlich, man hätte glauben können, dass keine menschliche Macht fernerhin im Stande wäre, die Geschwindigkeit des »Albatros« zu hemmen, als ob die Resultante seiner Treibkraft und der Anziehung der Erde ihn in unveränderlichem Kreislaufe um die Erde gefesselt hielte.

Danach unterbrach er seinen Lauf, und zwar genau über dem berühmten Wasserfall des Rjukanfos in Norwegen. Der Gusta, dessen Gipfel diesen herrlichen Teil von Telemarken beherrscht, erschien gleich einem riesenhaften Grenzwall, den er nach Westen nicht überschreiten durfte.

Von hier aus näherte sich der »Albatros« auch, ohne Verminderung seiner Geschwindigkeit, wieder mehr dem Erdboden.

Und was begann wohl Frycollin während dieser Fahrt ohne Gleichen?

Frycollin blieb stumm in seiner Kabine und schlief, mit Ausnahme der Zeit, wo gegessen wurde, so gut er konnte.

François Tapage leistete ihm dann Gesellschaft und ergötzte sich weidlich an seiner ewigen Angst.

»He, he, mein Junge, sagte er, Du heulst ja gar nicht mehr? Brauchst Dich gar nicht zu genieren! ... Mit zwei Stunden aufgehängt sein ist Alles quitt gemacht! ... He, bei der Schnelligkeit, mit der wir jetzt fahren, müsste das ein vortreffliches Luftbad gegen den Rheumatismus abgeben!

– Mir kommt es vor, als ob Alles in kurze und kleine Stücke ginge, antwortete Frycollin.

– Das ist wohl möglich, mein wackerer Frycollin; aber wir fliegen so schnell dahin, dass wir gar nicht mehr fallen könnten. Das ist doch auch eine Beruhigung.

– Glauben Sie?

– Bei meiner Gascogner-Ehre!«

Um die Wahrheit zu sagen und nicht zu übertreiben, wie François Tapage, so lag die Sache so, dass die Arbeit der Auftriebschrauben infolge jener ungeheuren Geschwindigkeit jetzt ein wenig vermindert war, der Aeronef glitt auf den Luftschichten etwa hin, wie eine Congrève'sche Rakete.

»Und das wird noch lange so fortdauern? sagte Frycollin.

– Lange? ... O nein! antwortete der Koch, nur das ganze Leben lang.

– Ach! seufzte der Neger, wieder mit seinen Klagen beginnend.

– Nimm Dich in Acht, Frycollin, nimm Dich in Acht! rief da François Tapage, denn, wie man bei mir zu Hause sagt, der Herr könnte Dich auf die Schaukel hinaussetzen.«

Und mit den Bissen, die er gleich doppelt in den Mund steckte, würgte Frycollin auch seine Seufzer hinunter.

Während dessen entwarfen Onkel Prudent und Phil Evans, welche nicht dazu angetan waren, sich unnütz zu beklagen, einen wohl durchdachten Plan. An Ausführung eines Fluchtversuches war ja unmöglich zu denken. Doch wenn sie den Fuß auch nicht auf die Erde setzen konnten, war es nicht denkbar, den Erdenbewohnern mitzuteilen, was nach ihrem Verschwinden aus dem Vorsitzenden und dem Schriftführer des Weldon-Instituts geworden war, wer sie geraubt hatte, auf welcher fliegenden Maschine sie sich befanden, um vielleicht – aber, lieber Gott, auf welche Weise? – einen kühnen Versuch ihrer Freunde, sie den Händen Robur's zu entreißen, herbeiführen zu können?

Doch wie sollten sie von sich Nachricht geben? Hätte es dazu hingereicht, die Methode der Seeleute nachzuahmen, welche ein Schriftstück mit Bezeichnung der Stelle des Schiffbruchs in eine Flasche stecken und diese in's Meer werfen?

Hier vertrat die Stelle des Meeres aber die Atmosphäre. Die Flasche konnte darauf natürlich nicht schwimmen. Fiel dieselbe nicht gerade auf einen zufällig Vorübergehenden, dem sie recht gut den Schädel zerschmettern konnte, so lag die Vermutung nahe, dass sie niemals aufgefunden wurde.

Die beiden Kollegen hatten leider kein anderes Mittel zur Verfügung und sie standen schon im Begriff, eine Flasche des Luftfahrzeuges zu opfern, als dem Onkel Prudent noch ein anderer Gedanke kam. Er schnupfte, wie wir wissen, und diese kleine Untugend darf man einem Amerikaner, der weit schlimmere Unsitten hätte an sich haben können, wohl nachsehen. Als Schnupfer besaß er natürlich auch eine Dose, die jetzt schon längst leer war. Diese Dose war aus Aluminium gearbeitet. Warf er dieselbe hinaus, so durfte man hoffen, dass jeder ehrbare Bürger, der sie fand, sie auch aufheben werde. Hob er sie auf, so lieferte er sie auch bei der Polizei ab, und hier würde man Kenntnis nehmen von dem Dokument, welches dazu dienen sollte, die Lage der beiden Opfer Robur des Siegers kund zu geben.

Das wurde denn auch ausgeführt. Das kurze einzuschließende Schriftstück sagte Alles und trug daneben die Adresse des Weldon-Instituts mit der Bitte, dasselbe dahin zu befördern.

Nachdem Onkel Prudent das Papier eingelegt, umwickelte er die Dose sorgsam mit einem dicken wollenen Band, um zu verhüten, dass dieselbe sich während des Falles schon öffne und durch das Aufschlagen nicht in Stücke gehe. Jetzt galt es nur noch eine günstige Gelegenheit abzuwarten.

Das Schwerste bei der ganzen Sache war es aber während dieser merkwürdigen Fahrt über Europa, das Ruff zu verlassen, über das Verdeck zu kriechen, auf die Gefahr hin, fortgerissen zu werden, und das ganz heimlich durchzuführen. Andererseits kam es darauf an, dass die Dose nicht in ein Meer, einen Golf, See oder einen anderen Wasserlauf fiel, denn damit – wäre sie ja verloren gewesen.

Jedenfalls schien es aber nicht unmöglich, dass die beiden Kollegen sich durch dieses Mittel mit der bewohnten Welt in's Einvernehmen setzen konnten.

Eben jetzt wurde es jedoch Tag und es schien ratsamer, die Nacht abzuwarten und entweder eine Verminderung der Geschwindigkeit oder einen Halt zu benützen, um das Ruff zu verlassen. Vielleicht konnten sie dann die Reling erreichen und die kostbare Dose genau über einer Stadt herunterfallen lassen.

Doch selbst bei dem Zusammentreffen aller günstigen Umstände hätte das Vorhaben nicht gleich zur Ausführung gebracht werden können – wenigstens nicht am heutigen Tage.

Nachdem der Aeronef nämlich Norwegen in der Höhe des Gusta verlassen, hatte er sich nach dem Süden zu gewendet und folgte jetzt genau dem französischen Meridian Null, der bekanntlich über Paris verläuft. Er schwebte also über die Nordsee hinweg, nicht ohne an Bord der Tausende von Küstenfahrern, welche zwischen dem Festlande und England verkehren, das größte Aufsehen zu erregen. Fiel die Dose hier nicht gerade auf das Deck eines solchen Schiffes, so hatte sie die gegründete Aussicht, auf Nimmerwiedersehen in der Tiefe zu versinken.

Onkel Prudent und Phil Evans sahen sich also genötigt, einen günstigeren Augenblick abzuwarten. Da sollte sich ihnen, wie wir sehen werden, bald eine besonders geeignete Gelegenheit darbieten.

Gegen zehn Uhr abends erreichte der »Albatros« die Küste Frankreichs, nahezu in der Höhe von Dunkerque. Die Nacht war ziemlich dunkel. Einen Augenblick konnte man den Leuchtturm von Gris-Nez seine elektrischen Lichtstrahlen mit denen von Dover kreuzen sehen, die also den Kanal in seiner ganzen Breite erhellten. Dann steuerte der »Albatros« über Frankreich hin und hielt sich dabei in einer mittleren Höhe von etwa tausend Metern.

Seine Geschwindigkeit hatte sich freilich nicht geändert. Wie eine Bombe flog er über Städte, Schlösser und Dörfer hinweg, die so zahlreich in den fruchtbaren Provinzen des nördlichen Frankreichs zerstreut liegen. Es waren das unter dem Meridiane von Paris nach Dunkerque, Doullons, Amiens, Creil, St. Denis ... Immer hielt jener dabei eine gerade Linie ein. So gelangte er gegen Mitternacht über die »Stadt des Lichts«, welche diesen Namen wenigstens verdient, wenn ihre Einwohner schlafen oder doch schlafen sollten.

Welch' sonderbare Laune veranlasste nun den Ingenieur gerade über der Stadt Paris einmal anzuhalten? Niemand weiß es. Jedenfalls aber senkte sich hier der »Albatros« so weit, dass er nur wenige hundert Fuß über derselben schwebte. Robur trat aus seiner Kabine hervor und auch die ganze Mannschaft erschien, um lustwandelnd einmal frische Luft zu schöpfen, auf dem Verdeck.

Onkel Prudent und Phil Evans achteten wohl darauf, die sich jetzt bietende ausgezeichnete Gelegenheit nicht vorüber gehen zu lassen. Beide suchten sich, sobald sie aus ihrem Ruff getreten waren, von den Anderen entfernt zu halten, um den rechten Augenblick zur Ausführung ihres Vorhabens auswählen zu können. Auf keinen Fall sollten die Anderen etwas davon merken.

Einem gigantischen Käfer ähnlich zog der »Albatros« so langsam über die Stadt hin. Er überschritt die Linie der Boulevards, welche durch Edison'sche Lampen in hellem Tageslichte lagen. Das Geräusch der Wagen, welche noch durch die Straßen jagten, und das Rollen der Züge auf den vielen, in Paris zusammentreffenden Bahnlinien drang bis zu ihm hinauf.

Dann glitt er in der Höhe der höchsten Bauwerke hin, als hätte er die Kugel vom Pantheon oder das Kreuz vom Invalidendom abstreifen wollen. Er steuerte zwischen den beiden Minaretts des Trocadero hindurch nach dem eisernen Turm des Marsfeldes, dessen ungeheurer Reflektor die ganze Hauptstadt mit elektrischem Lichte überströmte.

Diese Luftpromenade, dieses Flanieren in der Nacht, währte etwa eine Stunde. Es glich einer Station in den Lüften vor Fortsetzung der endlosen Reise.

Der Ingenieur Robur wollte dabei den Parisern offenbar den Anblick eines Meteors bereiten, das ihre Astronomen noch niemals gesehen oder nur geahnt hatten. Die Signallichter des »Albatros« wurden in Funktion gesetzt. Zwei glänzende Strahlenbündel ergossen sich über die Plätze, die Häuserviereicke, Gärten und die sechzigtausend Häuser der Stadt, indem sie ungeheure Lichtmassen von einem Horizont zum anderen schweifen ließen.

Gewiss – diesmal war der »Albatros« gesehen worden, und nicht allein gesehen, sondern auch gehört worden, denn Tom Turner hatte die Trompete hervorgeholt und eine schmetternde Fanfare über die Stadt hin ertönen lassen. In diesem Augenblick beugte sich Onkel Prudent ein wenig über die Reling, öffnete die Hand und ließ die Dose fallen.

Fast gleichzeitig erhob sich der »Albatros« wieder sehr schnell.

Da schallte durch die Höhe des Pariser Himmels ein vieltausendfältiges Hurra aus der Menge, das sich über die Boulevards fortpflanzte – ein Hurra der Verwunderung über das unvorhergesehene, phantastische Meteor.

Plötzlich erloschen die Lichtquellen des Aeronefs und rund um ihn wurde es wieder dunkel und still; darauf nahm er seine Fahrt mit der Geschwindigkeit von zweihundert Kilometern in der Stunde wieder auf.

Das war Alles gewesen, was seine Insassen von der Hauptstadt Frankreichs hatten sehen sollen.

Um vier Uhr morgens hatte der »Albatros« das ganze Land schon überflogen. Um keine Zeit mit der Überschreitung der Pyrenäen oder der Alpen zu verlieren, glitt er jetzt an der Oberfläche der Provence bis zur Spitze des Cap d'Antibes hin.

Um neun Uhr blieben die auf der Terrasse des St. Peters-Domes versammelten Römer verblüfft stehen, als sie ihn über die Ewige Stadt hinwegschweben sahen. Zwei Stunden später schwankte er hoch über dem Golf von Neapel, einen Augenblick in der Rauchsäule des Vesuvs. Nachdem er dann das Mittelmeer in schräger Richtung überschritten, wurde er in der ersten Nachmittagsstunde von den Wachtposten in La Golette an der tunesischen Küste beobachtet.

Von Amerika über Asien! Von Asien über Europa! Mehr als dreißigtausend Kilometer hatte der wunderbare Apparat in weniger als dreiundzwanzig Tagen zurückgelegt.

Und jetzt zog er majestätisch über die bekannten und unbekannten Landmassen Afrikas dahin!

*

Vielleicht wünscht der Leser zu erfahren, was nach dem Herabfallen aus der berühmten Schnupftabaksdose geworden war?

Die Dose war in der Rivoli-Straße vor dem Hause Nummer 210 zu einer Zeit niedergefallen, wo diese Straße gerade ziemlich leer war. Am folgenden Morgen wurde sie von einer ehrlichen Straßenkehrerin aufgefunden, welche sich beeilte, dieselbe auf der Polizei-Präfektur abzuliefern.

Hier hielt man sie zuerst für einen explodierenden Körper und wickelte sie mit derselben allergrößten Vorsicht auf, wie sie zuletzt geöffnet wurde.

Da trat wirklich eine Art Explosion ein ... Ein furchtbares Niesen, dessen sich der Sicherheitschef nicht zu erwehren vermochte.

Dann zog man das Schriftstück aus der Dose und las zum allgemeinen Erstaunen wie folgt:

»Onkel Prudent und Phil Evans, Vorsitzender und Schriftführer des Weldon-Instituts zu Philadelphia, entführt durch den Aeronef des Ingenieur Robur.

Freunden und Bekannten davon Nachricht zu geben.

Onkel Prudent und Phil Evans.«

Hiermit war die unerklärliche Erscheinung den Bewohnern beider Welten endlich erklärt, und die vielen Gelehrten an den Observatorien, welche es auf der Erde gibt, gewannen die längst verlorene Ruhe endlich wieder.

XII.
IN DEM DER INGENIEUR ROBUR HANDELT, ALS OB ER SICH UM EINEN DER MONTHYON-PREISE BEWERBEN WOLLTE.

Bei dieser Erdumkreisung des »Albatros« drängen sich wohl von selbst ganz verschiedene Fragen auf; zum Beispiel:

Wer ist überhaupt dieser Robur, von dem bisher nichts als der Name bekannt ist? Verbringt er sein Leben ganz in der Luft? Ruht sein Aeronef niemals aus? Hat er nicht vielleicht eine Zuflucht an unzugänglichem Orte, an dem er selbst wenn er der Ruhe nicht bedürfte, sich wenigstens mit neuen Vorräten versorgt? Es wäre doch merkwürdig, wenn das nicht so sein sollte. Auch die mächtigsten Segler der Lüfte haben ja irgendwo einen Horst oder ein Nest.

Und weiter: Was gedenkt der Ingenieur mit den beiden, ihn doch nur belästigenden Gefangenen zu beginnen? Beabsichtigt er sie in seiner Gewalt zu behalten und für ewig zu verdammen, mit ihm umherzufliegen? Oder wird er ihnen, nachdem er sie über Afrika, Südamerika, Austral-Asien, den Indischen, den Atlantischen und den Stillen Ozean hinweggeführt, um sie wider Willen zu seinen Anschauungen zu überzeugen, die Freiheit wieder schenken, etwa mit den Worten:

»Jetzt, meine Herren, hoffe ich, werden Sie sich bezüglich des Grundsatzes: »Schwerer, als die Luft«, nicht mehr so ungläubig zeigen!–?«

Auf diese Fragen lässt sich vorläufig noch keine Antwort geben; dies ist ein Geheimnis der Zukunft; vielleicht wird dasselbe eines Tages entschleiert werden.

Auf keinen Fall schickte der Vogel Robur sich aber an, jenes angedeutete Nest an der Nordküste Afrikas aufzusuchen. Im Laufe des Tages strich er noch, je nach Laune, bald dahinrasend, bald langsamer schwebend, vom Cap Bon bis zum Cap Carthago über die Regentschaft Tunis hin. Darauf wandte er sich mehr dem Landesinneren zu und schlug den Weg durch das wundervolle Thal der Medjerda ein, indem er dem gelblichen, unter Cactus und Rosenbüschen verborgenen Wasserlauf derselben folgte. Zu vielen Hunderten flogen Vögel auf, die in langen Reihen auf den Telegraphendrähten saßen, als wollten sie die Depeschen beim Durchgang abfangen und auf ihren Flügeln weiter tragen.

Mit Einbruch der Nacht schwebte der »Albatros« über den Grenzen von Krumirien, und wenn noch ein Krumir wach war, so unterließ er es gewiss nicht, das Gesicht auf die Erde niederzuwerfen und Allah bei der Erscheinung dieses riesenhaften Adlers um Schutz und Hilfe anzuflehen.

Am folgenden Morgen waren Bona und die schönen Hügel seiner Umgebung in Sicht, später Philippeville, jetzt ein kleines Algier, mit seinen bogenförmigen Quais, seinen herrlichen Weingärten, deren grünende Reben der ganzen Landschaft ihren Charakter verleihen, einer Landschaft, welche aus Bordelais und den gesegneten Gebieten von Burgund herausgeschnitten zu sein scheint.

Diese Spazierfahrt von fünfhundert Kilometern über Groß- und Klein-Kabylien hinweg endigte gegen Mittag in der Höhe der Kasbah von Algier. Welch' schönes Bild bot sich da den Passagieren des Aeronefs! Die offene Reede zwischen Cap Matifu und der Pescade-Spitze, das mit Palästen, Maravuts und Landhäusern besäte Uferland; die launenhaft gewundenen Täler mit ihrem Mantel von Weinstocken; das tiefblaue Mittelmeer, das die hier kleinen Booten gleichenden transatlantischen Dampfer durchfurchen. So ging es weiter bis zu dem malerischen Oran, dessen in den Gartenanlagen der Zitadelle versammelte Bewohner den »Albatros« mit den ersten aufleuchtenden Sternen verschmelzen sahen.

Wenn Onkel Prudent und Phil Evans sich fragten, welcher Laune der Ingenieur Robur nachgebe, als er ihr fliegendes Gefängnis über Algerien – die Fortsetzung Frankreichs an der Südküste des Mittelmeeres – hinführte, so mussten sie die Überzeugung gewinnen, dass diese Laune zwei Stunden nach Sonnenuntergang befriedigt sei. Eine Wendung des Steuerruders lenkte den »Albatros« nach Südosten ab, und dieser sah am folgenden Tage, nachdem er die bergige Gegend des Tell überstiegen, die Sonne über dem Wüstensande der Sahara aufgehen.

Am 8. Juli wurde nun folgende Reiseroute zurückgelegt: Zuerst erblickte man den kleinen Flecken Géryville, der, wie Laghuat, an der Grenze der Wüste gegründet wurde, um die endliche Eroberung von Kabylien zu erleichtern; nachher passierte man den Kamm von Stillen, und zwar bei dem herrschenden heftigen Gegenwinde nicht ohne Schwierigkeit. Weiter ging es über die Wüste hin, bald langsam oberhalb der grünenden Oasen oder Ksars, bald mit wilder Schnelligkeit, welche den Flug der Lämmergeier überholte. Manchmal musste sogar auf diese gewaltigen Raubvögel Feuer gegeben werden, die sich, zu zwölf und fünfzehn vereinigt, selbst nicht scheuten, zum größten Schrecken Frycollins sich auf den Aeronef zu stürzen.

Wenn diese Lämmergeier nur durch furchtbares Geschrei, durch Schnabelhiebe und Krallenschläge zu antworten vermochten, so verschonten die nicht minder wilden Eingeborenen ihn nicht mit Flintenschüssen, vorzüglich als er über die Berge von Sel gekommen war, deren grüne und violette Grundmasse da und dort durch den weißen Mantel blickte. Jetzt schwebte das Luftschiff schon über der großen Sahara, wo an verschiedenen Stellen noch Reste der Lagerstätten Abd-el-Kader's zu bemerken waren. Hier – und vorzüglich unter den Verbündeten Beni-Myal – bietet das Land für den europäischen Reisenden noch immer ernste Gefahren.

Jetzt musste der »Albatros« wieder in höhere Zonen flüchten, um einem daher rasenden Samum zu entgehen, der eine gewaltige Welle rötlichen Sandes auf der Erde vor sich hintrieb, wie die steigende Flut die Brandungswelle im Ozean. Weiterhin entluden die öden Hochplateaus der Chebka ihre schwärzlichen Lavamassen bis herunter zu dem frischen, grünen Thale des Ain-Massin. Schwerlich vermöchte sich Jemand größere Mannigfaltigkeit der Landschaften vorzustellen, welche der Blick hier in weitem Umfange umfasste. Auf baum- und buschbedeckte Hügel folgten da lange graue Bodenwellen, gleich den Falten eines arabischen Burnus. In der Ferne erschienen »Oueds« mit brausenden Bergströmen, Wälder von Palmen, kleine Ansammlungen von Hütten, welche entweder einen Hügel krönten oder eine Moschee umrahmten, unter anderen Metliti, wo ein religiöser Häuptling, der große Marabut Sidi Scheik, seinen Sitz hat.

Während der Nacht wurden mehrere hundert Kilometer über ein ziemlich ebenes, nur von Dünen unterbrochenes Gebiet zurückgelegt. Hätte der »Albatros« hier Halt machen wollen, so würde er in der Niederung der unter einem ungeheuren Palmenwald versteckten Oase Uargla die Erde erreicht haben. Sehr deutlich zeigte sich die Stadt mit ihren drei bestimmt unterschiedenen Quartieren, mit dem alten Palast des Sultans, einer Art befestigter Kasbah, ihren Häusern aus Backsteinen, welche erst die glühende Sonne hart brennt, und mit ihren im Thale erbohrten artesischen Brunnen, an denen der Aeronef seinen Wasservorrat hätte erneuern können. Dank seiner außerordentlichen Schnelligkeit aber füllte das im Thale von Kaschmir aus dem Hydaspis geschöpfte Wasser noch immer die Vorratstonnen, selbst in den Wüsten von Afrika, an.

Der »Albatros« wurde von den Arabern, den Mozabiten und den Negern, welche sich in die Oasen von Uargla teilen, unzweifelhaft bemerkt, denn es begrüßten ihn von hier aus Hunderte von Gewehrschüssen, ohne dass die Kugeln ihn hätten erreichen können.

Dann kam die Nacht, die Grabesstille Wüstennacht, deren Geheimnisse Felicien David so hochpoetisch geschildert hat.

Während der folgenden Stunden kehrte man wieder nach Südwesten zurück und kreuzte die Straßen von El Golea, deren eine im Jahre 1859 durch den unerschrockenen Duveyrier entdeckt worden war.

Rings herrschte tiefe Finsternis. Nichts war zu sehen von der nach den Plänen Duponchel's zu erbauenden Sahara-Bahn, dem langen Eisenbande, das Algier mit Timbuctu über Leghuat und Gardaia verknüpfen und später bis zum Golf von Guinea fortgesetzt werden soll.

Der »Albatros« gelangte nun in die äquatorialen Gebiete jenseits des Wendekreises des Krebses. Tausend Kilometer von der Nordgrenze der Sahara überschritt er die Straße, wo der Major Loiny 1846 den Tod fand; er kreuzte den Weg der Karawane von Marokko nach dem Sudan, und über dem Theile der Wüste, in dem die Tuarys hausen, hörte er, was man den »Gesang des Sandes« zu nennen pflegt, ein sanftes, klagendes Murmeln, das dem Erdboden zu entsteigen scheint.

Nur ein einziger Zwischenfall ereignete sich hier; eine Wolke von Heuschrecken zog in großer Höhe daher und aus derselben fiel nun eine so große Menge an Bord, dass das Luftschiff davon unterzugehen drohte. Die Mannschaft beeilte sich jedoch, die unerwünschte Last wieder abzuwerfen, bis auf mehrere hundert Stück, welche François Tapage für sich in Anspruch nahm. Er richtete dieselben auf so ausgezeichnet schmackhafte Weise zu, dass Frycollin darüber sogar einmal seine eigene Angst vergaß.

»Das schmeckt so gut, wie die besten Krabben!« sagte er.

Man befand sich jetzt tausendachthundert Kilometer von der Oase Uargla entfernt, fast auf der Nordgrenze des ungeheuren Königreichs Sudan.

Gegen zwei Uhr nachmittags wurde auch am Knie eines großen Stromes eine Stadt sichtbar. Dieser Strom war der Niger – die Stadt war Timbuctu.

Wenn dieses afrikanische Mekka bisher nur von kühnen Reisenden der Alten Welt, von einem Batouta, Khazan, Imbert, Mungo-Park, Adams, Loiny, Laillé, Barth, Lenz und Anderen besucht worden war, so konnten von heute ab, und zwar Dank den Zufälligkeiten eines Abenteuers ohne Gleichen, auch zwei Amerikaner »de visu«, »de auditu« und obendrein »de olfactu« davon bei ihrer Heimkehr nach Amerika reden – wenn sie überhaupt einmal dahin zurückgelangten.

»De visu«, weil sie alle Ecken des fünf bis sechs Kilometer großen Dreiecks, das die Stadt bildet, übersehen konnten; – »de auditu«, weil an diesem Tage großer Markt abgehalten wurde, bei dem es ohne einen Heidenlärmen nicht abgeht; – »de olfactu«, weil der Geruchsnerv sehr unangenehm erregt werden musste durch die Dünste des Yubu-Kamo-Platzes, auf dem sich dicht neben dem alten Palaste der Könige die Fleischverkaufshalle erhebt.

Jedenfalls glaubte der Ingenieur den Vorsitzenden und den Schriftführer des Weldon-Instituts darauf aufmerksam machen zu sollen, dass es die höchste Zeit sei, sich die Königin des Sudans zu betrachten, die sich jetzt in den Händen der Touaregs von Laganet befindet.

»Timbuctu, meine Herren!« sagte er zu ihnen in demselben Tone, in dem er zwölf Tage früher zu ihnen »Indien, meine Herren!« gesagt hatte.

Dann fuhr er fort:

»Timbuctu, unter 18 Grad nördlicher Breite und 5 Grad 56 Minuten westlicher Länge von Paris, zweihundertfünfundvierzig Meter über dem mittleren Niveau des Meeres gelegen. Eine bedeutende Stadt von zwölf- bis dreizehntausend Einwohnern, die sich ehedem durch Kunst und Wissenschaft auszeichnete. – Vielleicht hätten Sie den Wunsch, hier einige Tage Halt zu machen?«

Ein solches Angebot des Ingenieurs konnte nur ironisch gemeint sein.

»Indes, fuhr er fort, es möchte für Fremde einigermaßen gefährlich werden, inmitten von Negern, Berbern, Fullahs und Arabern, welche hier wohnen, vorzüglich wenn wir bedenken, dass die Ankunft des Aeronefs ihr Missfallen erregt haben dürfte.

– Mein Herr, erwiderte Phil Evans in derselben Tonart, für das Vergnügen, Sie verlassen zu können, würden wir gern die Gefahr auf uns nehmen, von den Eingeborenen hier übel empfangen zu werden. Ein Kerker ist so gut wie der andere, aber Timbuctu immer noch besser, als der »Albatros«.

– Das sind Geschmackssachen, versetzte der Ingenieur. Auf keinen Fall möchte ich das Abenteuer wagen, denn ich bin verantwortlich für die Sicherheit der Gäste, welche mir die Ehre antun, mit mir zu reisen ...

– Sie begnügen sich also nicht mehr, Ingenieur Robur, platzte jetzt Onkel Prudent, dem die Galle überlief, heraus, mit der Rolle unseres Kerkermeisters – nein, Sie müssen uns auch noch beleidigen?

– O, das war höchstens eine erlaubte Ironie!

– Gibt es denn keine Waffen an Bord?

– Gewiss, ein ganzes Arsenal.

– Zwei Revolver würden genügen, wenn ich den einen nehme und Sie, mein Herr, den anderen.

– Ein Duell, rief Robur, ein Duell, das Einem von uns das Leben kosten könnte!

– Nein, ihm gewiss kosten würde!

– Nein, nein, mein Herr Präsident des Weldon-Instituts, ich ziehe es vor, Sie am Leben zu erhalten.

– Um sicherer zu sein, dass Sie selbst leben bleiben. Das ist sehr klug.

– Klug oder nicht, mir passt es eben. Es steht Ihnen völlig frei, darüber anders zu denken und Klage zu erheben, wenn Sie es können.

– Das ist schon geschehen, Ingenieur Robur!

– Wirklich?

– War es denn bei unserer Fahrt über die bewohnten Gegenden Europas so schwierig, ein Schriftstück hinunterfallen zu lassen ...

– Das hätten Sie getan? unterbrach ihn Robur, in dem der Zorn hell aufloderte.

– Und wenn wir es getan hätten?

– Wenn Sie es getan hätten, verdienten Sie ...

– Was denn, mein Herr Ingenieur?

– Dass man Sie Ihrem Schreiben über Bord nachfliegen ließe!

– So werfen Sie uns über Bord ... Wir haben es getan!« rief Onkel Prudent.

Robur trat auf die beiden Kollegen zu. Auf ein Zeichen von ihm waren Tom Turner und einige seiner Kameraden herzugelaufen. Ja, der Ingenieur hatte verzweifelte Lust, seine Drohung zur Ausführung zu bringen, und ohne Zweifel zog er sich nur aus Besorgnis, ihr nicht widerstehen zu können, plötzlich in seine Kabine zurück.

»Sehr schön! sagte Phil Evans.

– Und was er zu tun nicht wagte, erklärte Onkel Prudent, das werde ich wagen, ich, ja, ich werde es tun!«

In diesem Augenblick liefen die Bewohner von Timbuctu auf den Plätzen und Straßen der Stadt zusammen und sammelten sich auf den Terrassen der amphitheatralisch erbauten Häuser.

In den reichen Vierteln von Sankore und Sarahama, wie in den elenden kugelförmigen Hütten des Quartiers Raguidi donnerten die Priester von den Spitzen der Minaretts die schlimmsten Flüche und Verwünschungen gegen das Ungeheuer in der Luft. Das war indes unschädlicher, als Flintenkugeln.

Und auch bis zum Hafen von Kabara an der scharfen Biegung des Niger war Alles, was sich auf Schiffen und Booten befand, in lebhafterer Bewegung. Wenn der »Albatros« hier zur Erde niedergegangen wäre, die Leute hätten ihn in Stücke gerissen.

Während einiger Stunden folgten ihm schreiend und an Schnelligkeit wetteifernd lärmende Scharen von Störchen, Haselhühnern und Ibissen; sein rascher Flug hatte dieselben aber bald hinter sich zurückgelassen.

Gegen Abend ertönte ein dumpfes Grollen und Murren von zahlreichen Elefanten und Büffelherden, welche in diesen, durch ganz besondere Fruchtbarkeit ausgezeichneten Gebieten umherirrten.

Während vierundzwanzig Stunden entrollte sich die ganze zwischen dem Meridian 0 und dem 2. Grade der Länge zwischen dem Knie des Stromes gelegene Gegend unter dem »Albatros« gleich einem Wandelpanorama.

Ja, wenn ein Geograph einen solchen Apparat zur Verfügung gehabt hätte, wie leicht wäre es ihm dann nicht gewesen, eine topographische Aufnahme des Landes auszuführen, die höchsten Punkte zu messen, den Lauf der Ströme und ihrer Nebenflüsse zu bestimmen und die Lage der Städte und Dörfer festzusetzen. Dann gäbe es in den Karten von Inner-Afrika nicht mehr so viel leere Stellen, soviel nur mit blassen Farben markierte Länder – und keine punktierte Linien und unsichere Abgrenzungen mehr, welche die Kartographen zur Verzweiflung bringen.

Am Morgen des 11. überschritt der »Albatros« die Berge des nördlichen Guinea zwischen dem Sudan und dem Golf, der dessen Namen trägt. Am Horizont erhoben sich schon in undeutlicher Linie die Kong-Berge des Königreichs Dahomey.

Seit der Abfahrt von Timbuctu hatten Onkel Prudent und Phil Evans beobachten können, dass sie stets die Richtung von Norden nach Süden eingehalten hatten. Sie schlossen daraus, dass sie, wenn hierin keine Änderung eintrat, sechs Grade weiter die Aequinoctiallinie erreichen mussten. Sollte der »Albatros« sich wirklich vom Festland ganz wegwenden und hinaus, nicht auf das Behring-Meer, den Caspis-See, die Nordsee und das Mittelmeer, sondern auf den Atlantischen Ozean wagen wollen?

Diese Aussicht war für die beiden Kollegen, welche damit jede Gelegenheit, zu entfliehen, verloren, freilich keine besonders angenehme.

Der »Albatros« bewegte sich jetzt jedoch nur langsam vorwärts, als zögere er noch, das afrikanische Gebiet zu verlassen. Der Ingenieur dachte indes keineswegs an eine Umkehr, nur fesselte das Land, über welches sie kamen, seine Aufmerksamkeit im höchsten Grade.

Es ist allgemein und war ihm nicht minder bekannt, dass das Königreich Dahomey an der Westküste Afrikas eines der mächtigsten ist. Stark genug, um sich mit dem benachbarten Reiche der Aschantis im Kampfe messen zu können, sind seine Grenzen doch sehr beschränkt, denn es misst nur fünfundzwanzig (englische) Meilen von Nord nach Süd und gegen sechzig Meilen von Ost nach West; seine Einwohnerzahl beläuft sich jedoch auf 7-800.000 Seelen, seitdem es die bisher unabhängigen Gebiete von Ardrah und Wydoch annektiert hat.

Wenn dieses Königreich Dahomey also auch nicht groß ist, so hat es doch recht oft von sich reden gemacht. Es wurde zeitig berühmt durch die entsetzlichen Grausamkeiten, welche daselbst beim Jahreswechsel begangen werden, durch die Menschenopfer, die furchtbaren Hekatomben, welche gewöhnlich dem verstorbenen und dem seine Stelle ersetzenden Könige dargebracht werden. Ja, es gehört so zu sagen zum guten Ton, dass der König von Dahomey, wenn er den Besuch einer hohen Person oder etwa eines Gesandten erhält, diesem zu Ehren einem Dutzend Gefangenen die Köpfe abschlagen lässt – abschlagen durch seinen Minister der Justiz, den »Minghan«, der sich seiner Aufgabe als Henker vortrefflich entledigt.

Zurzeit, als der »Albatros« die Grenze von Dahomey überschritt, war eben der König Lahadu verstorben und die ganze Bevölkerung schritt zur Feier der Thronbesteigung seines Nachfolgers. Daher herrschte im ganzen Lande eine große Aufregung und Bewegung, welche Robur nicht hatte entgehen können.

Lange Züge von Landbewohnern Dahomeys drängten sich nach Abomey, der Hauptstadt des Reiches, hin. Überall zeigte das Land wohlunterhaltene Straßen, welche durch weite, mit sehr hohem Grase bewachsene Ebenen verlaufen. Ungeheure Maniocfelder, Wälder voll herrlicher Palmen, Kokosnussbäume, Mimosen, Orangen- und Mangobäume, deren Düfte bis zum »Albatros« hinaufstiegen, während Tausende von Papageien und Kardinälen aus dem dunklen Grün aufflatterten.

Über die Reling gebeugt und in Gedanken versunken, wechselte der Ingenieur nur wenige Worte mit Tom Turner.

Es schien übrigens nicht, als ob der »Albatros« von vornherein die Aufmerksamkeit der sich fortbewegenden Menschenmasse erweckte, welche auch selbst unter den dichten Baumkronen meist nicht sichtbar war. Hauptsächlich kam das jedoch wohl daher, dass er sich in großer Höhe und zwischen leichten Wolken hielt.

Gegen elf Uhr vormittags erschien die Stadt mit ihrem Mauergürtel, den noch ein zwölf Meilen im Umfang messender Graben verteidigt, mit ihren breiten, regelmäßigen, sehr eben verlaufenden Straßen und dem großen Platz, den der Palast des Königs einnimmt. Alle die vielen Baulichkeiten überragt noch eine Terrasse, nicht weit vom gewöhnlichen Opferplatz. Während der größten Feste werden dem Volke von der Höhe derselben aus die in Weidenkörben angebundenen Gefangenen zugeworfen, und man kann sich schwer eine Vorstellung von der Wut machen, mit welcher diese Unglücklichen in Stücke gerissen werden.

In einem Theile der Höfe, welche den Palast des Herrschers umschließen, sind viertausend Krieger einquartiert, eine der Abtheilungen der königlichen Armee, und natürlich nicht die schlechteste.

Wenn es auch zweifelhaft ist, dass es jemals Amazonen auf dem Strome dieses Namens gegeben habe, so liegt das in Dahomey anders. Die Einen tragen hier ein blaues Hemd, rot und blaue Schärpe, weiße, blaugestreifte Beinkleider, weiße kurze Beinkleider darüber und die Patronentasche im Gürtel; die Anderen, die Elefanten-Jägerinnen, sind bewaffnet mit einer plumpen Flinte, einem Dolch mit kurzer Klinge, und auf dem Kopfe tragen sie zwei mit einem Eisenringe befestigte Antilopenhörner; die Artilleristen haben einen halb roten und halb blauen Überwurf und als Waffe die Donnerbüchse mit alten gusseisernen Rohren, noch andere endlich, ein Bataillon junger Mädchen, trägt eine Art blauer Mäntel mit kurzem weißen Beinkleid; das sind wirkliche Vestalinnen, keusch wie Diana und wie diese mit Pfeilen und Bogen ausgerüstet.

Rechnet man zu diesen Amazonen noch fünf- bis sechstausend Mann in Baumwollhemden und mit einem Gürtel um die Taille, so hat man die ganze Armee von Dahomey Revue passieren lassen.

Abomey selbst war an diesem Tage völlig menschenleer, der König, das ganze Personal, die männliche wie die weibliche Armee, sowie die Einwohner, Alle hatten die Hauptstadt verlassen, um einige Meilen entfernt auf einem großen, von prächtigem Baumschlag eingerahmten Platze zusammenzuströmen.

Es war das die Ebene, auf der die Huldigung des neuen Königs stattfinden sollte, und hier harrten Tausende, bei Gelegenheit der letzten Razzias eingebrachte Gefangene zur Ehre desselben ihres letzten Augenblicks.

Gegen zwei Uhr nachmittags begann der jetzt über derselben Ebene schwebende »Albatros« aus einer leichten Dunstschicht, die ihn bisher den Augen der Bevölkerung von Dahomey verhüllt hatte, etwas mehr niederzusinken.

Hier befanden sich jetzt wohl gegen sechzigtausend Menschen, die aus allen Gegenden des Reiches, aus Midah, Karapay, Ardrah, Tombory und aus allen Städten und Dörfern gekommen waren.

Der neue König – ein kräftiger Kerl, Namens Bu-Stadi und fünfundzwanzig Jahre alt – thronte auf einer kleinen Anhöhe, welche eine Gruppe von Bäumen mit langen Ästen beschattete. Vor ihm drängte sich der neue Hofstaat, seine männliche Armee, seine Amazonen und das ganze Volk hin und her.

Am Fuße dieses Erdhügels spielten etwa fünfzig Musiker auf ihren barbarischen Instrumenten, bliesen auf Elefantenzähnen, die einen rauen Ton gaben, wirbelten auf großen, mit einer Hirschkuhhaut bespannten Trommeln, oder hatten Flaschenkürbisse, Gitarren, Glocken, die mit einem Eisenstabe angeschlagen wurden, und Flöten aus Bambusrohr, deren scharfer Klang das ganze Orchester übertönte. Jeden Augenblick krachten die Flinten, Donnerbüchsen und zuweilen die alten Kanonen, deren Lafetten dabei zurücksprangen, dass die Artilleristen in Lebensgefahr kamen; dazu herrschte ein solcher Heidenlärm und so wüstes Geschrei, dass man kaum einen Donnerschlag hätte hören können.

In einer Ecke der freien Ebene standen, von Soldaten überwacht, die Gefangenen, welche dem verstorbenen Könige das Geleit in die andere Welt geben sollten, denn durch sein Ableben darf ein solcher noch keine Einbuße an seiner hohen Würde erleiden. Bei der Leichenfeier Ghozo's, des Vaters Bahadu's, hatte dessen Sohn ihm dreitausend Diener mitgegeben. Bu-Stadi konnte seinem Vorgänger hierin doch nicht nachstehen. Der Tote brauchte ja eine Menge Sendboten, nicht allein, um die Geister seiner Ahnen herbeizurufen, sondern auch, um alle Bewohner des Himmels zu versammeln, welche das Gefolge des verewigten Königs bilden sollten.

Eine Stunde verging mit Gesprächen, Vorträgen und Ansprachen, unterbrochen von Tänzen, welche nicht allein die eigentlichen Bajaderen aufführten, sondern auch die Amazonen, die dabei viel kriegerische Grazie entwickelten.

Inzwischen kam die Zeit zur Hinrichtung heran. Robur, der die blutigen Gewohnheiten von Dahomey schon kannte, verlor die gefangenen Männer, Frauen und Kinder, welche abgeschlachtet werden sollten, niemals aus dem Auge.

Der Minghan verweilte am Fuße des Erdhügels. Er schwang das Richtschwert mit gebogener Klinge, auf der auch noch ein metallener Vogel saß, dessen Gewicht ihm noch mehr Schwung verlieh. Dieses Mal war er nicht allein; er wäre mit der Arbeit auch nicht fertig geworden. In seiner Umgebung befanden sich noch hundert Scharfrichter, die alle eingeübt waren, einen Kopf mit einem einzigen Hieb vom Rumpfe zu lösen.

Inzwischen näherte sich der »Albatros« allmählich in schräger Richtung und ließ seine Auftriebs- und Treibschrauben mit verminderter Geschwindigkeit spielen. Bald trat er aus der Wolkenschicht hervor, die ihn bis wenigstens hundert Meter von der Erde verhüllt hatte, und wurde jetzt zum ersten Male sichtbar.

Ganz entgegen den gewöhnlichen Erfahrungen sahen die wilden Eingeborenen in ihm nur ein himmlisches Wesen, das ganz allein zu dem Zwecke herabgestiegen sei, dem Könige Bahadu zu huldigen.

Das gab einen Enthusiasmus ohne Gleichen, unendliche Zurufe, lautes Jubeln und allgemeine Gebete, gerichtet an diesen übernatürlichen Hippogryph, der ohne Zweifel jetzt kam, um den Körper des verstorbenen Königs in die Höhe des Dahomey'schen Himmels zu tragen.

Eben da fiel der erste Kopf unter dem Schwerte des Minghan; dann wurden hundert andere Gefangene ihren schrecklichen Henkern zugeführt.

Plötzlich krachte vom »Albatros« ein Schuss. Der Justizminister stürzte getroffen zur Erde.

»Gut gezielt, Tom! sagte Robur.

– Bah! ... Es war ein Schuss mitten in den Haufen!« antwortete bescheiden der Obersteuermann.

Seine ebenfalls bewaffneten Kameraden standen bereit, auf das erste Zeichen des Ingenieurs Feuer zu geben.

Die Volksmenge hatte durch diesen Vorfall aber ihre Anschauungen schnell gewechselt; dieses geflügelte Ungeheuer war kein guter, sondern ein dem guten Volk von Dahomey feindlicher Geist. Nachdem der

Minghan gefallen, erhob sich ein wildes Geheul. Gleichzeitig knatterten viele Gewehre, die nach dem »Albatros« gerichtet waren.

Diese Drohungen hinderten letzteren jedoch nicht, bis auf etwa hundertfünfzig Fuß über der Erde niederzusinken. Trotz ihrer dem Ingenieur Robur gewiss ungünstigen Stimmung konnten sich Onkel Prudent und Phil Evans doch nicht versagen, an diesem menschenfreundlichen Werke teilzunehmen.

»Ja, lasst uns die Gefangenen befreien! riefen sie.

– Das ist meine Absicht!« antwortete der Ingenieur.

Schon begannen die Repetiergewehre des »Albatros« in den Händen der beiden Kollegen, wie in denen der Mannschaft, ein Schnellfeuer, von dem doch keine Kugel inmitten der großen Menschenmasse verloren ging. Und selbst das kleine Geschütz an Bord, das so tief als möglich herabgerichtet wurde, sandte einige Kartätschenladungen hinunter, welche wahre Wunder wirkten.

Sofort sprengten die Gefangenen, ohne etwas von der ihnen aus der Höhe gekommenen Hilfe zu begreifen, ihre Fesseln, während die Soldaten auf den Aeronef Feuer gaben. Die vordere Schraube wurde von einer Kugel durchlöchert, während einige andere an den Rumpf des Fahrzeuges schlugen. Frycollin, der sich im Hintergrunde seiner Kabine verkrochen hatte, wäre fast noch durch die Wand des Ruffs getroffen worden.

»Aha, sie haben Appetit auf etwas mehr!« rief Tom Turner.

Er begab sich nach der Munitionskammer und kehrte von dort mit einem Dutzend Dynamitpatronen zurück, die er an die Kameraden verteilte. Auf ein Zeichen Robur's wurden dieselben über den Hügel hinabgeworfen und durch das Aufschlagen auf den Erdboden zersprangen sie wie kleine Bomben.

Das gab aber eine wilde Flucht! Der König, der Hof, die Armee und das ganze Volk stürzte, von gewiss nicht ungerechtfertigter Furcht ergriffen, auf und davon! Alle suchten unter den Bäumen Schutz, während die Gefangenen entflohen und Niemand daran dachte, sie zu verfolgen.

So wurden die Festlichkeiten zu Ehren des neuen Königs von Dahomey unterbrochen. Auch Onkel Prudent und Phil Evans mussten zugestehen, über wie große Machtmittel dieser Apparat verfügte, und welchen hohen Nutzen er der Menschheit hätte gewähren können.

Der »Albatros« erhob sich darauf zu mittlerer Höhe; er glitt über Mydah hinweg und hatte bald diese ungastliche Küste, welche die Westwinde mit unnahbarer Brandung peitschten, aus dem Gesichte verloren.

Er schwebte nun über dem Atlantischen Weltmeere.

XIII.
IN DEM ONKEL PRUDENT UND PHIL EVANS EINEN GANZEN OCEAN DURCHFAHREN, OHNE DIE SEEKRANKHEIT ZU BEKOMMEN.

Ja, das Atlantische Meer! Die Befürchtungen der beiden Kollegen hatten sich bewahrheitet. Es schien übrigens nicht, als ob Robur hier über dem unendlichen Ozean irgendwelche Unruhe empfände. Das kümmerte ihn so wenig wie seine Leute, welche an derartigen Fahrten gewöhnt sein mochten. Dieselben waren schon wieder in ihre Wohnung zurückgekehrt. Kein Alpdrücken sollte ihren Schlummer stören.

Wohin steuerte nun der »Albatros«? Sollte er wirklich noch mehr als eine Reise um die Erde ausführen? Auf jeden Fall musste diese Fahrt doch irgendwo ein Ende nehmen. Dass Robur sein ganzes Leben in den Lüften, an Bord des Aeronefs zubringen sollte, ohne jemals zur Erde hinunter zu gehen, war doch nicht wohl annehmbar, denn wie hätte er seine Vorräte an Munition und Lebensmitteln erneuern sollen, ohne das für die Funktionierung der Maschine notwendige Material zu erwähnen? Unbedingt musste er also einen Zufluchtsort, eine Art Nothafen haben, und wahrscheinlich auf einen unbekannten und schwer erreichbaren Punkt der Erde, wo der »Albatros« sich mit allen Bedürfnissen frisch versehen konnte. Mit den Bewohnern der Erde mochte er jeden Verkehr abgebrochen haben, mit der Erde als solcher aber gewiss nicht.

Doch wenn das der Fall war, wo lag dieser Punkt? Wie mochte der Ingenieur dazu gelangt sein, ihn zu erwählen? Erwartete ihn eine kleine Kolonie etwa als ihren Herrn? Konnte er von da neue Mannschaften erhalten? Und zunächst, wie war er überhaupt dazu gekommen, seine, aus den verschiedensten Ländern stammenden Leute an sein Schicksal zu binden? Über welche Mittel verfügte er ferner, um einen so kostspieligen Apparat erbauen zu können, dessen ganze Construction so geheim gehalten worden war? Seine Unterhaltung freilich schien nicht besonders viel zu beanspruchen. An Bord führte man fast ein gemeinsames Leben, wie in einer Familie oder wie glückliche Leute, die kein Geheimnis vor einander haben. Doch, wer war eigentlich jener Robur? Woher kam er? Welcher Art war seine Vergangenheit? Das waren ebenso viele unlösbare Rätsel, und der, auf den sie Bezug hatten, würde gewiss der Letzte sein, eine Erklärung darüber abzugeben.

Es ist gewiss nicht zu verwundern, wenn diese Situation voller unenthüllbarer Probleme die beiden Kollegen mehr und mehr erregte. Sich so in's Unbekannte hinaus entführt und den endlichen Ausgang eines solchen Abenteuers nicht im geringsten vorauszusehen, selbst daran zu zweifeln, dass dasselbe überhaupt jemals ein Ende nehme, zum ewigen Umherfliegen verurteilt zu sein – musste das den Vorsitzenden und den Schriftführer des Weldon-Instituts nicht auf's Äußerste treiben?

Inzwischen schwebte der »Albatros« am Abend des elften Juli über den Atlantischen Ozean hin. Als am nächsten Morgen die Sonne aufging, erhob sie sich über die kreisförmige Linie, in der Himmel und Wasser zusammen zu treffen scheinen. Trotz des weit ausgedehnten Gesichtsfeldes war doch nirgends ein Land in Sicht und Afrika schon vollständig hinter dem nördlichen Horizont verschwunden.

Als Frycollin sich einmal aus seiner Kabine wagte und das weite Meer unter sich sah, wurde er sofort von der grimmigsten Angst gepackt. Unter sich ist eigentlich nicht der richtige Ausdruck, es wäre besser zu sagen, »um sich«, denn für einen auf sehr hohem Punkte befindlichen Beobachter erscheint es, als ob der Abgrund ihn von allen Seiten umgäbe, und der Horizont weicht dabei gleichsam zurück, ohne dass man je seine Grenzen erreichen könnte.

Physikalisch erklärte sich Frycollin diese Erscheinung sicherlich nicht, aber er fühlte sie moralisch. Das genügte aber schon, um in ihm die »Angst vor der Leere« zu erzeugen, deren sich manche, sonst ganz mutige Naturen nicht entziehen können.

Jedenfalls erging sich der Neger aus Klugheit nicht in den gewohnten Klagen. Mit geschlossenen Augen tastete er sich nach seiner Kabine zurück, entschlossen, diese auf lange Zeit nicht wieder zu verlassen.

Von den 374,057,912 Quadratkilometern, welche die Oberfläche der Meere einnehmen, fällt über ein Viertel auf den Atlantischen Ozean. Es schien aber gar nicht, als ob der Ingenieur jetzt besondere Eile habe, wenigstens hatte er nicht Befehl gegeben, den Aeronef mit voller Geschwindigkeit arbeiten zu lassen. Übrigens hätte dieser auch die Fahrtschnelligkeit wie über Europa hin nicht erreichen können. In den Gegenden, in denen der Südwestwind vorherrscht, lief er diesem fast entgegen, und obwohl derselbe nur schwach zu nennen war, so bot der Apparat ihm doch eine große Angriffsfläche.

Die neuesten und auf eine große Anzahl von Beobachtungen gestützten meteorologischen Arbeiten haben eine gewisse Konvergenz der Passate, entweder nach der Sahara oder nach dem Golf von Mexiko, erkennen lassen. Außerhalb der Region der Calmen kommen sie entweder von Westen und strömen nach Afrika zu, oder sie kommen von Osten her und ziehen nach der Neuen Welt zu – wenigstens während der wärmeren Jahreszeit.

Der »Albatros« versuchte also gar nicht, gegen den ihm widrigen Wind mit der ganzen Kraft seiner Treibschrauben anzukämpfen. Er begnügte sich mit einer gemäßigten Gangart, welche übrigens die der transatlantischen Dampfer immer noch überholte.

Am 13. Juli überschritt der Aeronef den Äquator, was der ganzen Mannschaft besonders angemeldet wurde.

Onkel Prudent und Phil Evans erfuhren also dabei auch, dass sie nun die nördliche Halbkugel verlassen hatten und nach der südlichen gekommen waren. Diese Passierung der Linie wurde jedoch nicht durch die tollen Zeremonien gefeiert, welche auf vielen Kriegs- und Handelsschiffen gebräuchlich sind.

Nur François Tapage ließ es sich nicht nehmen, Frycollin eine große Pinte Wasser über den Kopf zu gießen, da dieser Taufe aber einige Gläser Gin nachfolgten, erklärte der Neger sich bereit, die Linie so oft passieren zu wollen, wie man wünschte, vorausgesetzt, dass das nicht auf dem Rücken eines mechanischen Vogels zu geschehen brauche, der ihm nun einmal kein Vertrauen einflößte.

Am Morgen des 15. schwebte der »Albatros« über den Inseln Ascension und St. Helena, aber näher der letzteren hin, deren höhere Theile sich einige Stunden lang am Horizonte zeigten.

Hätte zur Zeit, als Napoleon sich in der Gewalt der Engländer befand, ein Apparat, ähnlich dem des Ingenieurs Robur, existiert, gewiss würde Hudson Lowe trotz seiner oft geradezu beleidigenden Vorsichtsmaßregeln seinen berühmten Gefangenen auf dem Wege durch die Lüfte haben entweichen sehen.

Während der beiden Abende des 16. und 17. Juli zeigten sich mit Abnahme des Tageslichtes höchst eigentümliche Dämmerungserscheinungen. Unter höherer Breite hätte man bei ihrem Anblick an ein Nordlicht denken können. Die Sonne warf nämlich bei ihrem Niedergang über den Himmel vielfarbige Strahlen, von denen einige in leuchtendem Grün erschienen.

War das eine Wolke kosmischen Staubes, welche an der Erde vorüber zog und jetzt den letzten Schimmer des Tages wiederstrahlte? Einige Beobachter haben solche Dämmerungserscheinungen in dieser Weise allerdings erklärt; sie wären aber gewiss zu anderer Anschauung gekommen, wenn sie sich an Bord des Aeronefs befunden hätten.

Eine aufmerksame Prüfung ergab nämlich, dass in der Luft feine Pyroxen-Krystalle schwebten, glasartige Kügelchen, nämlich zarte Teilchen magnetischen Eisens, ganz entsprechend den Stoffen, welche feuerspeiende Berge auswerfen. Es schwand damit also jeder Zweifel, dass diese Wolke von einer vulkanischen Eruption herrührte, deren kristallinische Auswurfsstoffe die beobachtete Erscheinung erzeugten – eine Wolke, welche die Luftströmungen auch noch über dem Atlantischen Ozean schwebend erhielten.

Während dieses Teiles der Reise wurden übrigens auch noch andere Erscheinungen wahrgenommen. Wiederholt verliehen gewisse Wolken dem Himmel eine weißgraue Färbung von eigentümlichem Aussehen; gelangte man dann durch einen solchen Dunstvorhang, so erschien dessen Oberfläche ganz übersäet von glänzend weißen Körperchen, zwischen denen einzelne größere besonders hervorleuchteten, was sich unter dieser Breite durch nichts anderes, als durch eine Hagelbildung erklären ließ.

In der Nacht vom 17. zum 18. bildete sich ein grünlichgelber Mondregenbogen infolge der Stellung des Aeronefs zwischen dem Vollmonde und einem Netz von fernem Regen, der schon in Dunst überging, ehe er das Meer erreichte. Vielleicht ließ sich aus diesen verschiedenen Erscheinungen schon auf einen bevorstehenden Witterungsumschlag schließen. Jedenfalls hatte der Wind, der seit der Abfahrt von der afrikanischen Küste stets aus Südwesten wehte, sich in der Nähe des Äquators ganz gelegt. Hier in der Tropenzone herrschte dazu eine fast unerträgliche Hitze. Robur suchte daher Kühlung in höheren Luftschichten, und doch musste man sich auch noch hier vor den direkten Sonnenstrahlen schützen, welche Niemand hätte aushalten können.

Dieser Wechsel in den Luftströmungen ließ schon ahnen, dass jenseits des Aequatorialgebiets auch andere klimatische Verhältnisse herrschen würden; es darf hierbei auch nicht vergessen werden, dass der Monat Juli der südlichen Halbkugel der Januar der nördlichen ist, also dem tiefsten Winter entspricht. Wenn der »Albatros« noch weiter nach Süden vordrang, musste er die Folgen davon bald spüren.

Das Meer aber »empfand das«, wie die Seeleute sagen. Am 18. Juli zeigte sich jenseits des Wendekreises des Steinbocks ein anderes Phänomen, welches gewiss jeden Schiffer erschreckt hätte.

Mit einer auf mindestens sechzig Meilen in der Stunde zu schätzenden Geschwindigkeit zog über das Meer weg eine merkwürdige Reihe von leuchtenden Wellen, die einander in der Entfernung von etwa achtzig

Fuß folgten und lang schimmernde Streifen zurückließen. Mit einbrechender Nacht strahlte der Widerschein davon sogar bis zum »Albatros« hinauf, so dass dieser jetzt wirklich hätte für einen glühenden kleinen Himmelskörper angesehen werden können. Noch nie war es Robur vorgekommen, über ein Meer in Flammen hinwegzusteuern – über Flammen ohne Hitze, denen zu entfliehen er nicht nötig hatte.

Die Elektrizität musste offenbar die Ursache dieser Erscheinung sein, denn etwa einer Fischlaichbank oder einem von jenen kleinen Geschöpfen gebildeten Zuge, welche zuweilen die Fläche des Meeres bedecken, konnte man dieselbe nicht zuschreiben.

Das ließ vermuten, dass die elektrische Spannung der Luft jetzt eine sehr hohe sein müsse.

Am folgenden Tage, am 19. Juli wäre ein Schiff auf diesem Meere wohl dem Untergang geweiht gewesen. Der »Albatros« dagegen spielte mit Wind und Wellen, wie der gewaltige Vogel, dessen Namen er trug. Wenn es ihm nicht beliebte, wie ein Sturmvogel über der Meeresfläche hinzugleiten, so konnte er wie der Adler in höheren Schichten Ruhe und Sonnenschein aufsuchen.

Man hatte jetzt den 47. Grad südlicher Breite überschritten. Der Tag dauerte nur noch sieben bis acht Stunden, und er musste mit der Annäherung an die antarktischen Gegenden noch immer kürzer werden.

Gegen ein Uhr nachmittags hatte sich der »Albatros«, um eine günstige Luftströmung aufzufinden, sehr tief gesenkt. Er schwebte höchstens noch hundert Fuß über der Oberfläche des Meeres.

Das Wetter war still. An einzelnen Stellen des Himmels zogen dicke, dunkle Wolken mit ausgezackten Rändern auf, welche oben eine genau horizontale Linie bildeten. Aus diesen Wolken quollen langgezogene Protuberanzen hervor, deren Ende das Wasser anzuziehen schien, das darunter in Form eines flüssigen Straußes aufbrodelte.

Plötzlich stieg das Wasser in Form einer ungeheuren Sanduhr hoch empor.

In einem Augenblick wurde der »Albatros« in den Wirbel einer riesigen Trombe hineingezogen, der bald zwanzig andere von Tintenschwärze das Geleite gaben. Zum Glück vollzog sich die Drehung dieser Trombe entgegen der der Auftriebsschrauben, sonst hätten diese ihre Wirkung ganz eingebüßt und der Aeronef wäre in's Meer gefallen; jetzt wurde er nur mit erschreckender Schnelligkeit um sich selbst gedreht.

Immerhin war die Gefahr groß und schien unmöglich abwendbar, da der Aeronef sich nicht aus der Trombe los machen konnte, deren Anziehung ihn trotz der Treibschrauben zurückhielt. Durch die Zentrifugalkraft wurde die Mannschaft nach beiden Enden des Verdecks geschleudert, und musste sich hier an den Schraubenmasten anhalten, um nicht über Bord zu fallen.

»Ruhig Blut!« rief Robur.

Und das brauchten sie wirklich, und Geduld obendrein.

Onkel Prudent und Phil Evans, die aus ihrer Kabine heraustraten, wurden nach dem Hinterteil getrieben und hatten die größte Mühe, sich noch fest zu klammern.

Und während sich der »Albatros« in dieser Weise um sich selbst drehte, folgte er auch der Lageveränderung der Tromben, die mit einer Schnelligkeit, auf welche die Schrauben desselben hätten eifersüchtig werden können, sich weiterhin wanden. Sobald er der einen entgangen, wurde er von einer anderen gepackt und war stets in Gefahr, in Stücke zerrissen zu werden.

»Einen Kanonenschuss!« rief der Ingenieur.

Der Obersteuermann Tom Turner verstand völlig diesen an ihn gerichteten Befehl; er lehnte eben an dem kleinen Bordgeschütz mittschiffs, wo die Zentrifugalkraft minder wirksam war. Schneller, als wir es beschreiben können, hatte er die Schwanzschraube des Rohrs geöffnet und führte in diese eine scharfe Patrone ein, von denen ein kleiner Vorrat in einem an der Lafette befestigten Kasten vorhanden war. Der Schuss krachte und sofort sanken einige Tromben zusammen.

Die Lufterschütterung hatte hingereicht, das Meteor zu zerreißen und die ungeheure Dunstmasse löste sich in einen Sturzregen auf, der den Himmel mit dicken Wasserstreifen überzog, die Meer und Himmel verbanden.

Endlich befreit, beeilte sich der »Albatros«, um einige hundert Meter aufzusteigen.

»Nichts zerbrochen an Bord?« fragte der Ingenieur.

– Nein, antwortete Tom Turner; aber das war denn doch ein etwas gar zu tolles Kreiseln, das wir uns nicht zum zweiten Male wünschen möchten.«

In der That, in der Zeit von zehn Minuten war der »Albatros« in größter Gefahr gewesen, und ohne seine solide Bauart dürfte er dem Wirbeln der Tromben schwerlich widerstanden haben.

Wie lang wurden die Stunden bei dieser Fahrt über den Ozean, wenn nichts die Eintönigkeit derselben unterbrach. Die Tage nahmen immer mehr ab und die Kälte wurde allmählich fühlbar. Onkel Prudent und Phil Evans sahen Robur nur wenig. In seine Kabine eingeschlossen, beschäftigte er sich damit, den Kurs zu bestimmen, auf seinen Karten die zurückgelegten Strecken einzutragen und sich, wenn es irgend anging, Gewissheit zu verschaffen, wo sie sich eben befanden, ferner die Barometer, Thermometer und Chronometer zu beobachten und endlich alle Zwischenfälle der Reise in das Schiffsbuch einzutragen.

Sorgsam verhüllt, bemühten sich die beiden Kollegen unablässig, im Süden Land zu entdecken.

Frycollin seinerseits versuchte, gemäß einem besonderen Auftrage des Onkel Prudent, den Koch bezüglich des Ingenieurs auszuforschen. Wie hätte aber Jemand aus dem, was der Gascogner François Tapage zur Antwort gab, klug werden können? Nach ihm war Robur bald ein ehemaliger Minister der Republik Argentina, ein Chef der Admiralität, ein abgetretener Präsident der Vereinigten Staaten, ein auf Wartegeld gesetzter spanischer General, oder auch ein Vizekönig von Indien, der in den Lüften eine noch höhere Stellung gesucht hatte. Bald besaß er, Dank der mit Hilfe seiner Maschine ausgeführten Razzias, Millionen und war er allgemein in die Acht erklärt; bald hatte er sich wieder durch die Herstellung dieses Apparats ruiniert und gezwungen gesehen, öffentlich aufzusteigen, um sein Geld wieder zu gewinnen. Auf die Frage nach einem Ruheplatz desselben war keine Auskunft zu erhalten, außer der, dass er nach dem Mond zu gehen beabsichtige, um dort zu bleiben, wenn er eine ihm passende Örtlichkeit anträfe.

»He, Fry ... mein Kamerad! ... Nicht wahr, es würde Dir Vergnügen machen, zu sehen, wie es da oben zugeht?

– Ich gehe nicht mit! Ich weigere mich! ... erwiderte der Schwachkopf, der alle diese Faseleien für Ernst nahm.

– Und weshalb, Fry, weshalb? Wir verheiraten Dich dort mit einer hübschen, jungen Mondbewohnerin ... Du wirst da der Stammvater der Neger!«

Als Frycollin das, was er gehört, seinem Herrn hinterbrachte, erkannte dieser wohl, dass über Robur keine Auskunft zu erlangen sei. Er dachte also nur noch daran, sich zu rächen.

»Phil, begann er eines Tages zu seinem Kollegen, es liegt nun auf der Hand, dass eine Flucht für uns unmöglich ist.

– Unmöglich, Onkel Prudent! – Zugegeben, ein Mann ist aber stets sein eigener Herr, und wenn es sein muss, indem er sein Leben opfert ...

– Wenn ein solches Opfer notwendig ist, dann wird es so schnell als möglich gebracht! antwortete Phil Evans, dessen sonst so kühles Temperament nun doch die Grenze des Erträglichen erreicht hatte. Ja, es ist Zeit, ein Ende zu machen! ... Wohin geht der »Albatros«? ... Jetzt fliegt er schräg über den Atlantischen Ozean, und wenn er diese Richtung beibehält, muss er nach den Küsten von Patagonien, dann nach denen des Feuerlandes kommen ... Aber nachher? ... Wird er auch noch über den Stillen Ozean hinausschweben? Oder steuert er dann nach dem Südpolarlande? ... Diesem Robur ist Alles zuzutrauen! ... Dann wären wir verloren! ... Wir befinden uns also in der Zwangslage berechtigter Notwehr, und wenn wir einmal zu Grunde gehen müssen ...

– So geschehe es nicht, fiel Onkel Prudent ein, ohne dass wir uns gerächt, ohne dass wir diesen Apparat mit Allen, die er trägt, zerstört haben!«

Bis zu solchen Anschauungen hatte der ohnmächtige Zorn, die in ihnen aufgehäufte Wut die beiden Kollegen schon gebracht! Ja, weil es nicht anders ging, wollten sie sich opfern, um den Erfinder samt seinem Geheimnis zu vernichten. Nur wenige Monate hätte dann dieser wunderbare Aeronef erlebt, dessen unbestreitbare Überlegenheit bezüglich der Fortbewegung durch die Luft sie anzuerkennen sich gezwungen sahen.

Diese Vorstellung hatte in ihren Köpfen so fest Wurzel geschlagen, dass sie an gar nichts Anderes mehr dachten. Doch wie sollten sie zu Werke gehen? O, sie wollten sich nur einer der an Bord vorhandenen Explosionsmaschinen bemächtigen, um damit den ganzen Apparat in tausend Stücke zu zersprengen; freilich mussten sie dazu erst Gelegenheit finden, in die Munitionskammer einzudringen.

Glücklicher Weise ahnte Frycollin nichts von ihren Absichten. Bei dem Gedanken, dass der »Albatros« in die Luft gesprengt werden sollte, würde er sich nicht entblödet haben, seinen eigenen Herrn zu verraten.

Am 23. Juli war es, wo in Südwesten wieder Land sichtbar wurde, und zwar nahe dem Cap der Jungfrauen am Eingange der Magellan-Straße. Jenseits des 54. Breitengrades währte die Nacht in dieser Jahreszeit fast neunzehn Stunden und die Mitteltemperatur der Luft blieb fortwährend unter 0 Grad zurück.

Statt jetzt noch weiter nach Süden vorzudringen, folgte der »Albatros« zunächst den Windungen jener Meerenge, als ob er dem Stillen Ozean zutriebe. Nachdem er über die Bai von Lomas hinweggekommen, den

Gregory-Berg im Norden und die Brecknocks-Berge im Westen hinter sich gelassen, kam er in Sicht von Punta Arena, einem kleinen chilenischen Dörfchen, gerade als daselbst das volle Kirchengeläute erklang, und einige Stunden später in die Nähe der alten Niederlassung im sogenannten Hungerhafen.

Wenn die Patagonier, deren Feuer man da und dort aufleuchten sah, wirklich eine das mittlere Menschenmaß übertreffende Körpergröße haben, so konnten doch die Passagiere des Aeronefs darüber nicht urteilen, da sie ihnen, von dieser Höhe gesehen, als Zwerge erschienen.

Doch welch' Schauspiel bot sich hier während der kurzen Stunden des südlichen Tages! Steile, zerklüftete Berge, mit ewigem Schnee bedeckte Spitzen, deren Seiten mit dichten Wäldern bedeckt waren; Binnenseen, Buchten zwischen den Vorgebirgen und Inseln dieses Archipels; daneben Clarence-, Dawson- und Desolationsland, Kanäle und Furten, unzählige Caps und Halbinseln – all' dieses undurchdringliche Gewirr, und jetzt durch das Eis zu einer festen Masse verschmolzen, vom Cap Forward, am Ende des amerikanischen Festlandes, bis zum Cap Horn am letzten Ausläufer der Neuen Welt!

Nachdem er jedoch den Hungerhafen erreicht, nahm der »Albatros« wieder eine völlig südliche Richtung an. Zwischen dem Tarnberge der Halbinsel Brunswick und dem Grawes-Berge hindurchsteuernd, wandte er sich in gerader Linie nach dem Sarmiento-Berge, einem gewaltigen, dick übereisten Spitzberge, welcher die Meerenge der Magellan-Straße in einer Höhe von zweitausend Metern beherrscht.

Hier zeigte sich den Blicken der Reisenden das Land der Pescheräs oder Fuegier, jener Ureinwohner, welche noch im Feuerland siedeln.

Wie herrlich und fruchtbar hätten sich diese Gebiete – vorzüglich deren mittlerer Teil – im Sommer gezeigt, wo die Tage fünfzehn bis sechzehn Stunden lang dauern! Überall bieten sie nämlich Täler und Weideplätze, welche Abertausende von Tieren ernähren könnten, nebst jungfräulichen Wäldern mit riesenhaften Bäumen, mit Weiden, Buchen, Eschen, Zypressen und blühenden Farrenkräutern; dann wieder Ebenen, welche große Herden von Guanaquen, Vigogneschafen und Straußen bewohnen. Als der »Albatros« seine elektrischen Lichter erglühen ließ, flatterten auch Papageientaucher, Enten und Gänse – hundertmal mehr, als François Tapage's Speisekammer fassen konnte, an Bord.

Der Koch, welcher dieses Federwild so vortrefflich zuzurichten verstand, dass es seinen tranigen Geschmack ganz verlor, erhielt dadurch plötzlich weit mehr Arbeit, als gewöhnlich; mehr Arbeit machte das aber auch Frycollin, der es nicht abschlagen konnte, von diesem interessanten Geflügel ein Dutzend nach dem anderen wenigstens zu rupfen.

Am nämlichen Tage zeigte sich, als die Sonne eben versinken wollte, auch noch ein ziemlich großer, von prächtigen Waldungen eingerahmter See. Jetzt lagerte über dem See eine feste Eisdecke und einige Eingeborene glitten auf ihren langen Schneeschuhen pfeilschnell über dessen Oberfläche hin.

Beim Erblicken der Flugmaschine entflohen diese Fuegier nämlich nach allen Seiten, und wenn sie nicht fliehen konnten, so versteckten sie sich doch und gruben sich wie Tiere in die Erde ein.

Der »Albatros« steuerte noch immer nach Süden über dem Beagle-Kanal hinaus und weiter fort, als die Insel Navarin, deren griechischer Name unter den gewöhnlichen Bezeichnungen dieser entlegenen Landstrecken etwas auffällig erscheint, weiter, als die Insel Wollaston, die sich schon in den Wogen des Stillen Ozeans badet. Endlich, nachdem er von Dahomeys Küste aus über siebentausendfünfhundert Kilometer zurückgelegt, schwebte er über die letzten Inseln des Magellan-Archipels hinweg und endlich ganz im Süden über das schreckliche Cap Horn, an das eine unaufhörliche wilde Brandung donnert.

XIV.
IN DEM DER »ALBATROS« ETWAS AUSFÜHRT, WAS MAN VIELLEICHT NIEMALS DÜRFTE AUSFÜHREN KÖNNEN.

Der nächstfolgende Tag war der 24. Juli. Der 24. Juli der südlichen Halbkugel entspricht bekanntlich aber dem 24. Januar der nördlichen Hemisphäre; außerdem war jetzt auch schon der 56. Breitegrad überschritten, der im Norden Europas Schottland in der Höhe von Edinburgh und Südschweden in der von Helsingborg durchschneidet.

Der Thermometer hielt sich auch fortwährend unter 0 Grad, so dass es sich nötig machte, die Ruffs durch künstliche Wärme etwas wohnlicher zu machen.

Es versteht sich von selbst, dass der Tag, wenn er seit dem 21. Juni des südlichen Winters auch schon zunahm, doch immer noch merklich kürzer wurde, da der »Albatros« einen Kurs nach den Polarregionen einhielt.

Die Folge davon war eine sehr geringe Helligkeit über jenem Theile des Stillen Ozeans, der an das antarktische Eismeer grenzt. Man hatte also nur wenig Aussicht und während der Nacht recht empfindliche Kälte. Um ihr zu widerstehen, musste man sich nach Art der Eskimos und Fuegier kleiden; doch da es an Bord an warmen Überkleidern nicht fehlte, konnten die beiden, wohl eingepackten Kollegen doch auf dem Verdeck ausharren, wobei sie freilich immer nur an ihr Vorhaben dachten und eine dazu günstige Gelegenheit zu erspähen suchten. Übrigens sahen sie Robur setzt sehr wenig, und seit jenem Wortwechsel mit beiderseitigen Drohungen, der über Timbuctu stattfand, sprachen der Ingenieur und sie nicht mit einander.

Frycollin kam jetzt kaum noch aus der Küche François Tapage's heraus, der ihm hier wohlwollende Gastfreundschaft gewährte – unter der Bedingung, dass er sich als Hilfskoch nützlich machte. Da das nicht ohne Vorteil für ihn abging, hatte der Neger sich mit Erlaubnis seines Herrn gern dazu verpflichtet. So eingeschlossen, sah er ja auch nicht, was draußen vorging, und konnte sich gegen jede Gefahr geschützt glauben. Glich er nicht völlig dem törichten Strauße, nicht allein physisch durch seinen vortrefflichen Magen, sondern auch geistig durch seine kindische Beschränktheit?

Doch nach welchem Punkte der Erde sollte der »Albatros« sich nun wenden? Konnte man wohl annehmen, dass er sich im tiefen Winter über diese südlichen Meere oder über das Festland des Pols hinauswage? Selbst wenn die Chemikalien in den Batterien nicht durch die furchtbare Kälte erstarrten, drohte in dieser eisigen Atmosphäre doch Allen der Tod – der schreckliche Tod des Erfrierens. Dass Robur es unternommen hätte, in der warmen Jahreszeit über den Pol zu fahren, möchte wohl angehen; inmitten der ewigen Nacht des antarktischen Winters erschien dies dagegen wie der Streich eines Tollhäuslers.

Diesen Gedankengang hatten der Vorsitzende und der Schriftführer des Weldon-Instituts, als sie sich jetzt nach dem äußersten Ende der Neuen Welt entführt sahen, nach Gegenden, welche zwar zu Amerika, aber freilich nicht zu den Vereinigten Staaten gehören.

Ja, was hatte dieser unergründliche Robur noch Alles vor? War jetzt nicht der Zeitpunkt gekommen, die Reise durch Zerstörung des fliegenden Apparats zu beenden?

Fiel hierüber die Antwort auch noch unbestimmt aus, so stand dagegen fest, dass der Ingenieur im Laufe des 24. Juli wiederholt mit seinem Obersteuermann verhandelte. Mehrere Male beobachteten auch Tom Turner und er selbst den Barometer, diesmal aber nicht zur Abschätzung der Höhe, sondern um verschiedene Anzeichen eines drohenden Wetterumschlags zu erkennen.

Onkel Prudent glaubte auch zu bemerken, dass Robur in Erfahrung zu bringen suchte, wie viel er noch an Vorräten aller Art, ebenso derjenigen zur Unterhaltung der Treib- und Auftriebsmaschinen des Aeronefs, wie derjenigen für die menschlichen Maschinen besaß, da es darauf ankam, auch diese und ihre Arbeitskraft in bestem Zustand zu erhalten.

Alles das schien auf eine geplante Umkehr hinzudeuten.

»Umkehr? ... sagte Phil Evans, aber wohin?

– Dahin, wo sich Robur frisch verproviantieren kann, antwortete Onkel Prudent.

– Das müsste irgendeine im Stillen Ozean verlorene Insel sein, mit einer, ihres Chefs ganz würdigen Kolonie von Verbrechern.

– Das ist auch meine Ansicht, Phil Evans. Ich glaube wirklich, er wird nach Westen zu wenden lassen, und bei der Schnelligkeit, über die er verfügt, dürfte er sein Ziel bald genug erreicht haben.

– Wir würden jedoch unseren Plan nicht mehr zur Ausführung bringen können ... wenn er daselbst ankommt ...

– Er wird nicht ankommen, Phil Evans!«

Wie sich zeigte, hatten die beiden Kollegen die Absichten des Ingenieurs wenigstens zum Teil erraten. Im Laufe des Tages noch schwand jeder Zweifel, dass der »Albatros«, nachdem er die Grenzen des südlichen Eismeeres gestreift, entschieden wieder rückwärts steuerte.

Wenn die Eisschollen auf dem Wasser bis zum Cap Horn hintrieben, mussten sich die südlicheren Theile des Stillen Weltmeeres ganz mit Eisfeldern und Eisbergen bedecken, und das Packeis bildete dann einen undurchdringlichen Wall für die festesten Schiffe, wie für die tollkühnsten Reisenden.

Gewiss hätte der »Albatros«, wenn er seinen Flügelschlag beschleunigte, diese über den Ozean aufgetürmten Eisberge ebenso überfliegen können, wie die auf dem Festlande des Polarkreises aufragenden Gebirge – wenn es überhaupt ein Festland ist, was das Südende der Erdachse überdeckt. Doch entschieden würde er nicht gewagt haben, inmitten der finsteren Polarnacht auch einer Polarluft Trotz zu bieten, welche sich zuweilen bis 60 Grad unter Null abkühlen kann.

Nachdem er also etwa hundert Kilometer nach Süden vorgedrungen, wandte sich der »Albatros« nach Westen, so, als ob er die Richtung nach einer unbekannten Insel des Archipels des Stillen Ozeans einschlüge.

Unter ihm breitete sich die flüssige Ebene aus, welche zwischen die Ländermasse Amerikas und Asiens geworfen ist. Jetzt hatten die Fluten derselben jene eigentümliche Färbung angenommen, die zum Teil dem Ozean den Namen des »Milchmeeres« erworben haben. In dem Halbdunkel, welches die matten Sonnenstrahlen niemals wirklich durchdrangen, erschien die ganze Oberfläche des Stillen Weltmeeres wirklich milchig weiß. Man hätte ein ungeheures Schneefeld zu erblicken geglaubt, dessen Bodensenkungen und Erhebungen aus dieser Höhe nicht zu erkennen wären. Wäre auch dieser ganze Meeresteil durch die Kälte zu einem einzigen Eisfeld erstarrt gewesen, der Anblick desselben hätte kaum ein anderer sein können.

Jetzt weiß man, dass es Myriaden leuchtender Teilchen, phosphoreszierende Körperchen sind, welche diese Erscheinung erzeugen. Merkwürdig blieb nur der Umstand, diesen opalisierenden Massen außerhalb des indischen Ozeans zu begegnen.

Nachdem der Barometer sich in den ersten Stunden des Tages ziemlich hoch gehalten hatte, fiel er plötzlich sehr rasch, ein Anzeichen, das für jedes Schiff von ernster Bedeutung gewesen wäre, während der Aeronef es außer Acht lassen konnte. Jedenfalls ließ dasselbe aber erkennen, dass in letzter Zeit ein furchtbarer Sturm die Gewässer des Pazifischen Ozeans aufgewirbelt haben mochte.

Es war gegen zwei Uhr mittags, als Tom Turner auf den Ingenieur zutrat.

»Master Robur, begann er, sehen Sie da den schwarzen Punkt am Horizont? ... Dort, gerade im Norden vor uns ... ein Felsen kann das nicht sein?

– Nein, Tom, nach dieser Seite zu liegt kein Land.

– Dann muss es ein Schiff sein, oder doch irgendein Fahrzeug.«

Onkel Prudent und Phil Evans blickten nach dem von Tom Turner bezeichneten Punkt hinaus.

Robur ließ sich sein Seefernrohr reichen und betrachtete scharf den fraglichen Gegenstand.

»Es ist ein Boot, sagte er, und ich möchte behaupten, dass sich Menschen in demselben befinden.

– Schiffbrüchige? rief Tom.

– Ja, Schiffbrüchige, welche gezwungen gewesen sein werden, ihr Schiff zu verlassen, erklärte Robur; Unglückliche, welche nicht wissen, wo sie Land finden sollen und die vielleicht vor Hunger und Durst umkommen. Wohlan, es soll Niemand sagen können, der »Albatros« hätte nicht den Versuch gemacht, ihnen Hilfe zu bringen!«

Der Maschinist und der Gehilfe erhielten dem entsprechend Befehl und der Aeronef begann langsam hinabzusinken. In hundert Meter Höhe hielt er damit ein und seine Propeller trieben ihn rasch nach Norden.

Es war in der That ein Boot, an dessen Mast ein Segel schlaff herabhing und das wegen Mangels an Wind nicht vorwärts kommen konnte. Die an Bord befindlichen Leute hatten offenbar nicht mehr Kraft genug, ein Ruder zu handhaben.

Auf dem Boden desselben lagen fünf Menschen, die eingeschlafen oder vor Entkräftung regungslos geworden waren, wenn nicht gar der Tod sie schon ereilt hatte.

Über ihnen angekommen, ging der »Albatros« langsam nach unten. Am Heck des Bootes konnte man noch den Namen des Schiffes lesen, zu dem es gehört hatte; es war die »Jeannette« von Nantes gewesen, ein französisches Schiff, das seine Besatzung hatte aufgeben müssen.

»Aoh!« rief Tom Turner.

Die Leute mussten ihn wohl hören, denn sie befanden sich kaum achtzig Fuß unter ihm.

Keine Antwort.

»Schießt ein Gewehr ab!« sagte Robur.

Der Befehl wurde ausgeführt und der Knall des Schusses verbreitete sich weithin über die Oberfläche des Wassers.

Da sah man einen der Schiffbrüchigen sich mühsam aufrichten, seine Augen lagen tief in ihren Höhlen, so dass das Gesicht mehr dem eines Skelets ähnelte.

Als er den »Albatros« bemerkte, malte sich in seinen Zügen erst der helle Schrecken.

»Fürchtet nichts! rief Robur ihm französisch zu. Wir kommen Euch zu retten. Wer seid Ihr?«

– Matrosen von der »Jeannette«, einer Dreimastbark, deren zweiter Offizier ich war, antwortete der Mann. Vor nun vierzehn Tagen ... mussten wir dieselbe verlassen ... weil sie schon im Sinken war ... Wir haben weder Wasser, noch Lebensmittel mehr! ...«

Die vier übrigen Schiffbrüchigen hatten sich nach und nach etwas erhoben. Elend, kraftlos und entsetzlich abgemagert, streckten sie die Hände nach dem Aeronef empor.

»Achtung!« rief Robur.

Vom Verdeck aus sank ein Tau hernieder und ein Eimer mit Süßwasser wurde zu dem Boote hinabgesendet.

Die Unglücklichen stürzten darüber her und tranken mit einer Hast, welche fast widerlich mit anzusehen war.

»Brot! ... Brot!« ... riefen sie.

Sofort stieg auch ein Korb mit einigen Lebensmitteln, mit Konserven, einem Fläschchen Brandy und mehreren Pinten Kaffee zu ihnen herunter. Der zweite Offizier hatte alle Mühe, die Leute bei der Stillung ihres Hungers nur einigermaßen im Zaum zu halten.

»Wo sind wir denn? fragte er dann.

– Fünfzig Meilen von der Küste von Chili und dem Chonas-Archipel, antwortete Robur.

– Ich danke, doch wir haben keinen Wind, und ...

– Wir werden Sie in's Schlepptau nehmen.

– Wer sind Sie?

– Leute, die sich glücklich schätzen, dass sie im Stande waren, Euch Hilfe zu bringen,« erwiderte einfach Robur.

Der Mann begriff, dass er hier ein Inkognito zu respektieren habe. Doch war es wirklich möglich, dass diese Maschine Kraft genug besaß, sie zu schleppen?

Ja; durch Vermittlung eines hundert Fuß langen Kabels wurde das Boot von dem mächtigen Apparat nach Osten hingezogen.

Um zehn Uhr abends war Land in Sicht, oder man sah wenigstens die Leuchtfeuer, welche dessen Lage bezeichneten. Sie war wirklich zur rechten Zeit gekommen, diese Hilfe vom Himmel für die Schiffbrüchigen der »Jeannette«, und sie hatten gewiss einiges Recht, ihre Rettung für ein Wunder zu halten.

Als sie dann bis zum Eingang der Wasserstraße zwischen den Chonas-Inseln gebracht worden waren, rief ihnen Robur zu, das Tau schießen zu lassen, was sie denn auch, ihre Retter segnend, taten, und der »Albatros« steuerte wieder auf die offene See hinaus.

Entschieden besaß er doch gute Eigenschaften, dieser Aeronef, der auf diese Weise im weiten Weltmeer verirrten Seeleuten Beistand leisten konnte. Welcher noch so vervollkommnete Ballon wäre im Stande gewesen, es ihm nachzutun? Unter sich mussten auch Onkel Prudent und Phil Evans das anerkennen, obwohl sie mehr in der Laune waren, die Wahrheit des ganzen Zwischenfalls zu leugnen.

Das Meer blieb immer aufgeregt und es traten weitere beunruhigende Vorzeichen auf. Der Barometer sank noch um einige Millimeter, dann und wann brausten sehr heftige Böen daher, welche in den helikopterischen Maschinen des »Albatros« ein lautes Pfeifen verursachten und diesen merkbar aufhielten. Unter solchen Umständen hätte ein Segelschiff schon die Marssegel zweimal und das Focksegel einmal reefen müssen. Alles deutete darauf, dass der Wind nach Nordwesten umschlagen werde. Das Rohr des Sturmglases fing an, sich beunruhigend zu trüben. Um ein Uhr morgens erlangte der Wind eine ungewöhnliche Heftigkeit. Obgleich der Aeronef denselben ganz von vorne hatte, so konnten seine Propeller ihn doch noch forttreiben, so dass er etwa vier bis fünf Meilen in der Stunde zurücklegte. Mehr konnte man jedoch nicht von ihm verlangen.

Ganz entschieden war jetzt ein Cyclon im Anzuge, was unter diesen Breiten sehr selten vorkommt. Ob man diesen nun Hurracan im Atlantischen, Taifun im Chinesischen Meere, Samum in der Sahara und Tornado an der Westküste nennt, immer ist es ein Wirbelsturm, der große Gefahren mit sich bringt. Ja, Gefahren für jedes Fahrzeug, das von seiner drehenden Bewegung gepackt wird, die nach dem Centrum hin zunimmt und nur eine Stelle ruhig lässt, den innersten Mittelpunkt dieses Maelstromes der Lüfte.

Robur wusste das. Er wusste auch, dass es ratsam war, einem Cyclon zu entfliehen, indem er aus dem Bereiche seiner Anziehung nach höheren Luftschichten aufstieg. Bisher hatte er das immer vermocht. Aber es war keine Stunde, vielleicht keine Minute mehr zu verlieren.

In der That wuchs die Gewalt des Sturmes zusehends. Die an ihren Kämmen zerrissenen Wellen trugen einen weißlichen Staub über die Meeresfläche hin. Es war auch zu erkennen, dass der Cyclon beim Fortschreiten mit rasender Schnelligkeit sich den Polargebieten nähern musste.

»Hinauf! befahl Robur.

– Hinauf!« wiederholte Tom Turner.

Dem Aeronef wurde die äußerste Auftriebskraft erteilt und er erhob sich in schiefer Richtung, als steige er eine schiefe Ebene empor, die sich nach Südwesten hin senkte.

Da fiel der Barometer noch weiter – die Quecksilbersäule sank schnell um acht, dann um zwölf Millimeter. Plötzlich hörte die aufsteigende Bewegung des »Albatros« vollständig auf.

Was veranlasste diesen Halt? Offenbar war es der Druck der Luft infolge einer sehr starken Strömung, die von oben nach unten zu stattfand und den Widerstand seines Angriffspunktes herabsetzte.

Wenn ein Dampfer einem Strome entgegenfährt, erzeugt seine Schraube eine umso weniger wirksame Arbeit, je schneller das strömende Wasser zwischen ihren Flügeln hindurchfließt. Dann bleibt er zurück und das kann so weit gehen, dass er mit der Strömung zurückgeht. In dieser Lage befand sich jetzt der »Albatros«.

Robur gab seine Sache aber damit noch nicht auf. Seine mit erstaunlichster Übereinstimmung arbeitenden Schrauben wurden in die schnellstmögliche Umdrehung versetzt; doch unwiderstehlich von dem Cyclon angezogen, konnte der Apparat ihm nicht entgehen. Während kurzer Stillen stieg er wieder etwas in die Höhe. Dann zog ihn der schwerere Luftdruck auf's Neue hernieder und er sank, wie ein Schiff im Untergehen. Und konnte man das nicht ein Untergehen im Luftmeere nennen, inmitten einer Nacht, welche die Blendlichter des »Albatros« nur in geringem Umfange unterbrachen?

Wenn die Kraft des Zyklons immer zunahm, wurde der »Albatros« gewiss bald zum unlenkbaren Strohhalm, der von den Wirbeln hinweggetragen wurde, welche Bäume entwurzeln, Dächer abdecken und oft ganze Mauern umwerfen.

Robur und Tom konnten sich nur noch durch Zeichen verständlich machen. An die Reling geklammert, fragten sich Onkel Prudent und Phil Evans, ob das schauerliche Meteor nicht für sie eintreten und den Aeronef mit seinem Erfinder, und mit dem Erfinder das ganze Geheimnis der Erfindung vernichten würde.

Da es nun dem »Albatros« nicht gelang, sich in lotrechter Richtung diesem Cyclon zu entziehen, blieb ihm nur noch der eine Ausweg, den verhältnismäßig stilleren Mittelpunkt desselben aufzusuchen, wo er mehr Herr seiner Manöver war. Gewiss; doch um zu jenem vorzudringen, musste er die Kreisströme überwinden, die ihn an ihren Peripherien mit fortzerrten. Besaß er wirklich genug mechanische Kräfte, sich diesen zu entreißen?

Plötzlich barsten jetzt die Wolken über ihm; die Dünste verdichteten sich zu einem furchtbaren Platzregen.

Es war um zwei Uhr morgens. Der um zwölf Millimeter auf- und abschwankende Barometer war bis auf 709 gefallen, wobei allerdings die Höhe, welche der Aeronef über dem Meere einnahm, in Rechnung zu ziehen ist.

Seltsamer Weise hatte sich dieser Cyclon außerhalb der Zonen, die er sonst durchzieht, gebildet, d. h. zwischen dem 30. Grade nördlicher und dem 27. Grade südlicher Breite. Vielleicht erklärt sich hierdurch, warum dieser Wirbelsturm sehr bald in einen gewöhnlichen, ziemlich geradlinig verlaufenden überging. Doch welcher Orkan wütete dafür! Der Windstoß von Connecticut am 22. März 1882 hätte ihm etwa verglichen werden können, dessen Geschwindigkeit hundertsechzig Meter in der Sekunde, d. h. über hundert Meilen in der Stunde, erreichte.

Es blieb jetzt also nichts übrig, als nach rückwärts zu entfliehen, wie ein Schiff vor dem Sturm, oder sich vielmehr von dieser Strömung mit forttragen zu lassen, die der »Albatros« nicht überwinden und aus der er sich nicht befreien konnte. Doch wenn er dieser ihm aufgezwungenen Straße folgte, floh er nach dem Süden hin und wurde nach den Polargebieten verschlagen, welche Robur hatte vermeiden wollen. Doch da er nicht mehr Herr seiner Bewegungen war, musste er ja hingehen, wohin der Orkan ihn trug.

Tom Turner hielt noch immer getreulich am Steuerruder aus. Es bedurfte aller seiner Gewandtheit, um nicht immer von einem Bord zum anderen geschleudert zu werden.

Mit den ersten Stunden des Tages – wenn man den schwachen Schein, der den Horizont färbte, so nennen konnte – hatte der »Albatros« vom Cap Horn her fünfzehn Breitengrade hinter sich gelassen, d. h. über vierhundert Meilen, und er überschritt nun den Polarkreis.

Hier dauert die Nacht im Monat Juli noch neunzehn Stunden lang, die kalte Sonnenscheibe erscheint nur schwach leuchtend am Horizont, um fast sogleich wieder zu verschwinden. Am Pole selbst verlängert sich diese Nacht bis auf hundertneunundsiebzig volle Tage. Alles deutete darauf hin, dass sich der »Albatros« wie in einen Abgrund in dieselbe stürzen müsse.

An diesem Tage hätte eine Beobachtung, wenn eine solche möglich gewesen wäre, die südliche Breite von 66 Grad 40 Minuten ergeben. Der Aeronaut befand sich also nun vierzehnhundert Meilen vom antarktischen Pol.

Unwiderstehlich nach diesem sonst unerreichbaren Punkt der Erdkugel hingezogen, »verzehrte« seine Geschwindigkeit so zu sagen seine ganze Schwere, obwohl diese infolge der Abplattung der Erde am Pol hier eine noch größere war. Seine Auftriebsschrauben konnten sich das ja wohl gefallen lassen. Bald wurde die Gewalt des Sturmes eine so ungeheure, dass Robur die Umdrehungszahl der Propeller auf ein Minimum zu reduzieren beschloss, um diese vor ernsten Beschädigungen zu schützen und doch ein wenig bei der geringsten möglichen eigenen Geschwindigkeit durch das Steuerruder wirken zu können.

Inmitten dieser Gefahren erteilte der Ingenieur seine Befehle mit größter Kaltblütigkeit, und die Mannschaft gehorchte ihm, als ob die Seele des Chefs auch in ihr lebte.

Onkel Prudent und Phil Evans hatten das Verdeck, wo sie übrigens ohne alle Schwierigkeit verweilen konnten, nicht einen Augenblick verlassen. Die Luft bot ja keinen oder nur sehr schwachen Widerstand. Der Aeronef befand sich eben in derselben Lage, wie jeder Aerostat, der sich mit dem Fluidum, in dem er ganz eintaucht, fortbewegt.

Das südliche Polargebiet umfasst der gewöhnlichen Angabe nach eine Fläche von viereinhalb Millionen (englische) Quadratmeilen, doch weiß man nicht, ob dasselbe ein Festland, einen Archipel oder nur ein Meer enthält, dessen Eis selbst während der langen Sommerszeit nicht zum Schmelzen kommt. Bekannt ist dagegen, dass der Südpol noch kälter ist, als der Nordpol, eine Erscheinung, welche von der Stellung der Erde in ihrer Bahn während des Winters der antarktischen Region abgeleitet wird.

Während des Tages trat kein Anzeichen ein, dass der Sturm abnehmen werde. Der »Albatros« gelangte unter den 75. Grad westlicher Länge nach dem Polargebiete. Wer hätte wissen können, unter welchem Meridian er wieder aus demselben heraustreten sollte?

Je mehr er nach Süden hinab kam, desto mehr verminderte sich die Tageslänge. Binnen Kurzem musste er sich in der fortwährenden Nacht befinden, welche nur vom Mondschein oder von dem schwachen Leuchten der Südlichter erhellt wird. Jetzt war aber Neumond, und die Gefährten Robur's liefen Gefahr, gar nichts von jenen Gegenden zu sehen, deren Geheimnis der Mensch noch nicht zu entschleiern vermocht hat.

Höchst wahrscheinlich kam der »Albatros« nahe dem Polarkreise über einzelne schon bekannte Punkte hinweg, so im Westen über das Graham-Land, welches Biscoë 1832 entdeckt hat, und über das Louis Philipp-Land, das Dumont d'Urville als äußersten Ausläufer des unbekannten Festlandes 1838 entdeckte.

An Bord litt man zwar nicht besonders von der Kälte, welche nicht so arg war, als man eigentlich fürchten musste. Der Orkan schien eine Art Golfstrom der Luft zu bilden, der eine gewisse Menge Wärme mit sich führte.

Wie bedauerlich war es, dass diese ganze Gegend in Finsternis lag! Hierzu kommt noch, dass selbst bei vollem Mondschein jede Beobachtung sehr beschränkt war, denn zu dieser Jahreszeit bedeckt eine ungeheure Schneelage und ein dicker Eispanzer die ganze Oberfläche des Polargebietes. Man gewahrt dann nicht einmal jenen »Blink« der Eismassen, den weißlichen Schein, der sich an dem dunklen Horizonte nicht widerspiegeln kann. Wie hätte Jemand unter diesen Umständen die Gestalt von Ländern, die Ausdehnung der Meere oder die Verteilung von Inseln zu erkennen vermocht? Wie hätte man sich über das hydrographische Netz des Landes unterrichten, oder selbst dessen orographische Anordnung aufnehmen können, da jetzt alle Hügel, alle Berge mit den Eisbergen und dem Packeise zu einer einzigen Masse verschmolzen?

Kurz vor Mitternacht erhellte ein Südpolarlicht einmal die tiefe Finsternis. Mit seinen silbernen Ausläufern, seinen weit hinausreichenden Strahlen, bildete das Meteor die Gestalt eines ungeheuren Fächers, der etwa die Hälfte des Himmels einnahm. Die letzten elektrischen Effluvien desselben verloren sich am südlichen Kreuz, dessen vier Sterne im Zenit brannten. Diese Erscheinung war von wirklich unvergleichlicher Großartigkeit und ihre Helligkeit reichte hin, einen Überblick über diese in grenzenloses Weiß verhüllte Gegend zu gewähren.

Es versteht sich von selbst, dass der Kompass in diesen, dem magnetischen Südpol so nahe gelegenen Gebieten gänzlich gestört erschien und über die eingehaltene Richtung keinerlei Aufklärung geben konnte. Die Inklination der Nadel wurde aber gelegentlich eine so bedeutende, dass Robur annehmen musste, über diesen magnetischen Pol, der ziemlich genau im achtundsiebzigsten Meridian zu suchen ist, hinweggekommen zu sein.

Und später, gegen ein Uhr des Morgens, rief er nach Beobachtung des Winkels, den die Nadel mit der Vertikalen machte, laut:

»Jetzt ist der Südpol unter unseren Füßen!«

Wohl sah man eine ganz weiße Fläche, aber nichts verriet, was sie unter ihrem Eispanzer bergen mochte.

Das Südpolarlicht erlosch bald nachher, und jener ideale Punkt, in dem sich alle Meridiane kreuzen, ist noch immer erst zu entdecken.

Hatten Onkel Prudent und Phil Evans die Absicht, den Aeronef und Alle, die er trug, in der geheimnisvollsten Einöde zu begraben, so war jetzt die beste Gelegenheit dazu. Wenn sie es doch nicht taten, so lag es daran, dass ihnen die dazu notwendige Sprengmaschine mangelte.

Indessen raste der Orkan mit einer solchen Wut weiter, dass der »Albatros«, wenn er auf seinem Wege einen Berg getroffen hätte, daran unbedingt ebenso zerschellt wäre, wie ein Schiff, das auf eine felsige Küste geworfen wird.

Augenblicklich vermochte er sich nämlich ebenso wenig horizontal fortzubewegen, wie er Herr über sein Auf- und Absteigen war.

Einzelne Gipfel aber erheben sich bekanntlich auch in den antarktischen Gebieten. Jeden Augenblick war ein Zusammenstoß möglich, der die Vernichtung des ganzen Apparates hätte herbeiführen müssen.

Eine solche Katastrophe schien umso mehr zu fürchten, als der Wind, der nach dem Meridian 0 mehr zurückging, weiter nach Osten umschlug. Schon zeigten sich auch, etwa hundert Kilometer vom »Albatros« entfernt, zwei leuchtende Punkte.

Es waren das die beiden Vulkane, welche zu dem gewaltigen Gebiete der Ross-, Erebus- und Terrorberge gehören.

Sollte der »Albatros« in den Flammen gleich einem riesigen Schmetterling verbrennen?

Es war eine Stunde voll entsetzlicher Angst; der eine der Vulkane, der Erebus, schien ordentlich auf den Aeronef, der sich aus der Umarmung des Orkans nicht befreien konnte, loszustürzen ... Sein Flammenbüschel wuchs zusehends, ein Feuernetz versperrte den Weg, das die Luft weithin erleuchtete. Die an Bord jetzt deutlich sichtbaren Gestalten nahmen ein halb teuflisches Aussehen an. Alle erwarteten regungslos, ohne einen Schrei, ohne mit den Muskeln zu zucken, die entsetzliche Minute, in der dieser Hochofen sie mit seinen Flammen umhüllen würde.

Der Orkan aber, der den »Albatros« mit sich fortriss, rettete ihn auch vor dieser schrecklichen Katastrophe. Die von dem Sturm niedergedrückten Flammen des Erebus gaben ihm den gefährlichen Weg frei, und inmitten eines Hagels von Lavastücken, welche durch die zentrifugale Bewegung der Auftriebsschrauben glücklicher Weise weggeschleudert wurden, kam er glücklich über diesen in voller Eruption begriffenen Krater hinweg.

Eine Stunde später verdeckte schon der Horizont die beiden kolossalen Flammen, welche das Ende der Welt während der langen Polarnacht erleuchten.

Um zwei Uhr morgens kam man an der Insel Ballery und zwar am Rande der Küste der Entdeckung vorüber, ohne diese jedoch erkennen zu können, da auch sie mit den Polarländern durch festes Eis verkettet war.

Mit dem Austritt aus dem Polarkreise, den der »Albatros« unter dem fünfundsiebzigsten Meridian durchschnitten, trug ihn der Orkan über die Packeismassen und die Eisberge hinweg, an welchen er sich hundertmal zu zertrümmern drohte. Er war eben nicht mehr in der Hand seines Steuermannes, sondern nur in der Hand Gottes, und Gott ist ja der beste Pilot.

Der Aeronef folgte nun wieder dem Meridian von Paris, der mit dem, unter welchem er die antarktische Welt betreten, einen Winkel von 105 Grad bildet.

Endlich, jenseits des 60. Breitengrades, schien die Kraft des Orkans zu erlahmen. Seine Schnelligkeit nahm merklich ab. Der »Albatros« wurde wieder mehr seiner selbst Herr. Ferner kam er jetzt, was eine große Erleichterung gewährte, wieder in die erleuchteten Theile der Erdkugel, und um acht Uhr morgens brach der Tag an.

Nachdem Robur und die Seinen dem Wirbelsturm des Cap Horn glücklich entgangen waren, hatten sie nun auch diesen Orkan überstanden. Sie waren über das ganze Südpolargebiet weg, nachdem sie binnen neunzehn Stunden gegen siebentausend Kilometer zurückgelegt, wieder nach dem Stillen Ozean getrieben worden, und da sie zu einer Meile nur eine Minute gebraucht hatten, war ihre Schnelligkeit doppelt so groß gewesen, als sie der »Albatros« unter gewöhnlichen Umständen hätte entwickeln können.

Infolge der Störung des Magnetismus seiner Kompassnadel im Polargebiete, wusste Robur nun aber nicht mehr, wo er sich befand. Er musste also warten, bis die Sonne unter hinreichend günstigen Verhältnissen schien, um eine direkte Beobachtung zu gestatten. Unglücklicher Weise bedeckten dichte Wolken an diesem Tage den Himmel und die Sonne wurde überhaupt nicht sichtbar.

Das war für Alle desto betrübender, weil die beiden Treibschrauben während des Sturmes einige Beschädigungen erlitten hatten.

Sehr verstimmt durch diesen Unfall, konnte Robur während des ganzen Tages nur mit stark verminderter Geschwindigkeit weiterfahren. Als er über den Antipoden von Paris schwebte, legte er nur sechs Meilen in der Stunde zurück, denn er musste sich wohl hüten, die Beschädigungen zu verschlimmern. Versagten seine beiden Treibschrauben etwa ganz vollständig den Dienst, so wurde die Lage des Aeronefs über dem ungeheuren Stillen Ozean eine sehr missliche. Der Ingenieur fragte sich auch schon, ob er die nötigen Ausbesserungen nicht sollte an Ort und Stelle vornehmen lassen, um die Fortsetzung der Reise zu sichern.

Am Morgen des 27. Juli wurde da ein Land im Norden gemeldet.

Man erkannte bald, dass das eine Insel war; doch welche von den Tausenden, die im Pazifischen Ozean verstreut liegen? Nichtsdestoweniger beschloss Robur hier Halt zu machen, doch ohne auf die Erde selbst zu gehen. Seiner Ansicht nach musste ein Tag hinreichen, die Havarien auszubessern, und er meinte dann denselben Abend wieder weiter fahren zu können.

Der Wind hatte sich – ein günstiger Umstand zur Ausführung jenes Vorhabens – fast vollständig gelegt. Da er nun anhalten sollte, konnte der »Albatros« wenigstens nicht nach unbekannten Gegenden verschlagen werden.

Man ließ also ein mit einem Anker versehenes hundertfünfzig Fuß langes Kabel von dem Luftschiff herunter. Als der Aeronef an den Rand der Insel kam, fasste der Anker an den ersten Klippen desselben und legte sich schnell zwischen zwei Felsen fest. Das Kabel spannte sich unter der Wirkung der Auftriebsschrauben straff an und der »Albatros« blieb unbeweglich, wie ein Schiff, das am Strande festgelegt wurde.

Es war das erste Mal, dass er seit der Abfahrt aus Philadelphia überhaupt mit der Erde in Berührung kam.

XV.
WORIN DINGE VORGEHEN, DEREN SCHILDERUNG SICH GEWISS DER MÜHE LOHNT.

Als der »Albatros« noch in genügend hoher Luftschicht schwebte, konnte man erkennen, dass diese Insel von mittlerer Größe war. Doch welcher Breitengrad durchschnitt wohl dieselbe? Bis zu welcher Mittagslinie war man gelangt? War jene eine Insel des Stillen Ozeans, Austral-Asiens (Neu-Hollands) oder des Indischen Meeres? Das blieb so lange unbestimmt, bis Robur sein Besteck gemacht hatte. Obgleich dieser nun nicht im Stande gewesen war, Kompassangaben zu Rate zu ziehen, hatte er doch Ursache, zu glauben, dass er sich über dem Stillen Ozean befinde. Sobald nur die Sonne erschien, mussten die Umstände zu einer genauen Beobachtung höchst günstige sein.

Von dieser Höhe – von etwa fünfhundert Fuß – aus zeigte sich die, gegen fünfzehn (englische) Meilen im Durchmesser haltende Insel in der Form eines dreispitzigen Seesterns.

Vor deren Südspitze tauchte noch ein Eiland auf, an das sich ein Felsengewirr anschloss. Am Strande verriet sich kein von Ebbe und Flut zurückgebliebenes Merkmal, was die Ansicht Robur's bezüglich seiner augenblicklichen Lage zu bestärken schien, da die Gezeiten im Stillen Ozean fast gleich Null sind.

An der Nordwestе erhob sich ein nahezu kegelförmiger Berg, dessen Höhe auf zwölfhundert Fuß zu schätzen war.

Von einem Eingeborenen sah man nichts; vielleicht wohnten solche jedoch am entgegengesetzten Ufer. Jedenfalls hätte der Aeronef, wenn sie diesen überhaupt bemerkten, sie erschreckt und veranlasst, sich zu verbergen oder zu entfliehen.

Der »Albatros« hatte die Südostspitze der Insel berührt. Unfern derselben schlängelte sich in beschränkter Bucht ein Flüsschen durch die Felsen. Weiterhin zeigten sich gewundene Täler mit verschiedenen Baumarten und zahlreichem wilden Geflügel, vorzüglich Rebhühner und Trappen. Wenn die Insel nicht bewohnt war, so erschien sie danach also mindestens bewohnbar. Unzweifelhaft hätte Robur hier an's Land gehen können, und wenn er es doch nicht that, so kam das nur daher, dass der sehr unebene Boden ihm keinen geeigneten Platz zur Auflagerung des Aeronefs zu bieten schien.

Vor dem Wiederaufsteigen ließ der Ingenieur die notwendigsten Ausbesserungen vornehmen, welche er im Laufe des Tages beendet zu sehen hoffte. Die in vollkommen gutem Zustande befindlichen Schwebeschrauben hatten selbst gegenüber der größten Heftigkeit des Orkans vortrefflich funktioniert, da letzterer, wie es sich zeigte, die Arbeit derselben sogar erleichterte. Augenblicklich war nur die Hälfte des Auftriebsmechanismus in Tätigkeit, doch hinreichend viel, um das lotrecht am Ufer befestigte Tau gespannt zu erhalten.

Dagegen hatten die beiden eigentlichen Propeller gelitten, und zwar mehr, als Robur selbst voraussetzte. Mindestens mussten deren Schaufeln wieder aufgerichtet und das Zahngetriebe, durch welches sie die Drehbewegung erhielten, ausgebessert werden.

Die Mannschaft beschäftigte sich unter der Leitung Robur's und Tom Turner's mit der vorderen Schraube. Es erschien das vorteilhafter für den Fall, dass der »Albatros« aus irgendwelchem Grunde genötigt sein könnte, vor völliger Vollendung der Arbeit wieder weiter zu treiben und man schon mit diesem Propeller allein nötigenfalls eine genügende Fahrgeschwindigkeit erreichen konnte.

Inzwischen hatten sich Onkel Prudent und sein College, die vorher auf der Plattform umherspaziert waren, auf dem Hinterdeck niedergelassen.

Frycollin zeigte sich jetzt merkwürdig beruhigt. Welcher Unterschied, nur noch hundertfünfzig Fuß über dem Erdboden zu schweben!

Die Arbeiten wurden nur unterbrochen, als die Erhebung der Sonne über dem Horizonte zunächst einen Stundenwinkel zu messen und dann zur Zeit ihrer Kulmination die Mittagslinie des Orts zu bestimmen gestattete.

Als Resultat der mit größter Sorgfalt ausgeführten Beobachtung ergab sich da eine

Länge von 176° 17' westlich von Greenwich,
Breite von 43° 37' südlich vom Äquator.

Dieser Punkt auf der Karte entsprach der Insel Chatam und dem Eilande Viff, welche Gruppe gewöhnlich mit dem Namen der Broughton-Inseln bezeichnet wird. Dieselbe findet sich etwa fünfzehn Grade östlich von Tawai-Pomanu, der südlich gelegenen Inselhälfte Neuseelands im Süden des Stillen Ozeans.

»Das stimmt nahezu mit meiner Voraussetzung überein, sagte Robur zu Tom Turner.

– Und wir befinden uns demnach ...?

– Sechsundvierzig Grade südlich der Insel X, das heißt gegen zweitausendachthundert Seemeilen von dieser entfernt.

– Ein Grund mehr, unsere Propeller wieder in Ordnung zu bringen, antwortete der Obersteuermann. Bei der Fahrt dahin könnten wir leicht widrige Winde antreffen, und mit Rücksicht auf unsere jetzt nur geringen Proviantvorräte ist es von Wichtigkeit, die Insel X so schnell als möglich wieder anzulaufen.

– Gewiss, Tom, und ich hoffe auch, schon in der Nacht wieder aufzubrechen, schlimmsten Falls mit einer einzigen Triebschraube, während die zweite dann unterwegs wieder in Ordnung gebracht würde.

– Master Robur, fragte da Tom Turner, aber die beiden Herren und deren Diener ...?

– Nun, Tom Turner, erwiderte der Ingenieur, hätten sie darüber sich zu beklagen, Kolonisten der Insel X zu werden?«

Was war denn eigentlich diese Insel X? – Eine in dem grenzenlosen Stillen Ozean verlorene Insel zwischen dem Äquator und dem Wendekreis des Krebses; eine Insel, welche das algebraische Zeichen, das Robur zu ihrem Namen erwählt hatte, vollkommen rechtfertigte. Sie entstieg dem weiten Meere der Marquisen außerhalb aller Wege des interozeanischen Verkehrs. Da hatte Robur seine kleine Kolonie begründet, da rastete der »Albatros«, wenn er von seinem Fluge ermüdet war, und da versah er sich auch mit allem Notwendigen für seine fast unaufhörlichen Reisen. Auf dieser Insel X hatte Robur, der über reichliche Hilfsmittel verfügte, eine Werft errichten und seinen Aeronef erbauen können. Hier konnte er denselben ausbessern, selbst ganz neu wiederherstellen. Seine Magazine strotzten von Materialien, Nahrungsmitteln und Vorräten aller Art, welche hier mit Unterstützung der gegen fünfzig Köpfe zählenden Einwohnerschaft aufgehäuft wurden.

Als Robur vor wenig Tagen das Cap Horn umschiffte, war es seine Absicht gewesen, sich schräg über den Stillen Ozean nach der Insel X zu begeben. Da hatte aber die Zyklone den »Albatros« in ihren Wirbel gerissen und nachher der wilde Orkan ihn nach südlicheren Zonen verschlagen. Kurz, er war dadurch wieder mehr in seine ursprüngliche Fahrtrichtung gedrängt worden, und abgesehen von den Beschädigungen seiner Triebschrauben, wäre dieser Verzögerung keine besondere Bedeutung beizumessen gewesen.

Jetzt wollte man sich also nach der Insel X zurückbegeben, doch war, wie der Obersteuermann Tom Turner vorhergesagt hatte, der Weg dahin ein recht weiter, und höchst wahrscheinlich hatte man dabei auch noch gegen widrige Winde anzukämpfen. Jedenfalls bedurfte es des Aufwandes aller mechanischen Kraft des »Albatros«, um jenes Ziel zur bestimmten Zeit zu erreichen. Bei einigermaßen guter Witterung und bei der gewöhnlichen Fahrtgeschwindigkeit hätte das sonst nur drei bis vier Tage beansprucht.

Deshalb hatte sich Robur auch zum Anlegen an der Insel Chatam entschlossen, wo er wenigstens die vordere Triebschraube unter günstigeren Verhältnissen wieder ausbessern konnte. Er fürchtete dann nicht mehr, selbst im Fall sich eine ganz entgegengesetzte Brise erhob, nach Süden hin verschlagen zu werden, wenn er nach Norden zu fahren wollte. Mit Einbruch der Nacht war diese Reparatur vollendet. Er traf also Anstalt, seinen Anker zu lichten. Sollte dieser zwischen den Uferfelsen gar zu fest eingegriffen haben, so war er entschlossen, einfach das Ankertau zu kappen und den Flug gegen den Äquator zu beginnen.

Es liegt auf der Hand, dass das die einfachste Methode war und entschieden auch die beste, um schnell fortzukommen, und sie wurde denn auch sogleich verfolgt.

Im Bewusstsein, dass jetzt keine Zeit mehr zu verlieren sei, ging die Mannschaft des »Albatros« entschlossen an diese Arbeit.

Und während die Anderen am Vorderteil des Aeronef beschäftigt waren, führten Onkel Prudent und Phil Evans eine Unterhaltung, deren Folgen von ganz außerordentlicher Bedeutung sein sollten.

»Phil Evans, sagte Onkel Prudent, sind Sie gleich mir entschlossen, das Leben zum Opfer zu bringen?

– Ja, gleich Ihnen!

– Und noch einmal, es liegt auf der Hand, dass wir von diesem Robur nichts zu hoffen haben.

– Nichts!

– Nun wohl, Phil Evans, mein Entschluss ist gefasst. Da der »Albatros« noch heute spät abends abfahren soll, wird die Nacht nicht vergehen, ohne dass unser Werk vollbracht wäre. Wir werden dem Vogel des Ingenieur Robur die Flügel zerbrechen. Diese Nacht wird er mitten in der Luft zersprengt!

– Haben Sie auch alles dazu Nötige in Bereitschaft?

– Gewiss. Letztvergangene Nacht, als sich Robur und seine Leute nur um die Rettung des Aeronefs bemühten, gelang es mir, in die Munitionskammer zu schleichen und eine Dynamitpatrone mitzunehmen.

– So lassen Sie uns unverzüglich an's Werk gehen, Onkel Prudent ...

– Nein, erst heute am Spätabend. Wenn es dunkel geworden ist, ziehen wir uns nach unserer Wohnung zurück und Sie übernehmen die Wache, dass mich bei den Vorbereitungen Niemand überrascht.«

Gegen sechs Uhr speisten die beiden Genossen in hergebrachter Weise. Zwei Stunden später hatten sie sich nach ihrer Kabine zurückgezogen, als wollten sie sich für die letzte schlaflose Nacht schadlos halten.

Weder Robur, noch irgendeiner seiner Leute konnte im Entferntesten ahnen, welche Katastrophe den »Albatros« bedrohte.

Onkel Prudent aber dachte nach folgender Art zur Ausführung zu schreiten:

Wie schon erwähnt, war es ihm gelungen in die Munitionskammer einzudringen, welche in einer der unteren Rumpfabtheilungen des Aeronefs angelegt war. Dort hatte er sich einer gewissen Menge Pulvers und einer Patrone bemächtigt, die ganz mit denen übereinstimmte, deren sich der Ingenieur früher in Dahomey bediente. Nach seiner Kabine zurückgekehrt, hatte er die Patrone sorgfältig versteckt, mit der der »Albatros«, wenn er in der Nacht seinen Flug durch die Lüfte wieder begonnen, gesprengt werden sollte.

Eben jetzt besichtigte Phil Evans den von seinem Genossen geraubten Explosionskörper.

Dieser bestand aus einer längeren Hülse, deren metallene Wand etwa ein Kilogramm des explosiven Stoffes enthielt, also voraussichtlich eine hinreichende Menge, um den Aeronef auseinander zu reißen und sein vielfältiges Steigschrauben-Getriebe zu zerstören. Vernichtete ihn die Explosion aber nicht mit einem Schlage, so musste der Sturz in die Tiefe das Zerstörungswerk vollenden. Die Form und Größe der Patrone begünstigten es übrigens außerordentlich, diese in einer Ecke der Kabine so anzubringen, dass sie die Plattform unbedingt durchschlug und ihre Wirkung auch das Rippenwerk des Rumpfes erreichte. Die Explosion konnte nun aber nur durch das Zündhütchen, mit dem die Patrone ausgerüstet war, bewerkstelligt werden, das war der heikelste Teil des ganzen Vorhabens, denn dieses Zündhütchen sollte nur nach vorausberechneter Zeit in Brand gesetzt werden.

Onkel Prudent hatte sich den Verlauf folgendermaßen gedacht: Gleich nach Vollendung der Reparaturarbeiten in der Vordertriebschraube sollte der Aeronef den Weg nach Norden wieder aufnehmen: wenn Obiges aber geschehen war, lag die Wahrscheinlichkeit nahe, dass Robur mit seinen Leuten nach dem Hinterdeck kommen würde, um auch die hintere Triebschraube wieder in guten Stand zu setzen. Die Anwesenheit der gesamten Mannschaft an der Nähe der Kabine aber konnte Onkel Prudent leicht bei seiner Tätigkeit stören. Deshalb hatte er sich zur Verwendung einer Lunte entschlossen, um mittelst derselben die Explosion zu einer bestimmten Zeit eintreten zu lassen.

Er sprach sich darüber gegen Phil Evans mit folgenden Worten aus:

»Als ich mir die Patrone holte, habe ich gleichzeitig auch etwas Pulver mitgenommen. Mit diesem Pulver denke ich eine Lunte herzustellen, deren Länge mit ihrer gewünschten Brenndauer in Übereinstimmung zu bringen sein wird und deren Ende ich in dem Zündhütchen zu befestigen gedenke. Meine Absicht geht nun dahin, dieselbe um Mitternacht anzuzünden und die Explosion zwischen drei und vier Uhr früh erfolgen zu lassen.

– Gut ausgedacht!« antwortete Phil Evans.

Die beiden Kollegen waren, wie man hieraus ersieht, schon dahin gelangt, mit größter Kaltblütigkeit das schreckliche Vernichtungswerk zu besprechen, durch das auch sie mit untergehen sollten. Sie trugen eben eine solche Summe von Hass gegen Robur und seine Leute in sich, dass ihnen selbst die Aufopferung des eigenen Lebens nicht zu groß erschien, nur um den »Albatros« und Alle, die er mit durch die Lüfte führte, mit einem Schlage zu vernichten. Zugegeben, dass diese That ein sinnloses, ein verruchtes Unterfangen war; nach vollen fünf Wochen eines nie zum Ausbruch gekommenen Zornes, einer nie besänftigten stillen Wut ließen sie sich durch eine solche Kleinigkeit nicht mehr abhalten.

»Und Frycollin? warf Phil Evans noch ein; steht uns das Recht zu, ohne ihn zu fragen, auch über sein Leben zu verfügen?

– Wir opfern ja auch das unsrige,« entgegnete Onkel Prudent.

Es dürfte zweifelhaft sein, dass Frycollin das als stichhaltigen Grund angesehen hätte.

Onkel Prudent ging also sofort an's Werk, während Phil Evans vor dem Ruff Wache hielt.

Die Mannschaft war noch immer am Vorderteil beschäftigt und eine Überraschung vorläufig also kaum zu fürchten.

Onkel Prudent begann damit, eine geringe Menge Pulver zu Mehl zu verreiben. Nachdem er dasselbe leicht angefeuchtet, füllte er es, um eine Lunte zu erhalten, in einen engen, aus Leinwand herstellten Schlauch. Durch eine vorläufige Probe überzeugte er sich, dass diese binnen zehn

Minuten fünf Zentimeter weit verglimmte, bei der Länge von einem Meter also drei und einhalb Stunden ausreichen musste. Er löschte die Lunte nun wieder aus, umwand sie fest mit Bindfaden und führte das Ende derselben in das Zündhütchen ein.

Alles das war, ohne den geringen Argwohn Anderer zu erwecken, um zehn Uhr abends vollendet.

Da trat Phil Evans wieder zu seinem Kollegen in die Kabine.

Während derselben Zeit war die Ausbesserung der vorderen Triebschraube eifrig gefördert worden; man hatte diese aber ganz hereinnehmen müssen, um die jetzt falsch gebogenen Flügel abheben zu können.

Weder Batterien, noch Akkumulatoren, überhaupt nichts, was zur Erzeugung der mechanischen Kraft des »Albatros« gehörte, hatte durch die Wut der Zyklone Schaden gelitten, und jedenfalls war noch für vier bis fünf Tage hinreichender Kraftvorrat vorhanden.

Es war schon Nacht geworden, als Robur und seine Leute ihre Arbeit unterbrachen, ohne die vordere Triebschraube bisher wieder an richtiger Stelle eingesetzt zu haben, da es noch einer etwa dreistündigen Reparatur bedurfte, ehe dieselbe wieder funktionieren konnte. Nach kurzer Rücksprache mit Tom Turner entschied sich der Ingenieur dafür, seinen von der gehabten Anstrengung erschöpften Leuten einige Erholung zu gönnen und auf den folgenden Morgen zu verschieben, was noch zu tun übrig blieb. Übrigens brauchte man zu dieser, die peinlichste Sorgfalt erfordernden Arbeit die volle Tageshelle, während die Positionslaternen dazu nur ungenügendes Licht hätten liefern können.

Hiervon wussten nun Onkel Prudent und Phil Evans freilich nichts. Nach den ihnen zu Ohren gekommenen Äußerungen Robur's mussten sie voraussetzen, dass die vordere Triebschraube vor Einbruch der Nacht schon wieder völlig in Stand gesetzt sei und der »Albatros« seine Fahrt nach Norden unverzüglich angetreten habe. Sie hielten diesen also für losgelöst von der Insel, an der sein Anker ihn doch noch festhielt. Dieser Umstand aber sollte der ganzen Angelegenheit eine von ihnen gar nicht geahnte Wendung geben.

Es war eine dunkle, mondeslose Nacht, deren Finsternis schwere Wolken nur noch tiefer machten. Von Südwesten her wehte dann und wann ein leichter Lufthauch; dieser bewegte aber den »Albatros« nicht von der Stelle, sondern letzterer hielt sich an seinem Anker still, dessen senkrecht gespanntes Tau ihn an die Erde fesselte.

In ihre Kabine eingeschlossen, wechselten Onkel Prudent und sein College nur wenige Worte; sie lauschten auf das Schwirren der Auftriebsschrauben, das jedes andere Geräusch an Bord übertönte, und erwarteten nun den Augenblick zum Handeln.

Kurz vor Mitternacht begann Onkel Prudent:

»Es ist nun Zeit!«

Unter den Lagerstätten der Kabine befand sich ein schubladenartiger Koffer, in den Onkel Prudent die mit der Lunte versehene Dynamitpatrone gelegt hatte, damit die Lunte verglimmen konnte, ohne sich durch auffälligen Geruch oder etwaiges Knistern zu verraten. Onkel Prudent zündete das freie Ende derselben an und schob den Koffer wieder unter das Bett zurück.

»Nun nach dem Hinterdeck, sagte er, dort wollen wir warten.«

Beide traten heraus und verwunderten sich nicht wenig, den Steuermann nicht an seinem gewohnten Platze zu sehen.

Da bog sich Phil Evans über das Deck hinaus.

»Der »Albatros« schwebt noch am nämlichen Orte, sagte er leise. Die Arbeiten sind offenbar noch unvollendet. Er hat nicht abfahren können.«

Über Onkel Prudent's Gesicht lief ein Zug der Enttäuschung.

»So müssen wir die Lunte löschen, sagte er.

– Nein ... aber uns retten! erwiderte Phil Evans.

– Uns retten?

– Ja, mittelst des Ankertaues, da es jetzt finster ist. Hundertfünfzig Fuß hinabzuklettern hat ja nichts zu bedeuten.

– Nichts, bestätigte Onkel Prudent, und wir wären reine Toren, eine so unerwartet günstige Gelegenheit unbenützt zu lassen.«

Vorher kehrten sie jedoch noch einmal nach der Kabine zurück und versahen sich mit Allem, was sie in Voraussicht eines kürzeren oder längeren Verweilens auf der Insel Chatam glaubten bedürfen zu können. Nachdem sie die Thür wieder geschlossen, schlichen sie möglichst geräuschlos nach dem Vorderdeck.

Sie wollten auch Frycollin wecken und diesen zur gleichzeitigen Flucht mit ihnen veranlassen.

Rings herrschte tiefes Dunkel. Die Wolkenströmung von Südwesten wurde etwas schneller. Der Aeronef schlingerte ein wenig vor seinem Anker, indem er, soweit es das gespannte Kabel zuließ, leicht in vertikaler Richtung schwankte. Der Abstieg drohte also etwas mehr Schwierigkeiten zu bieten. Das war aber nicht dazu angetan, zwei Männer abzuschrecken, die eben noch entschlossen gewesen waren, ihr Leben geradezu wegzuwerfen.

Beide schlichen also über das Deck hin und standen zuweilen, geschützt durch die Bauten darauf, still, um zu lauschen, ob irgendein Geräusch vernehmbar werde. Nein ... Alles still. Kein Schein zitterte durch die Lichtpforten. Der Aeronef lag nicht allein schweigend da, er war vielmehr in Schlaf versunken.

Onkel Prudent und sein Begleiter näherten sich schon der Kabine Frycollin's, als Phil Evans plötzlich stehen blieb.

»Der Wachtposten!« sagte er.

Wirklich lag ein Mann in der Nähe eines der Ruffs. Offenbar konnte derselbe, wie man zu sagen pflegt, kaum eingenickt sein. Wenn dieser Lärm schlug, musste die Flucht unmöglich werden.

Nahe hierbei lagen einige Stricke, Leinwandstücke und Werg, was Alles bei Ausbesserung der Schraube gebraucht worden war.

Eine Minute später war der Mann geknebelt, über und über eingewickelt und an einen Pfosten des Vorderkastells gebunden, so dass er weder einen Laut von sich geben, noch eine Bewegung machen konnte.

Alles das vollzog sich fast ohne jedes Geräusch.

Onkel Prudent und Phil Evans horchten gespannt ... Selbst im Inneren der Ruffs ließ sich kein Laut hören. Was an Bord war, lag in festem Schlafe.

Die beiden Flüchtlinge – denn diesen Namen darf man ihnen wohl geben – kamen nach der von Frycollin eingenommenen Kabine. François Tapage ließ ein höchst beruhigendes Schnarchen vernehmen.

Zur größten Überraschung brauchte Onkel Prudent die Thür Frycollin's nicht einmal aufzuklinken, denn diese stand offen. Er trat einen Schritt in die Kabine ein, zog sich aber gleich wieder zurück.

»Da ist Niemand d'rin, flüsterte er.

– Niemand ... Wo könnte er sein?« murmelte Phil Evans.

Beide begaben sich nun weiter nach vorn, in der Meinung, Frycollin möchte in irgendeinem Winkel eingeschlafen sein.

Auch hier fand sich Niemand.

»Sollte der Spitzbube uns schon vorausgegangen sein? ... fragte Onkel Prudent.

– Mag das der Fall sein oder nicht, antwortete Phil Evans, wir können unbedingt nicht länger warten. Vorwärts!«

Ohne Zögern packten die Flüchtlinge einer nach dem anderen das Tau mit den Händen und hielten sich auch mit den Füßen daran fest, dann glitten sie daran herab und kamen heil und gesund zur Erde nieder.

Welches Entzücken für sie, den Erdboden zu betreten, der ihnen so lange gefehlt hatte, auf fester Grundlage dahin zu gehen und nicht mehr ein Spielball der Luft zu sein!

Sie suchten eben, längs des kleinen Wasserlaufs hinwandernd, nach dem Inneren der Insel zu gelangen, als sich plötzlich vor ihnen ein Schatten erhob.

Das war Frycollin.

Ja, der Neger hatte denselben Gedanken gehabt, der seinem Herrn gekommen war, und sogar die Kühnheit, denselben ohne jede Meldung vorher zur Ausführung zu bringen.

Jetzt war freilich keine Zeit zu Auseinandersetzungen, und Onkel Prudent drängte es weit mehr, einen Zufluchtsort in entfernteren Teilen der Insel zu finden, als Phil Evans stehen blieb.

»Hören Sie mich an, Onkel Prudent, begann er. Wir sind jetzt außer dem Machtbereich jenes Robur. Er und seine Begleiter sind einem schrecklichen Tode geweiht, und ich gebe zu, dass er ihn verdient hat. Wenn er aber nun bei seiner Ehre schwören wollte, von jedem Versuche, uns wieder mit sich zu schleppen, abzugehen ...

– Die Ehre eines solchen Mannes ...«

Onkel Prudent konnte den Satz nicht vollenden. An Bord des »Albatros« entstand eine auffällige Bewegung.

Allem Anscheine nach war Alarm geschlagen und die Flucht entdeckt worden.

»Hierher, hierher,« rief eine Stimme.

Diese kam von dem Wachthabenden, der seine Umhüllung doch hatte abstreifen können. Fast gleichzeitig warfen die Bordlichter ihre elektrischen Strahlen über einen weiten Umkreis.

»Da sind sie! Da unten!« rief Tom Turner.

Die Flüchtlinge waren erkannt worden.

Gleichzeitig wurde auf einen laut erteilten Befehl Robur's hin die Bewegung der Auftriebsschrauben verlangsamt und durch Einziehung des Ankertaues begann der »Albatros« sich der Erde zu nähern.

In diesem Augenblick ließ sich deutlich die Stimme Phil Evans' vernehmen:

»Ingenieur Robur! rief er, verpflichten Sie sich auf Ehre, uns hier auf dieser Insel frei zu lassen?

– Niemals!« entgegnen Robur bestimmt.

Diese Antwort begleitete überdies der Knall eines Gewehres, dessen Geschoß die Schulter Phil Evans' streifte.

»Ah, diese Schurken!« rief Onkel Prudent.

Sein Messer in der Hand, stürzte er damit schon nach dem Felsen, zwischen denen der Anker eingegriffen hatte. Der Aeronef befand sich nur noch fünfzig Fuß über der Erde.

Binnen wenigen Sekunden war das Tau durchschnitten, und die inzwischen merklich aufgefrischte Brise, die den »Albatros« in schiefer Richtung traf, führte diesen nach Nordosten über das Meer hinaus.

XVI.
WELCHES DEN LESER IN EINER VIELLEICHT BEKLAGENS-
WERTHEN UNGEWISSHEIT LÄSST.

Es war jetzt zwanzig Minuten nach Mitternacht. Noch fünf bis sechs Flintenschüsse krachten von dem Aeronef herunter. Phil Evans unterstützend, hatten sich Onkel Prudent und Frycollin unter den Schutz der Felsen geflüchtet, ohne von einer Kugel verletzt zu werden. Für den Augenblick hatten sie nichts mehr zu fürchten.

Zunächst wurde der »Albatros«, während er sich gleichzeitig von der Insel Chatam entfernte, zu einer Höhe von neunhundert Metern emporgetrieben. Er hatte seine Aufstiegsschnelligkeit vergrößern müssen, um nicht in's Meer zu fallen.

In dem Augenblick, als der von seiner Emballage befreite Wachtposten den ersten Ausruf ausgestoßen hatte, waren Robur und Tom Turner auf ihn zugeeilt und hatten ihn vollends von der den Kopf umschließenden Leinwandhülle befreit und seine Fesseln gelöst. Darauf stürzte der Obersteuermann gleich nach der Kabine des Onkel Prudent und Phil Evans, fand diese aber leer.

François Tapage hatte inzwischen die Kabine Frycollin's durchsucht; auch in dieser war Niemand mehr.

Als Robur die Überzeugung gewann, dass seine Gefangenen ihm entronnen waren, ergriff ihn der heftigste Zorn. Mit dem Entweichen des Onkel Prudent und Phil Evans' war sein Geheimnis und seine Persönlichkeit aller Welt offenbart. Wegen jenes bei der Fahrt über Europa herabgeworfenen Schriftstückes hatte er sich deshalb weit weniger Sorge gemacht, weil er annehmen durfte, dass dasselbe beim Niederfallen überhaupt verloren gegangen sei ... Jetzt lag die Sache aber ganz anders.

Dann suchte er sich wieder zu beruhigen.

»Sie sind vorläufig zwar entflohen, sagte er sich; da sie von der Insel Chatam aber vor Ablauf einiger Tage nicht wegkommen können, so werde ich dahin zurückkehren. Ich werde sie suchen ... sie wieder einfangen ... und dann ...«

In der That konnten sich die drei Flüchtlinge noch keineswegs als gerettet betrachten. Erlangte der »Albatros« erst seine Manövrierfähigkeit wieder, so erschien er sicherlich wieder bei der Insel Chatam, von der Jene schwerlich zeitig genug zu entkommen vermochten. Schon vor Verlauf von zwölf Stunden konnten sie ungünstigen Falles dem Ingenieur wieder in die Hände geraten sein.

Vor Verlauf von zwölf Stunden? Aber binnen zwei Stunden sollte der »Albatros« ja vernichtet sein! Glich jene Dynamitpatrone nicht einem an seiner Wand befestigten Torpedo, der das Zerstörungswerk mitten in der Luft vollführen sollte?

Inzwischen wurde der Aeronef von der noch mehr sich versteifenden Brise weiter nach Nordost hin getrieben und musste mit Sonnenaufgang die Insel Chatam unbedingt aus dem Gesichte verloren haben.

Um gegen den Wind aufkommen zu können, hätten seine Triebschrauben, mindestens die eine am Vorderteil, zu funktionieren im Stande sein müssen.

»Tom, rief der Ingenieur, lasst die Signallaternen so hell als möglich leuchten.

– Sogleich, Master Robur.

– Und dann Alle an die Arbeit!

– Alle!« wiederholte der Obersteuermann.

Jetzt konnte nicht mehr davon die Rede sein, die Vollendung der nötigen Reparaturen bis zum anderen Morgen aufzuschieben. Auf dem »Albatros« gab es keinen Mann, der nicht den Eifer seines Chefs geteilt, keinen einzigen, der nicht das Verlangen gehabt hätte, die Flüchtlinge wieder zu ergreifen. Sobald die vordere Triebschraube richtig eingesetzt war, wollte man nach Chatam umkehren, sich daselbst vor Anker legen und die Spur der Entflohenen verfolgen. Erst nachher sollte die Ausbesserung der hinteren Schraube vorgenommen werden, damit der Aeronef dann mit aller Sicherheit seine Reise über den Stillen Ozean und nach der Insel X ausführen könne. Jedenfalls erschien es von Bedeutung, dass der »Albatros« nicht allzu weit nach Nordost verschlagen würde. Leider wurde der Wind aber immer stärker und er konnte gegen denselben jetzt nicht aufkommen, ja, sich nicht einmal an ein und derselben Stelle erhalten. Seiner Triebschrauben beraubt, war er eben zum unlenkbaren Aerostaten geworden. Die noch an der Küste weilenden Flüchtlinge konnten sich noch überzeugen, dass er vollständig außer Sicht gekommen war, ehe die vorbereitete Explosion ihn in Stücke riss.

Der jetzige Zustand der Dinge flößte Robur doch einige Beunruhigung ein, da er nur mit ziemlich bedeutender Verzögerung nach der Insel Chatam zurückzukehren hoffen durfte. Er entschloss sich deshalb, während alle Hände mit der so notwendigen Ausbesserung beschäftigt waren, sich tiefer niederzulassen, in der Erwartung, damit eine schwächere Luftströmung anzutreffen. Vielleicht konnte sich der »Albatros« in diesen Schichten wenigstens an der Stelle erhalten, bis er wieder eigene Kraft genug zu äußern vermochte, um gegen die Brise mit Erfolg anzukämpfen.

Dieses Manöver wurde auch sogleich ausgeführt. Wenn jetzt ein Schiff in der Nähe gewesen wäre, wie würde dessen Mannschaft erschrocken sein beim Anblick der Evolutionen dieses gewaltigen Apparates?

Als der »Albatros« nur noch wenige hundert Fuß über der Meeresfläche schwebte, wurde sein Niedergang aufgehalten.

Leider musste sich Robur überzeugen, dass der Wind in diesen niederen Zonen nur noch heftiger wehte und der Aeronef also mit noch größerer Schnelligkeit dahin getrieben wurde. Er lief hiermit natürlich Gefahr, sehr weit nach Nordost verschlagen zu werden, was die Rückkehr nach der Insel Chatam noch mehr verzögern musste.

Nach diesen vergeblichen Versuchen wurde daher wieder beschlossen, sich mehr in den oberen Lagen der Atmosphäre zu erhalten, wo das Luftmeer in besserem Gleichgewicht und deshalb weniger bewegt war. Der »Albatros« stieg also wieder zu einer mittleren Höhe von dreitausend Meter empor. Blieb er hier auch nicht stationär, so trieb er doch wenigstens nur langsam weiter. Der Ingenieur konnte also hoffen, dass er bei Tagesanbruch und von dieser Höhe aus die Insel, deren geographische Lage er übrigens mit vollkommener Sicherheit aufgenommen hatte, noch werde sehen können.

Darum, ob die Flüchtlinge Seitens der Eingeborenen – im Fall die Insel bewohnt war – einen freundlichen Empfang gefunden hatten, oder nicht, machte Robur sich keine weitere Sorge. Ob ihnen die Inselbewohner hilfreich beistanden, war für ihn ziemlich belanglos. Durch die Angriffswaffen, über die der »Albatros« verfügte, würden sie sicherlich erschreckt und schnell zerstreut werden. Die Wiedererlangung der Gefangenen war also eine leichte Aufgabe, und einmal ergriffen ...

»Nun, von der Insel X entflieht Niemand!« sagte Robur.

Eine Stunde nach Mitternacht war die vordere Triebschraube wieder in Stand gesetzt. Es erübrigte nun bloß noch die Montierung derselben, d. h. die gehörige Anbringung derselben an der Welle, was eine weitere Stunde Arbeit erforderte. Nachher sollte der »Albatros«, den Bug nach Südwest gerichtet, sogleich abfahren und die Reparatur der hinteren Triebschraube in Angriff genommen werden.

Aber die Lunte, welche in der verlassenen Kabine glimmte, diese Lunte, von der schon der dritte Teil aufgezehrt war! ... Und jener Funken, der sich mehr und mehr der Dynamitpatrone näherte! ...

Wäre die Mannschaft des Aeronefs nicht gar so dringlich beschäftigt gewesen, so hätte doch vielleicht Einer das schwache Knistern wahrgenommen, welches jetzt dann und wann in dem Ruff entstand; vielleicht hätte er auch den Geruch verbrannten Pulvers bemerkt. Das hätte ihn sicherlich so beunruhigt, dass er dem Ingenieur davon Mittheilung machte. Bei genauer Nachforschung konnte dann der Kasten, in dem der explodierende Körper verborgen war, nicht unentdeckt bleiben. Es wäre also noch Zeit gewesen, den wunderbaren »Albatros« und Alle, die er trug, zu retten.

Die Leute arbeiteten aber auf dem Vorderdeck und wenigstens zwanzig Meter entfernt von dem Ruff der Entflohenen. Noch rief sie nichts nach diesem Theile des Decks, sowie nichts sie von einer Beschäftigung ablenken konnte, die ihre volle Aufmerksamkeit in Anspruch nahm.

Robur legte als geschickter Mechaniker persönlich Hand mit an. Er betrieb die Arbeit, ohne doch irgendwie zu vernachlässigen, dass Alles mit größter Sorgfalt ausgeführt wurde, da es ihm ja darauf ankam, seines Apparates vollständig Herr zu werden. Gelang es ihm nicht, die Gefangenen bald wieder in seine Gewalt zu bringen, so fanden diese voraussichtlich Gelegenheit, in ihr Vaterland zurückzukehren. Dann wurden jedenfalls Nachforschungen angestellt und die Insel X konnte dabei möglicher Weise aufgefunden werden; damit aber wäre das Ende der Existenz gekommen, welche sich die Leute, die der »Albatros« trug, geschaffen hatten – das Ende dieser übermenschlichen, so zu sagen hocherhabenen Lebensweise.

Eben jetzt trat Tom Turner an den Ingenieur heran. Es war ein Viertel nach ein Uhr.

»Master Robur, begann er, mir scheint, die Brise hat Neigung abzuflauen und mehr nach Westen umzuschlagen.

– Und was zeigt der Barometer? fragte Robur, nachdem er den Himmel flüchtig betrachtet.

– Er hält sich ziemlich genau auf demselben Punkte, antwortete der Obersteuermann. Außerdem kommt es mir vor, als ob die Wolkenlagen unter dem »Albatros« sich senkten.

– Ganz recht, Tom Turner, und in diesem Falle wäre es nicht unwahrscheinlich, dass über dem Meere jetzt Regen fiele. Bleiben wir jedoch über der Regenzone schweben, so kümmert uns das ja nicht, und wir werden an der Vollendung unserer Arbeiten dadurch nicht gestört werden.

– Wenn jetzt Regen fällt, meinte Tom Turner, so kann es nur ein ganz feiner sein – die Form der Wolken lässt das wenigstens mutmaßen – und höchst wahrscheinlich legt sich tiefer unten der Wind bald gänzlich.

– Ohne Zweifel, Tom, antwortete Robur. Immerhin scheint es mir zweckmäßiger, noch nicht hinunter zu gehen. Beeilen wir uns erst, alle erlittenen Beschädigungen auszubessern, dann können wir ja nach Belieben manövrieren, und das ist die Hauptsache.«

Wenige Minuten nach zwei Uhr war der erste Teil der Arbeit vollendet. Nach Wiedereinsetzung der vorderen Triebschraube wurden die jene treibenden Batterien in Tätigkeit gesetzt. Nach und nach beschleunigte sich die Bewegung des »Albatros«, und, den Bug nach Südwest gerichtet, kehrte er mit mittlerer Geschwindigkeit in der Richtung nach der Insel Chatam zurück.

»Tom, sagte Robur, es mögen etwa zweieinhalb Stunden verflossen sein, seit wir nach Nordost hin getrieben wurden. Die Windrichtung hat sich, wie mir Kompassbeobachtungen lehrten, seitdem nicht geändert. Ich schätze also, dass wir binnen höchstens einer Stunde die Gestade der Insel wieder gefunden haben können.

– Ich glaub' es auch, Master Robur, antwortete der Obersteuermann, denn wir bewegen uns jetzt mit einer Schnelligkeit von zwölf Meter in der Sekunde vorwärts. Zwischen drei und vier Uhr morgens müsste der »Albatros« seinen Ausgangspunkt demnach wieder erreichen.

– Das wäre desto besser, Tom, erwiderte der Ingenieur. Wir haben ein Interesse daran, noch während der Nacht einzutreffen und ungesehen an's Land zu kommen. Die Flüchtlinge halten uns für weit nach Norden verschlagen und sind jetzt gewiss nicht auf ihrer Hut. Wenn der »Albatros« ganz nahe der Erde hingleitet, werden wir versuchen, uns hinter einigen hohen Felsen der Insel zu verbergen. Müssten wir dann selbst mehrere Tage bei Chatam verweilen ...

– So bleiben wir eben da, Master Robur, und hätten wir auch gegen eine ganze Armee von Eingeborenen zu kämpfen ...

– So kämpfen wir, Tom, kämpfen wir für unseren »Albatros«!«

Der Ingenieur wandte sich zu seinen neue Anordnungen erwartenden Leuten zurück.

»Liebe Freunde, sagte er, noch ist die Stunde der Ruhe nicht gekommen, wir müssen bis zum Anbruch des Tages tätig sein.«

Alle erklärten sich bereit.

Jetzt galt es, an der hinteren Triebschraube dieselben Reparaturen vorzunehmen, welche an der vorderen schon ausgeführt waren. Es handelte sich dabei um die gleichen Beschädigungen, die auch die nämliche Ursache, jener Orkan bei der Fahrt über den antarktischen Kontinent, veranlasst hatte.

Um diese Schraube hereinzuholen, erschien es ratsam, die Fahrt des Aeronefs während einiger Minuten zu unterbrechen oder ihm selbst eine Rückwärtsbewegung zu erteilen. Auf ein Zeichen Robur's legte der Hilfsmechaniker die Maschine um, indem er die vordere Schraube sich in entgegengesetztem Sinne drehen ließ, so dass der Aeronef – um den seetechnischen Ausdruck zu gebrauchen – »über Steuer zu gehen« anfing.

Schon wollten sich Alle nach dem Hinterdeck begeben, als Tom Turner ein eigentümlicher Geruch auffiel.

Es waren die in dem Kasten jetzt angehäuften Gase der Lunte, welche aus der Kabine der Flüchtlinge hervordrangen.

»Hm ...? machte der Obersteuermann.

– Was gibt es? fragte Robur.

– Riechen Sie nichts? Man könnte sagen, es müsse Pulver brennen.

– Ihr habt Recht, Tom!

– Und dieser Geruch dringt aus dem letzten Ruff.

– Ja ... sogar aus derselben Kabine ...

– Sollten die Elenden auch noch Feuer angelegt haben?

– Und wenn es nicht nur Feuer wäre? ... rief Robur. Stoßt die Thür ein, Tom, stoßt sie ein!«

Der Obersteuermann ging aber kaum daran, diesem Befehle nachzukommen, als eine furchtbare Explosion den »Albatros« erschütterte. Die Ruffs flogen in Stücke. Die elektrischen Lampen verlöschten, da ihnen der Strom plötzlich fehlte, und es ward vollständig finster. Doch wenn auch gleichzeitig die meisten Auftriebsschrauben verbogen oder teilweise zertrümmert und dadurch wirkungslos geworden waren, so drehten sich wenigstens noch mehrere nahe dem Bug ungestört weiter.

Plötzlich öffnete sich auch der Aeronef ein wenig hinter dem ersten Ruff, dessen Akkumulatoren noch immer die vordere Triebschraube in Tätigkeit erhielten, und der hintere Teil des Decks senkte sich ebenso schnell nach abwärts. Fast gleichzeitig standen die hinteren Auftriebsschrauben still und der »Albatros« stürzte in die Tiefe hinab.

Das bedeutete für die acht Männer, welche sich gleich Schiffbrüchigen an dieses Wrack klammerten, einen Sturz von dreitausend Metern.

Derselbe musste obendrein noch umso schneller erfolgen, als die vordere Triebschraube, deren Achse jetzt senkrecht stand, noch immer arbeitete.

Da ließ sich Robur, der in dieser verzweifelten Lage eine ganz außerordentliche Kaltblütigkeit an den Tag legte, bis zu dem halb weggesprengten Ruff gleiten, ergriff den Steuerungshebel und veränderte sofort die Drehungsrichtung der Schraube, welche nun statt vorwärts nach aufwärts trieb.

Der Absturz wurde dadurch zwar nicht aufgehalten, aber doch wenigstens verlangsamt; das Wrack fiel nicht mehr mit der zunehmenden Geschwindigkeit nieder, welche alle nur der Wirkung der Schwerkraft unterworfenen Körper zeigen. Und wenn auch allen lebenden Wesen auf dem »Albatros« noch immer der Tod drohte, weil sie rettungslos in's Meer stürzen mussten, so war es doch nicht mehr der Tod durch Erstickung inmitten der wegen rasender Schnelligkeit des Falles unatembar werdenden Luft.

Vierundzwanzig Sekunden nach der Explosion war, was vom »Albatros« noch übrig war, in den Fluten versunken.

XVI.
WORIN DER LESER UM ZWEI MONATE RÜCKWÄRTS UND AUCH UM NEUN MONATE VORWÄRTSGEFÜHRT WIRD.

Einige Wochen früher, am 13. Juni, d. h. am Tage nach der denkwürdigen Sitzung, während der es im Weldon-Institut zu so stürmischen Verhandlungen gekommen war, herrschte unter allen Classen der Bewohner von Philadelphia, unter den Negern wie den Weißen, eine leichter zu konstatierende, als zu beschreibende Aufregung.

Schon in den ersten Morgenstunden unterhielt man sich überall von den unerwarteten, lärmenden Zwischenfällen der Sitzung des letzten Abends. Ein Eindringling, der Ingenieur zu sein angab, ein Ingenieur, der den an sich unwahrscheinlichen Namen Robur – Robur der Sieger! – führen wollte, eine Persönlichkeit von unbekannter Herkunft und namenloser Nationalität hatte sich unerwartet im Sitzungssaale vorgestellt, die Ballonisten mit gröblichen Reden beleidigt, Diejenigen, welche der Lenkbarkeit von Aerostaten huldigten, verspottet, und hatte dagegen die Vorzüge von spezifisch schwereren Apparaten gepriesen, ein verächtliches Hohnlachen unter dem wildesten Getöse ausgeschlagen und zu Drohungen geradezu herausgefordert, um diese seinen Gegnern wieder als Antwort in's Gesicht zu schleudern. Endlich war er, nachdem er den Rednerstuhl unter dem Knattern von Revolvern geräumt, verschwunden, und trotz aller Nachforschungen hatte man keine weiteren Spuren von ihm entdeckt.

Natürlich waren solche Vorfälle dazu angetan, alle Zungen zu wetzen und der Phantasie ein weites Feld zu eröffnen. Daran sollte es denn auch weder in Philadelphia, noch in den sechsunddreißig anderen Staaten der Union fehlen, ja eigentlich wurde sogar die Alte Welt dadurch nicht minder erregt, wie die Neue Welt.

Wie musste sich diese allgemeine Aufregung aber noch steigern, als es am Abend des 13. Juni stadtkundig wurde, dass weder der Vorsitzende, noch der Schriftführer des Weldon-Instituts bis dahin in ihre Wohnungen zurückgekehrt waren, und hierbei handelte es sich um zwei geachtete, gelehrte Männer von verhältnismäßig hoher Stellung. Am Vorabend noch hatten sie den Sitzungssaal verlassen als Bürger, welche ruhig nach ihrem Heim zurückzukehren denken, als Hagestolze, deren Nachhausekunft kein mürrisch gerunzeltes Gesicht verbittert hätte. Sollten Sie vielleicht gar absichtlich verschwunden sein? Nein: mindestens hatten sie nichts geäußert, was zu diesem Glauben hätte verführen können; ja, es war sogar besprochen worden, dass sie schon am nächsten Tage wieder nach dem Bureau des Clubs kommen und die gewohnten Plätze des Vorsitzenden und Schriftführers bei einer außerordentlichen Sitzung einnehmen sollten, welche man zur weiteren Besprechung der Vorfälle des letzten Abends bestimmt hatte.

Doch nicht nur jene beiden weitbekannten Persönlichkeiten des Staates Pennsylvanien waren spurlos verschwunden, auch von dem Diener Frycollin kam keinerlei Nachricht, auch er war ebenso wenig zu finden, wie sein Herr. Wahrlich, seit Toussaint Louverture, Faustin Soulouque und Dessaline hatte noch kein Neger so viel von sich reden gemacht. Er stand im Begriff, einen hervorragenden Platz sowohl unter seinen dienenden Kollegen in Philadelphia, wie unter allen jenen Originalen einzunehmen, welche irgendeine Exzentrizität in dem schönen Amerika schon in helleres Licht zu setzen hinreicht.

Auch am folgenden Tage nichts Neues. Weder die beiden Kollegen, noch Frycollin erschienen wieder. Ernste Beunruhigung. Beginnende Aufregung. Vor den »Post and Telegraph offices« starke Ansammlung von Neugierigen, um etwaige Nachricht noch ganz warm zu erhalten.

Vergebliche Liebesmühe.

Und doch hatten so Viele deutlich genug gesehen, wie Beide in lebhaftem Gespräch aus dem Weldon-Institut weggingen, den sie erwartenden Frycollin mitnahmen und nachher die Walnut-Straße hinabwanderten, um sich dem Fairmont-Park zuzuwenden.

Jem Cip, der Vegetarianer, hatte dem Präsidenten noch die rechte Hand gedrückt und sich verabschiedet mit den Worten:

»Auf morgen also!«

Und William T. Forbes, der Fabrikant von Zucker aus Leinwand, rühmte sich eines vertraulichen Handschlags von Phil Evans, der ihm zweimal »Auf Wiedersehen!« zugerufen hatte.

Miss Doll und Miss Mat Forbes, welche ein Band reinster Freundschaft an Onkel Prudent fesselte, konnten sich über sein Verschwinden gar nicht beruhigen und schwatzten, nur um von ihm immer etwas zu hören, eher noch mehr, als gewöhnlich.

So verstrichen drei, vier, fünf, sechs Tage, eine Woche, eine zweite Woche ... Weder irgendwer, noch irgendwas leitete auf die Fährte der drei Verschwundenen.

Und doch hatte man die sorgsamsten Nachsuchungen im ganzen Stadtviertel vorgenommen ... vergeblich; in allen nach dem Hafen zu führenden Straßen ... nutzlos; weiter im Park selbst, unter den Gruppen größerer Bäume und dichterer Gebüsche ... erfolglos! ... Überall nichts!

Auf der großen Waldblöße erkannte man jedoch, dass da und dort das Gras ganz neuerdings niedergedrückt schien. Diese Wahrnehmung erregte ihrer Unerklärlichkeit wegen einigen Verdacht. Ebenso wurden am Saume des dieselbe umschließenden Waldes Spuren eines stattgefundenen Kampfes entdeckt. Hatte nun eine Bande von Landstreichern vielleicht die beiden Kollegen zu vorgerückter Nachtzeit hier in dem menschenleeren Parke getroffen und überfallen?

Das war ja möglich. Die Polizei nahm auch eine diesbezügliche regelrechte und mit gesetzlicher Langsamkeit betriebene Untersuchung in die Hand. Man führte Schleppnetze durch den Schuylkill hin, schlämmte seinen Grund und befreite die Ufer von dem Gewirr angehäuften Unkrautes. Wenn auch das vergeblich blieb, so war es doch nicht nutzlos, denn der Schuylkill bedurfte einer gründlichen Säuberung gerade recht nötig. O, es sind praktische Leute, die Ädilen von Philadelphia!

Später wandte man sich an die verbreitetsten Zeitungen. Anzeigen, Reklamationen, wenn nicht gar Reklamen, wurden an alle demokratischen und republikanischen Blätter der Union – ohne Rücksicht auf deren Farbe – versendet. Der »Daily Negro« das spezielle Organ der schwarzen Rasse, brachte Frycollin's Bildnis nach dessen letzter Photographie. Man bot Belohnungen und versprach Preise Jedem, der von den drei Abwesenden Nachricht geben könnte, ja sogar allen Denen, die nur irgendwelches Anzeichen entdeckten, das auf deren Fährte zu leiten versprach.

»Fünftausend Dollars! Fünftausend Dollars jedem Bürger, der ...«

Vergeblich; die fünftausend Dollars verblieben in der Kasse des Weldon-Instituts.

»Nicht aufzufinden! Nicht aufzufinden! Nicht aufzufinden!!! Onkel Prudent und Phil Evans aus Philadelphia!«

Es versteht sich von selbst, dass der Club durch dieses unerklärliche Verschwinden seines Vorsitzenden und seines Schriftführers in heillose Unordnung geriet und von vornherein sah derselbe sich durch diese Notlage zu dem Beschlusse gezwungen, die früher so eifrig betriebenen und schon ziemlich fortgeschrittenen Arbeiten betreffs Construction des »Go a head« auf unbestimmte Zeit einzustellen. Wie hätten die anderen Mitglieder auch in Abwesenheit der beiden Begründer und Förderer dieses Unternehmens, dem dieselben – an Zeit und Geld – einen Teil ihres Vermögens geopfert hatten, sich entschließen können, ein Werk zu Ende zu führen, wenn Jene fehlten, um es gleichsam zu krönen?

Sie mussten sich also in Geduld fassen.

Gerade zu dieser Zeit ging auf's Neue die Rede von der wunderbaren, merkwürdigen Erscheinung, welche mehrere Wochen vorher alle Geister so lebhaft erregt hatte.

In der That war jener geheimnisvolle Gegenstand wieder und wiederholt wiedergesehen worden, wie er durch die höheren Schichten der Atmosphäre schwebte. Freilich dachte kein Mensch an einen Zusammenhang dieser auffallenden Erscheinung mit dem nicht weniger unerklärlichen Verschwinden der beiden Mitglieder des Weldon-Instituts. Es hätte auch einer außergewöhnlichen Dosis von Einbildungskraft bedurft, diese beiden Tatsachen mit einander in Verbindung zu bringen.

Auf jeden Fall war das Asteroid, die erkaltete Feuerkugel oder das Luftungeheuer, wie man die Erscheinung nennen wollte, nun unter Bedingungen gesehen worden, welche seine Größe und Gestalt besser abzuschätzen erlaubten. Zuerst in Canada über den Gebietsteilen, die sich von Ottawa bis Quebec erstrecken, und zwar schon am nächsten Tage nach dem Verschwinden der beiden Kollegen; dann später über den Ebenen des Fernen Westens, als der »Albatros« sich an Schnelligkeit mit einem Zuge der großen Pacific-Bahn maß.

Von diesem Tage ab herrschte unter der gelehrten Welt keine Ungewissheit mehr; dieser Körper war kein Erzeugnis der Natur, sondern ein Flieg-Apparat mit praktischer Anwendung der Theorie des »Schwerer, als die Luft«. Und wenn der Schöpfer und Führer dieses Aeronefs auch für seine Person das bisherige Inkognito noch aufrechterhalten wollte, jedenfalls sah er davon, soweit es seine Maschine betraf, jetzt ab, weil er dieselbe so dicht über den Gebieten des Fernen Westens sehen ließ. Die von ihm gewählte mechanische Kraftquelle, wie die Natur der Maschinen, welche dem Apparate seine Bewegung erteilten, blieb vorläufig freilich noch unbekannt. Mindestens war jedoch außer Zweifel gestellt, dass diesem Aeronef eine ganz außergewöhnliche Fortbewegungsfähigkeit innewohnte, denn nur wenige Tage später meldete man schon sein Erscheinen im Himmlischen Reiche, dann aus den nördlichen Teilen von Hindostan und kurz darauf wieder aus den Steppen Russlands.

Wer mochte nun jener kühne Mechaniker sein, der über so große bewegende Kräfte gebot, für den weder Länder, noch Meere eine Grenze hatten, der in der Erdatmosphäre wie in einem ihm allein zugehörigen Gebiete schaltete und waltete? Sollte man glauben, es könne das jener Robur sein, der dem Weldon-Institut seine Theorien so rücksichtslos in's Gesicht geschleudert hatte, als er an dem bewussten Abend erschien, um in die Utopien betreffs der lenkbaren Ballons eine klaffende Bresche zu legen?

Vielleicht kam einigen weiter blickenden Köpfen dieser Gedanke. Und – wunderbarer Weise – dennoch erhob sich Niemand zu der Annahme, dass besagter Robur mit dem Verschwinden des Vorsitzenden und des Schriftführers vom Weldon-Institut in irgendwelchem Zusammenhange stehen könnte.

Das blieb also noch weiter Geheimnis, bis eine Depesche von Frankreich durch das transatlantische Kabel am 6. Juli um elf Uhr siebenunddreißig Minuten in New-York eintraf.

Und was meldete diese Depesche? Sie übermittelte den Text jenes in Paris in einer Schnupftabaksdose gefundenen Dokuments – des Schriftstückes, welches endlich enthüllte, was aus den beiden Männern geworden war, um welche die Union eben Trauer anlegen wollte.

Der Urheber der Entführung war also doch Robur, der Ingenieur, der ausschließlich zu dem Zwecke nach Philadelphia kam, die Theorie der Ballonisten gleichsam im Ei zu ersticken. Er war es, der auf dem Aeronef »Albatros« umherfuhr; er, der zur Wiedervergeltung erfahrener Unbill Onkel Prudent nebst Phil Evans und Frycollin obendrein in die Lüfte entführt hatte! Und diese Personen konnte man als für immer verloren ansehen, wenn nicht durch irgendwelche Hilfsmittel eine Maschine konstruiert wurde, welche im Stande war, jenen mächtigen Apparat zu bekämpfen, und wenn die irdischen Freunde Jener ihnen damit nicht zu Hilfe kamen.

Welche Erregung! Welches Staunen! Das Pariser Telegramm war an das Bureau des Weldon-Instituts adressiert gewesen. Die Mitglieder des Clubs erhielten davon unverzüglich Kenntnis. Nach zehn Minuten hatte ganz Philadelphia durch seine Telephons die große Neuigkeit erfahren, binnen einer Stunde ganz Amerika, denn sie hatte sich elektrisch auf den zahllosen Drähten der Neuen Welt verbreitet. Man wollte noch nicht recht daran glauben und hielt es wohl für die Mystifikation eines schlechten Witzbolds – sagten die Einen – für ein »Einräuchern« schlimmster Art – meinten die Andern. Wie wäre es möglich gewesen, diesen Raub in Philadelphia so im Geheimen auszuführen? Wie hätte der »Albatros« im Fairmont-Park zur Erde hernieder gehen können, ohne am Horizont des Staates Pennsylvanien bemerkt zu werden?

Recht schön – so lauteten die gewöhnlichen Argumente. – Die Ungläubigen behielten zwar noch das Recht zu zweifeln, sollten es aber sieben Tage nach dem Eintreffen des Telegramms schon verlieren. Am 13. Juli ging das französische Packetboot »Normandie« im Hudson vor Anker und – brachte die berühmte Schnupftabaksdose mit. Die Eisenbahn beförderte dieselbe in größter Eile von New-York nach Philadelphia.

Ja, das war sie, die Dose des Vorsitzenden vom Weldon-Institut. Jem Cip hätte an diesem Tage gut getan, eine etwas substantiellere Nahrung zu sich zu nehmen, denn er war, als er sie erkannte, nahe daran, ohnmächtig umzusinken. Wie oft hatte er sich daraus ein Freundschaftsprieschen zugelangt! Miss Doll und Miss Mat erkannten sie ebenfalls, diese Dose, welche sie so oft mit dem heimlichen Wunsche betrachtet, eines Tages auch ihre dürren Altjungfernfinger hinein zu senken. Und da waren ihr Vater, William T. Forbes, Truk Milnor, Bat T. Fyn und viele andere aus dem Weldon-Institut – hundertmal hatten sie dieselbe in den Händen ihres verehrten Vorsitzenden sich öffnen und schließen sehen. Endlich hatte sie das Zeugnis aller Freunde für sich, die Onkel Prudent in der guten Stadt Philadelphia besaß, deren Name – wie man nicht oft genug wiederholen kann – darauf hinweist, dass ihre Bewohner sich wie Brüder lieben.

Jetzt war also nach dieser Seite kein Schatten eines Zweifels mehr aufrecht zu erhalten. Nicht allein die Dose des Vorsitzenden, sondern besonders auch die von ihm herrührenden Schriftzüge des Dokuments erlaubten es auch den Ungläubigsten nicht mehr mit den Achseln zu zucken. Da begannen nun die Wehklagen und verzweifelte Hände erhoben sich gen Himmel. Onkel Prudent und sein College in einer Flugmaschine entführt, ohne dass man ein Mittel entdecken konnte, sie zu befreien!

Die Gesellschaft der Niagara-Fälle, deren stärkster Aktionär Onkel Prudent war, hätte beinahe ihre Geschäfte eingestellt und die Wasserfälle geschlossen. Die »Walton Watch Company« dachte schon daran, ihre Uhrenfabrik zu liquidieren, da diese ihren Direktor Phil Evans eingebüßt hatte.

Ja, es herrschte allgemeine Trauer, und das Wort Trauer ist hier gar nicht übertrieben, denn manche hirnverbrannte Köpfe, wie man deren auch in den Vereinigten Staaten antrifft, bildeten sich steif und fest ein, die beiden ehrenwerten Bürger niemals wiederzusehen.

Nachdem er über Paris hingefahren war, hörte man von dem »Albatros« zunächst nicht weiter reden. Einige Stunden später war er über Rom schwebend gesehen worden – das war Alles. Bei der bekannten Geschwindigkeit des Aeronefs, mit der er über Europa von Nord nach Süd und über das Mittelmeer von West nach Ost gefahren war, darf das ja nicht Wunder nehmen. Und Dank eben dieser Schnelligkeit konnte ihn auch kein Fernrohr an irgendeinem Punkte seiner Fahrtlinie genauer beobachten. Und hätten die Sternwarten ihr gesamtes Personal Tag und Nacht auf Vorposten gestellt, die Flugmaschine Robur des Siegers hätte sich soweit und so hoch entfernt – in »Ikarien«, wie er zu sagen pflegte – dass Alle verzweifelt wären, deren Spur je wieder aufzufinden.

Hier sei hinzugefügt, dass wenn seine Geschwindigkeit über dem Ufer Afrikas auch vermindert wurde, sich doch, weil jenes Dokument noch nicht bekannt war, Niemand versah, den Aeronef in den Höhen des algerischen Himmels zu suchen. Auf jeden Fall wurde er über Timbuctu wahrgenommen; das Observatorium dieser berühmten Stadt – wenn sie überhaupt ein solches besitzt – hatte aber noch nicht Zeit gefunden, das Resultat seiner Beobachtungen nach Europa mitzuteilen. Was den König von Dahomey betrifft, so hätte dieser gewiss eher zehntausend Untertanen, und seine Minister inbegriffen, um einen Kopf kürzer machen lassen, ehe er zugestand, im Kampfe mit einer in der Luft schwebenden Maschine unterlegen zu sein. Jeder frönt eben seiner kleinen Eigenliebe.

Weiterhin steuerte der Ingenieur Robur dann über den Atlantischen Ozean, wobei er zuerst nach dem Feuerlande und dann nach dem Cap Horn kam. Ferner irrte er, etwas gegen seinen Willen, über die südlichsten Landvesten und über das ausgedehnte Polargebiet hinweg. Von diesen antarktischen Gegenden aus war natürlich keine Nachricht zu erwarten.

Der Juli verrann, und kein menschliches Auge konnte sich rühmen, den Aeronef nur flüchtig wieder erblickt zu haben.

Der August ging zu Ende, ohne dass sich an der Ungewissheit über das Loos der beiden Gefangenen Robur's etwas änderte. Man fing allmählich an, sich zu fragen, ob der Ingenieur, nach dem Beispiele des Ikarus, dieses ältesten Mechanikers, dessen die Sagengeschichte erwähnt, nicht ein Opfer seiner Kühnheit geworden sein möge.

Endlich vergingen auch die ersten siebenundzwanzig Tage des Septembers ohne jede Änderung der Sachlage.

Bekanntlich gewöhnt man sich ja in der Welt an Alles. Es liegt in der menschlichen Natur, mit der Zeit den Stachel des Schmerzes weniger zu empfinden; man vergisst, weil es notwendig ist, einmal zu vergessen. In diesem Falle musste man dagegen den Bewohnern dieses Erdentals zu ihrer Ehre nachsagen, dass sie von der allgemeinen Regel abwichen; noch immer ermattete nicht die warme Teilnahme an dem Loose zweier Weißen und eines Schwarzen, die wie durch den Propheten Elias entführt schienen, denen aber keine Rückkehr durch die Bibel geweissagt war.

In Philadelphia trat das natürlich noch deutlicher zu Tage, als an jedem anderen Orte; hier kamen dabei ja nähere persönliche Beziehungen in's Spiel. Robur hatte den Onkel Prudent und Phil Evans aus Rache ihrer Heimat entfremdet, hatte, wenn auch ohne jedes Recht, eine grausame Wiedervergeltung geübt. Doch war seine Rache damit gekühlt? Würde er dieselbe nicht auch noch anderen Kollegen des Vorsitzenden und des Schriftführers vom Weldon-Institut fühlen lassen? Und wer konnte sich gesichert wähnen gegen etwaige Angriffe jenes allmächtigen Beherrschers des Luftmeeres?

Da durchlief am 28. September eine Neuigkeit die ganze Stadt: Onkel Prudent und Phil Evans sollten danach am Nachmittage in der Privatwohnung des Vorsitzenden vom Weldon-Institut wieder aufgetaucht sein.

Das Merkwürdigste an dieser Botschaft war, dass sie sich bestätigte, obgleich die Meisten nicht daran glauben wollten.

Dennoch musste man sich der Tatsache fügen. Das waren die beiden Verschwundenen in Person – nicht ihre Schatten – und auch Frycollin war mit ihnen zurückgekehrt.

Die Mitglieder des Clubs, darauf deren Freunde und endlich eine ungeheure Volksmenge strömten vor Onkel Prudent's Hause zusammen. Alle begrüßten mit Jubelruf die beiden Kollegen, welche unter Hurras und Hipps von Hand zu Hand getragen wurden.

Hier befand sich Jem Cip, der sein Frühstück – geröstete Brotschnittchen mit gekochtem Lattig – verlassen hatte, und auch William T. Forbes nebst seinen beiden Töchtern Miss Doll und Miss Mat. Wäre Onkel Prudent Mormone gewesen, heute hätte er sie alle Beide zu Frauen bekommen; doch das war er nicht und hatte auch nicht die geringste Absicht, es je zu werden. Hier waren ferner Truk Milnor, Bat T. Fyn und endlich die übrigen Mitglieder des Clubs. Es ist noch bis heutigen Tages ein Rätsel geblieben, wie Onkel Prudent und Phil Evans hatten lebend aus den Tausenden von Armen hervorgehen können, welche sie bei ihrem ersten Gange durch die Stadt ebenso viele Male zu erdrücken drohten.

An eben jenem Abende sollte das Weldon-Institut seine gewohnte wöchentliche Sitzung abhalten. Man rechnete darauf, die beiden Kollegen ihre früheren Plätze wieder einnehmen zu sehen. Da sie übrigens von ihren Abenteuern bisher noch nichts erzählt hatten – vielleicht hatte der Zudrang der Leute ihnen gar nicht die nötige Zeit gewährt – so hoffte man auch, dass sie nun von den gehabten Eindrücken während jener unfreiwilligen Reise berichten würden.

In der That hatten sich Beide aus irgendwelchem Grunde bisher ganz stumm verhalten, und stumm blieb auch der Diener Frycollin, den seine Stammesgenossen vor toller Erregung fast geviertelt hätten.

Was die beiden Kollegen noch nicht gesagt und vielleicht hatten sagen wollen, war Folgendes:

Wir brauchen wohl kaum auf die dem Leser bekannten Vorgänge in der Nacht vom 27. zum 28. Juli zurück zu kommen; auf die kühn ausgeführte Flucht des Vorsitzenden und des Schriftführers vom Weldon-Institut, auf ihre lebhafte Erregung bei Durchwanderung der felsigen Insel Chatam, den auf Phil Evans abgefeuerten Gewehrschuss, auf das durchschnittene Ankertau und den »Albatros«, der damals, seiner Triebschrauben entbehrend, durch den Südwestwind weit fortgetrieben und gleichzeitig zu großer Höhe gewissermaßen emporgeschnellt wurde. Darauf war derselbe bald aus ihrem Gesichtskreis entschwunden.

Die Flüchtlinge hatten nun nichts mehr zu fürchten. Wie hätte Robur nach der Insel zurückkehren können, da seine Schrauben noch drei bis vier Stunden außer Stande waren, zu funktionieren?

Nach Ablauf dieser Zeit aber musste der durch die Explosion zerstörte »Albatros« zum elenden, auf dem Meere treibenden Wrack geworden sein, und Diejenigen, welche er trug, waren jedenfalls nur noch in Stücke gerissene Leichen, die auch der Ozean nicht wieder herausgeben konnte.

Der entsetzliche Racheakt musste dann vollkommen gelungen sein. Da Onkel Prudent und Phil Evans sich als im Stande der Notwehr betrachteten, litten sie wegen dieser That an keinen Gewissensbissen.

Phil Evans war durch die vom »Albatros« aus entsendete Kugel nur leicht verletzt worden. Alle Drei wanderten also am Ufer hinauf, in der Hoffnung, Eingeborene anzutreffen.

Diese Hoffnung sollte nicht getäuscht werden. Etwa fünfzig halbwilde, vom Fischfange lebende Einwohner siedelten an der Westküste Chatams. Sie hatten den Aeronef nach der Insel herabkommen sehen und bereiteten den Flüchtlingen einen Empfang, wie sie ihn als übernatürliche Wesen verdienten. Man betete sie an, mindestens fehlte daran nicht viel, und brachte sie in der größten und schönsten Hütte unter. Frycollin fand gewiss niemals wieder eine solche Gelegenheit, die Rolle als Gott der Schwarzen spielen zu können.

Wie sie vorausgesetzt, sahen Onkel Prudent und Phil Evans den Aeronef nicht wieder zurückkehren, und mussten daraus schließen, dass die schreckliche Katastrophe in großer Höhe eingetreten sein werde. Nun würde Niemand wieder von dem Ingenieur Robur reden hören, so wenig wie von seiner wunderbaren Maschine, die seine Leute mit ihm dahingetragen hatte.

Jetzt galt es nur noch, eine Gelegenheit zur Rückkehr nach Amerika abzuwarten, denn die Insel Chatam wird von Seefahrern wenig besucht. So verstrich der ganze Monat August und die Flüchtlinge legten sich schon die Frage vor, ob sie am Ende nicht bloß ein Gefängnis gegen ein anderes eingetauscht hätten, mit dem übrigens Frycollin sich weit besser, als mit dem »Kerker in der Luft«, abzufinden schien.

Endlich am 3. September erschien ein Schiff, um an der Insel Chatam Wasser einzunehmen. Der Leser hat jedenfalls nicht vergessen, dass Onkel Prudent zur Zeit der Entführung aus Philadelphia mehrere tausend Dollars Papiergeld bei sich führte, d. h. mehr als notwendig war, um nach Amerika zurückkehren zu können. Nachdem sie ihren Verehrern, welche ihnen stets den allergrößten Respekt bewiesen hatten, herzlich gedankt, schifften sich Onkel Prudent, Phil Evans und Frycollin nach Auckland ein. Von ihren Schicksalen erzählten sie nichts, und nach zwei Tagen schon langten sie in der Hauptstadt Neu-Seelands an.

Hier nahm sie ein Packetboot des Stillen Ozeans als Passagiere auf, und am 20. September landeten die Überlebenden vom »Albatros« nach höchst glücklicher Überfahrt in San Francisco. Sie hatten weder ausgesprochen, wer sie waren, noch woher sie kamen: doch da sie einen recht anständigen Preis für ihre Plätze entrichteten, so wäre es keinem amerikanischen Kapitän jemals eingefallen, weitere Fragen an die Leute zu richten.

In San Francisco benützten Onkel Prudent, sein College und der Diener Frycollin den ersten Zug der großen Pacific-Bahn und trafen am 27. wohlbehalten in Philadelphia ein.

Das ist der gedrängte Bericht über Alles, was seit dem Entweichen der Flüchtlinge und ihrer Abfahrt von der Insel Chatam vorgefallen war; und somit konnten an jenem Abende der Vorsitzende und der Schriftführer, inmitten eines ungeheuren Zudrangs, ihre Plätze im Weldon-Institut wieder einnehmen.

Niemals aber hatte weder der Eine, noch der Andere eine so auffallende Ruhe zur Schau getragen. Ihr Anblick allein hätte niemals ahnen lassen, dass seit jener denkwürdigen Sitzung vom 12. Juni irgendetwas Besonderes vorgefallen sei. Diese dreiundeinhalb Monate schienen in ihrem Leben gar nicht mit zu zählen.

Nach den ersten Begrüßungssalven, welche Beide ohne das Zucken nur eines Gesichtsmuskels hinnahmen, bedeckte Onkel Prudent das Haupt und er ergriff zuerst das Wort.

»Ehrenwerte Bürger, sagte er, die Sitzung ist eröffnet.«

Wahnsinniger und gewiss wohlberechtigter Beifall, denn wenn es auch als etwas Außergewöhnliches nicht gelten konnte, dass eine solche Wochenversammlung eröffnet wurde, so erhielt der Umstand doch ein außergewöhnliches Gewicht, dass das durch Onkel Prudent unter Assistenz von Phil Evans geschah.

Der Vorsitzende ließ den in Zurufen und Händeklatschen kundgegebenen Enthusiasmus sich ruhig austoben. Dann fuhr er fort:

»In unserer letzten Sitzung, meine Herrn, kam es zu recht lebhaftem Meinungsaustausch (Hört! Hört!) zwischen den Vertretern der Vorder- und der Rückenschraube für unseren Ballon, den »Go a head«. (Zeichen von Verwunderung.) Wir haben inzwischen ein Auskunftsmittel erfunden, um die Vorder- und Hintersteurer unter einen Hut zu bringen, und das besteht einfach darin: Wir versehen eben beide Enden des Nachens mit je einer Triebschraube.« (Stillschweigen vor allgemeinem Erstaunen.)

Das war Alles!

Ja, Alles, von der Entführung des Vorsitzenden und des Schriftführers des Weldon-Instituts fiel kein Sterbenswörtchen; kein Wort über den Ingenieur Robur und den »Albatros«; kein Wort über die Art und Weise, wie die Gefangenen hatten entkommen können, und endlich kein Wort über das Schicksal des Aeronefs, ob er noch durch das Luftmeer schwebe und ob noch weitere Angriffe gegen Mitglieder des Clubs zu befürchten wären.

Gewiss fehlte es den Ballonisten nicht an Lust, Onkel Prudent und Phil Evans auszufragen; sie sahen dieselben aber so ernst, so zugeknöpft, dass es angezeigt schien, ihre Zurückhaltung zu respektieren. Wenn sie die Zeit zum Sprechen gekommen meinten, würden sie schon allein sprechen und Alle würden sich geehrt genug fühlen, ihnen zuzuhören.

Übrigens konnte unter diesem Stillschweigen ja noch ein Geheimnis verborgen liegen, das heute noch nicht enthüllt werden durfte.

Da nahm Onkel Prudent unter einem, bisher bei den Sitzungen des Weldon-Instituts unerhörten Stillschweigen wieder das Wort.

»Meine Herren, sagte er, es erübrigt uns nun bloß noch, den Aerostaten »Go a head«, der bestimmt ist, sich das Luftmeer zu erobern, schleunigst der Vollendung entgegen zu führen. – Die Sitzung ist geschlossen.«

XVIII.
WELCHES DIESE WAHRHAFTE GESCHICHTE ZU ENDE FÜHRT, OHNE SIE ZU BEENDIGEN.

Am 29. April des folgenden Jahres, sieben Monate nach der so unerwarteten Rückkehr des Onkel Prudent und Phil Evans, war ganz Philadelphia in reger Bewegung. Um politische Fragen handelte es sich dabei nicht, ebenso wenig um Wahlen oder Volksversammlungen. Der auf Betreiben des Weldon-Instituts nun vollendete Aerostat »Go a head« sollte endlich seinem natürlichen Element übergeben werden.

Als Aeronaut für denselben war der berühmte Harry W. Tinder, dessen wir schon zu Anfang dieser Erzählung erwähnten, bestimmt worden, und ihm hatte man noch einen erfahrenen Gehilfen beigegeben.

Die Passagiere bildeten der Vorsitzende und der Schriftführer des Weldon-Instituts, denen diese Ehre gewiss vor allen anderen zukam, da es für sie so zu sagen eine Lebensaufgabe geworden war, persönlich gegen jeden Apparat, der auf dem Prinzip »Schwerer, als die Luft« beruhte, Einspruch zu erheben.

Doch auch jetzt, nach sieben Monaten, sollten sie immer noch erst anfangen, über ihre Abenteuer zu berichten. Selbst Frycollin hatte, wie sehr es ihn auch dazu drängte, noch nicht vom Ingenieur Robur und von dessen wunderbarer Maschine gesprochen. Offenbar wollten Onkel Prudent und Phil Evans als eingefleischte und unverbesserliche Ballonisten überhaupt nicht, dass von dem Aeronef oder einer anderen Flugmaschine jemals die Rede sei. Auch wenn ihr Ballon, der »Go a head«, noch nicht die erste Stelle unter den zur Fortbewegung durch die Luft bestimmten Apparaten einnehmen sollte, so wollten sie doch keine, von irgendwelchem Anhänger der Aviation herrührende Erfindung dabei anwenden lassen. Sie glaubten noch immer und wollten auch später nur glauben, dass das einzig wahre atmosphärische Vehikel der Aerostat sei, und dass ihm allein die Zukunft gehöre.

Übrigens existierte ja Derjenige, an dem sie eine so furchtbare, ihrer Ansicht nach aber nur gerechte Rache genommen hatten, jetzt schon längst nicht mehr. Keiner von Denen, die er trug, hatte seinen Untergang überleben können. Das Geheimnis des »Albatros« lag jetzt in den unergründlichen Tiefen des Stillen Ozeans begraben.

Die Annahme, dass der Ingenieur Robur einen Zufluchtsort, eine rettende Insel im ungeheuren, verlassenen Ozean gefunden habe, erschien nur als eine sehr gewagte Hypothese. Die beiden Kollegen behielten sich für später die Entscheidung darüber vor, ob es angezeigt erscheine, nach dieser Richtung besondere Nachforschungen zu veranlassen.

Man schritt also endlich zu dem großen Experimente, welches das Weldon-Institut so lange Zeit und mit so großer Sorgfalt vorbereitet hatte. Der »Go a head« war der vollendetste Typus dessen, was im Bereiche der Aerostatik bisher erfunden war – dasselbe wie der »Inflexible« und der »Formidable« (zwei neuere französische Panzerschlachtschiffe) in der Schiffsbaukunst.

Der »Go a head« besaß alle für einen Aerostaten nur wünschenswerten Eigenschaften. Sein Volumen gestattete ihm, bis zu den allergrößten Höhen, die ein Ballon nur erreichen kann, aufzusteigen; seine Undurchlässigkeit für Gas, sich unbegrenzt lange in der Luft zu erhalten; seine Festigkeit, jeder Ausdehnung der Gase ebenso zu widerstehen, wie dem heftigsten Platzregen und stärksten Sturmwinde; sein Fassungsvermögen, eine genügende Auftriebskraft zu entfalten, um außer dem sonst nötigen Zubehör eine elektrische Maschine mitzunehmen, die seinen Propellern eine, jeder bisher erreichten überlegene Treibkraft verleihen konnte. Der »Go a head« hatte eine längliche Gestalt, um die horizontale Fortbewegung zu erleichtern. Seine Gondel, eine derjenigen des Ballons der Kapitäne Krebs und Renard ähnliche Plattform, enthielt alles für Luftschiffer notwendige Gerät und Werkzeug, physikalische Instrumente, Taue, Anker, Rollen u. s. w., außerdem die Apparate, Batterien und Akkumulatoren, welche seine mechanische Kraft lieferten. Diese Gondel trug vorne eine Schraube und hinten neben einer gleichen Schraube ein Steuerruder. Aller Wahrscheinlichkeit nach musste jedoch die Arbeitsleistung der Maschinen des »Go a head« weit hinter der der Apparate des »Albatros« zurückbleiben.

Der »Go a head« war nach vollendeter Füllung nach der Waldblöße im Fairmont-Park übergeführt worden, d. h. genau nach derselben Stelle, an welcher früher der Aeronef einige Stunden gelegen hatte.

Wir brauchen wohl nicht zu betonen, dass ihm die Auftriebskraft durch das leichteste aller Gase verliehen worden war. Das gewöhnliche Leuchtgas entwickelt per Kubikmeter nur eine solche Hebekraft gleich 700 Gramm – was gegen die umgebende Luft nur einen unbeträchtlichen Gewichtsunterschied darstellt. Das Wasserstoffgas dagegen besitzt bei gleichem Volumen eine auf etwa 1100 Gramm zu schätzende Steigekraft. Solches, nach dem Verfahren und in den Special-Apparaten des berühmten Henry Giffard dargestellte reine Wasserstoffgas erfüllte den ungeheuren Ballon. Da der »Go a head« nun einen Fassungsraum von 40.000 Kubikmetern besaß, so entsprach die Steigkraft seines Gases einem Gewichte von 40.000 mal 1100 Gramm oder 44.000 Kilogramm.

Am Morgen des 20. April war Alles bereit. Um elf Uhr schon schwankte der riesige Aerostat wenige Fuß über dem Boden und fertig, sich in die Luft zu erheben, majestätisch hin und her.

Es herrschte ein prächtiges und wie für diesen Versuch eigens gemachtes Wetter. Vielleicht wäre eine etwas größere Windstärke wünschenswerter gewesen, da sie die Probe mehr beweisend gestaltet hätte. Man hat ja niemals bezweifelt, dass ein Ballon in ganz ruhiger Luft nach Belieben gelenkt werden könne, in bewegter Atmosphäre ist das aber ein anderes Ding und nur unter solchen Verhältnissen sollten derartige Proben ausgeführt werden.

Genug, jetzt war weder Wind zu verspüren, noch deutete etwas darauf hin, dass solcher auftreten würde. An jenem Tage sendete Nordamerika aus seinem unerschöpflichen Vorrate ausnahmsweise keinen Sturm nach dem westlichen Europa, und niemals hätte ein Tag günstiger als dieser zur Vornahme eines solchen aeronautischen Experimentes gewählt werden können.

Kaum brauchen wir der ungeheuren, im Fairmont-Park aufgestauten Menschenmenge, ebenso wenig der zahlreichen Bahnzüge zu erwähnen, welche Ströme von Neugierigen aus allen Nachbarstaaten über Philadelphia ergossen hatten; auch nicht der Unterbrechung jeder industriellen und kommerziellen Tätigkeit, welche es Allen – Chefs, Beamten, Handwerkern, Männern und Frauen, Greisen und Kindern, Kongressmitgliedern, Vertretern der bewaffneten Macht, Magistratspersonen, Reportern, weißen und schwarzen Eingeborenen, die auf der Waldblöße zusammengelaufen waren – gestattete, diesem Schauspiele beizuwohnen. Oder sollten wir das geräuschvolle Durcheinanderwogen dieser Volksmengen schildern, die unerwarteten Bewegungen, das plötzliche Drängen und das Jauchzen und Rufen des Mobs? Sollen wir die Hipp! Hipp! Hipp! nachzählen, welche von allen Seiten gleich dem Krachen von Feuerwerkskörpern laut wurden, als Onkel Prudent und Phil Evans auf der mit dem amerikanischen Sternenbanner geschmückten Plattform erschienen? Oder müssten wir es erst besonders aussprechen, dass der größte Teil dieser Neugierigen vielleicht nicht gekommen war, um den »Go a head« zu sehen, sondern um sich die zwei außerordentlichen Männer zu betrachten, um welche die Alte Welt die Neue beneidete?

Warum aber nur Zwei und nicht Drei? Warum nicht auch Frycollin? – Das kam daher, dass Frycollin die Reise mit dem »Albatros« für seine Berühmtheit als genügend erachtete und er die Ehre, seinen Herrn zu begleiten, bescheiden abgelehnt hatte. Er bekam also keinen Teil von den tollen Jubelrufen, welche den Vorsitzenden und den Schriftführer des Weldon-Instituts empfingen. Es versteht sich von selbst, dass von allen Mitgliedern der berühmten Gesellschaft keiner auf dem für diese reservierten Platze innerhalb der Pfähle und Leinen fehlte, welche einen Teil der Lichtung abgrenzten. Hier waren Truk Milnor, Bat T. Fyn, William T. Forbes, der seine beiden Töchter Miss Doll und Miss Mat an den Armen führte. Alle waren erschienen, um durch ihre Anwesenheit zu bekräftigen, dass nichts jemals im Stande sei, die Anhänger des »Leichter, als die Luft« zu trennen.

Gegen elf Uhr zwanzig Minuten verkündigte ein Kanonenschuss die Beendigung der letzten Vorbereitungen.

Der »Go a head« erwartete nur noch das Signal zum Aufsteigen.

Ein zweiter Kanonenschuss donnerte um elf Uhr fünfundzwanzig.

Der nur noch durch seine Leitseile gehaltene »Go a head« erhob sich gegen fünfzehn Meter über die Lichtung. Am anderen Ende der Plattform stehend, legten Onkel Prudent und Phil Evans die linke Hand auf die Brust, was bedeuten sollte, dass sie mit dem Zuschauerkreise eines Herzens wären. Dann streckten sie die rechte Hand nach dem Zenit aus, um anzudeuten, dass der größte, bis jetzt bekannte Ballon endlich in Begriff stehe, von seinem überirdischen Reiche Besitz zu ergreifen.

Da legten sich hunderttausend Hände auf hunderttausend Brüste; und hunderttausend andere erhoben sich zum Himmel.

Um elf Uhr dreißig krachte ein dritter Kanonenschuss.

»Alles los!« rief Onkel Prudent, die hergebrachte Redensart benützend.

Und der »Go a head« erhob sich »majestätisch« – das immer gebrauchte Beiwort in der Beschreibung von beginnenden Luftfahrten.

In der That, es war ein prächtiges Schauspiel! Man hätte ein Seeschiff zu sehen gemeint, das eben vom Stapel lief. Und war das hier nicht auch ein Schiff, das in's Luftmeer abgelassen wurde?

Der »Go a head« stieg genau lotrecht in die Höhe – ein Beweis für die vollkommene Ruhe der Atmosphäre – und hielt etwa zweihundertfünfzig Meter über der Erde still.

Hier begann nun die Vorführung der Fahrt in waagrechter Richtung.

Der von seinen zwei Schrauben getriebene »Go a head« zog mit der Geschwindigkeit von zehn Metern in der Sekunde der Sonne entgegen. Das ist die Geschwindigkeit des Walfisches im freien Wasser. Es ist auch gar nicht falsch, jenen mit dem genannten Riesen der nördlichen Meere zu vergleichen, zumal da er auch die Gestalt jenes Cetaceers hatte.

Eine neue Salve von Hurras drang zu den geschickten Aeronauten empor.

Hierauf führte der »Go a head« unter der Wirkung seines Steuers allerlei kreisförmige, schiefe und geradlinige Bewegungen aus, welche ihm die Hand seines Steuermannes aufnötigte. Er wendete in engem Kreise, ging nach vorwärts, nach rückwärts, um selbst die zähesten Widersacher der Lenkbarkeit von Ballons eines Besseren zu belehren ... wenn es solche Widersacher hier gab! Und wenn es dergleichen gegeben hätte, hätte man sie in die Pfanne gehauen!

Warum fehlte aber der Wind diesem herrlichen Experimente? Das war bedauerlich. Unzweifelhaft hätte der »Go a head« alle Bewegungen ohne Zögern ausgeführt, indem er entweder eine schräge Richtung einhielt, wie ein Schiff, das dicht beim Winde segelte, oder der Luftströmung gleich einem Dampfer gerade entgegentrieb.

In diesem Augenblicke stieg der Aerostat um einige hundert Meter höher hinauf.

Man begreift wohl die Absicht. Onkel Prudent und seine Begleiter suchten in den höheren Luftschichten eine Strömung zu finden, um die Probe zu vervollständigen. Ein System von inneren Ballons, entsprechend der Schwimmblase der Fische, in welche man mittelst Pumpen eine gewisse Menge Gas hineindrücken konnte, gestattete ihm nämlich, auf- und niederzusteigen. Ohne je Ballast auszuwerfen, um höher, oder Gas zu verlieren, um tiefer zu gehen, war er im Stande, sich nach Belieben des Luftschiffers in der Atmosphäre zu heben oder zu senken. Außerdem war er jedoch am oberen Scheitel mit einem Ventil versehen, für den Fall, dass er einmal sehr schnell herabzugehen gezwungen wäre. Hier waren demnach nur bereits bekannte Mittel vorgesehen, diese aber bis zum höchsten Grade der Vollkommenheit entwickelt.

Der »Go a head« erhob sich also in lotrechter Linie. Durch optische Wirkung verringerten sich seine Dimensionen allmählich den Blicken. Gewöhnlich erscheint das ziemlich merkwürdig für die Zuschauer, die sich, um gerade hinauf zu sehen, fast die Halswirbel brechen. Der ungeheure Walfisch wurde so nach und nach zum Meerschwein, um endlich bis zur Größe des gewöhnlichen Gründlings herabzusinken.

Da die aufsteigende Bewegung nicht unterbrochen wurde, erreichte der »Go a head« eine Höhe von viertausend Metern, blieb aber bei dem reinen, keine Spur von Dunst enthaltenden Himmel vollkommen klar sichtbar.

Indes hielt er sich fortwährend über der Lichtung, als würde er daselbst von divergierenden Leinen festgehalten. Und wenn eine riesenhafte Glocke über die Umgegend gestürzt gewesen wäre, hätte die Luft darunter nicht ruhiger sein können. Weder in jener, noch in irgendeiner anderen Höhe regte sich der leiseste Hauch. Stark verkleinert durch die Entfernung, als ob man ihn durch ein verkehrt gehaltenes Fernrohr betrachtet hätte, manövrierte der Aerostat, ohne den geringsten Widerstand zu finden.

Plötzlich drang ein Aufschrei aus der Menge, ein Schrei, dem sofort hunderttausend andere folgten. Alle Arme richteten sich nach einem Punkte am Horizont, und zwar nach Nordwesten hin.

Dort im tiefen Azur ist ein sich bewegender Körper erschienen, der näher herankommt und größer wird. Ist es ein Vogel, der mit mächtigem Flügelschlage durch die höchsten Luftschichten schwebt? Ist's eine Feuerkugel, deren Bahn die Atmosphäre in schiefer Richtung durchschneidet? Jedenfalls ist der rätselhaften Erscheinung eine bedeutende Schnelligkeit eigen und sie muss bald über die erstaunte Volksmenge hinwegrauschen.

Ein Verdacht, der sich gleichsam elektrisch allen Gehirnen mittheilt, verbreitet sich über die ganze Lichtung.

Es scheint jedoch, als ob auch der »Go a head« den fremdartigen Gegenstand bemerkt hätte. Offenbar hat er das Gefühl einer drohenden Gefahr empfunden, denn plötzlich steigert sich seine Geschwindigkeit und er flieht nach Osten hin.

Ja, die Menge hat Alles begriffen. Ein von einem der Mitglieder des Weldon-Instituts ausgerufener Name wird von zweihunderttausend Lippen wiederholt: »Der 'Albatros'! ... Der 'Albatros'!«

In der That, es ist der »Albatros«. Robur ist es, der in den Höhen des Himmels wieder erscheint! Er ist's, der gleich einem gigantischen Raubvogel auf den »Go a head« losstürzt!

Und neun Monate vorher war der durch die Explosion zersprengte Aeronef, die Schrauben zerbrochen und das Verdeck in zwei Stücke zerrissen, doch vernichtet worden. Ohne die wunderbare Besonnenheit des Ingenieurs, der die Drehbewegung des vorderen Propellers veränderte, und diesen als Auftriebsschraube wirken ließ, wäre die ganze Besatzung des »Albatros« schon durch die Schnelligkeit des Sturzes erstickt worden. Doch wenn sie auch dieser Gefahr glücklich entronnen, wie kam es, dass sie nicht in den Fluten des Pazifischen Ozeans ertrunken war?

Das kam daher, dass die Trümmer des Verdecks, die Flügel der Triebschrauben, die Wände der Ruffs und was sonst noch vom »Albatros« übrig war, ihn zur schwimmenden Seetrift verwandelt hatten. Der verwundete Vogel war in's Wasser gefallen, seine Flügel aber hielten ihn noch auf den Wellen. Einige Stunden lang blieben Robur und seine Leute noch auf diesem Wrack, dann flüchteten sie in das auf dem Ozean wieder gefundene Kautschukboot.

Die Vorsehung, für Diejenigen, welche an einen göttlichen Eingriff in irdische Dinge glauben – der Zufall, für Diejenigen, welche die Schwäche haben, an keine Vorsehung zu glauben – kam den Schiffbrüchigen zu Hilfe.

Wenige Stunden nach Sonnenaufgang wurden sie von einem Schiffe bemerkt, das nicht allein Robur und seine Leute, sondern auch die umher schwimmenden Trümmer des Aeronefs aufnahm. Der Ingenieur begnügte sich mit der Angabe, sein Fahrzeug sei durch eine Kollision zerstört worden, und sein Inkognito blieb auch bei dieser Gelegenheit gewahrt.

Jenes Schiff war ein englischer Dreimaster, der »Two Friends« von Liverpool. Es segelte nach Melbourne, wo es nach wenigen Tagen eintraf.

Nun war man zwar in Australien, aber sehr fern von der Insel X, nach der man doch baldigst zurückkehren musste.

Unter den Trümmern des hinteren Ruffs hatte der Ingenieur noch eine beträchtliche Geldsumme gefunden, die ihm, ohne einen anderen anzusprechen, alle Bedürfnisse seiner Leute zu bestreiten gestattete. Kurz nach der Ankunft in Melbourne erwarb er eine kleine Goelette von hundert Tonnen und auf dieser begab sich Robur, der auch ein tüchtiger Seemann war, nach der Insel X zurück.

Jetzt erfüllte ihn nur noch eine einzige fixe Idee – sich zu rächen. Doch um das zu können, musste ein zweiter »Albatros« gebaut werden, was für den, der den ersten konstruiert hatte, ja eine leichte Aufgabe war. Man verwendete dabei, was noch vom alten Aeronef brauchbar erschien, unter anderen Maschinenteilen auch dessen Propeller, die mit allen Trümmern auf der Goelette verladen gewesen waren. Der Mechanismus wurde mittelst neuer Batterien und Akkumulatoren wieder in Stand gesetzt. Kurz, binnen weniger als acht Monaten war die ganze Arbeit beendigt und ein neuer »Albatros«, ganz gleich dem durch die Explosion zerstörten und eben so mächtig wie dieser, stand bereit, durch die Luft abzusegeln.

Selbstverständlich trug er auch dieselbe Mannschaft und ebenso selbstverständlich schäumte diese Mannhaft vor Wut auf Onkel Prudent und Phil Evans im Besonderen, wie auf das ganze Weldon-Institut im Allgemeinen.

Mit den ersten Tagen des April verließ der »Albatros« die Insel X. Während dieser Luftfahrt sollte sein Vorüberkommen von keinem Punkt der Erde aus gemeldet werden können. So schwebte er also immer zwischen den Wolken hin. Über Nordamerika an einer Einöde des Far-West angelangt ging er zur Erde. Das tiefste Inkognito bewahrend, erfuhr der Ingenieur hier, was ihm das größte Vergnügen gewähren musste: dass das Weldon-Institut nun so weit sei, mit seinen Probefahrten zu beginnen, und dass der »Go a head« mit Onkel Prudent und Phil Evans am 29. April von Philadelphia aus aufsteigen sollte.

Welch' herrliche Gelegenheit zur Kühlung jener Rache, die das Herz Robur's und aller seiner Leute erfüllte! Eine schreckliche Rache, welcher der »Go a head« nicht entrinnen sollte! Eine öffentliche Rache, welche gleichzeitig die Überlegenheit des Aeronefs über die Aerostaten und alle Apparate dieser Art beweisen musste!

Aus diesem Grunde also erschien an jenem Tage gleich dem Geier, der aus schwindelnder Höhe niederschießt, der Aeronef über dem Fairmont-Park.

Ja, das war der »Albatros«, leicht erkannt selbst von Denen, die ihn früher nie gesehen hatten.

Der »Go a head« floh noch immer. Er begriff jedoch, dass er durch eine Flucht in horizontaler Richtung niemals zu entkommen vermöge. Er suchte sein Heil also in vertikaler Flucht, aber nicht durch Annäherung an die Erde, denn da hätte der Aeronef ihm den Weg verlegen können, sondern indem er sich in die Luft erhob, nach einer Zone, in der er vielleicht nicht angegriffen werden konnte. Das war sehr kühn, doch gleichzeitig recht logisch gehandelt.

Inzwischen erhob sich aber auch der »Albatros« mit ihm. Weit kleiner als der »Go a head« glich er dem Schwertfisch bei Verfolgung des Wals, den er mit seinem Stachel durchbohrt, oder dem auf das Panzerschiff zufliegenden Torpedo, der jenes mit einem Schlage in die Luft zu sprengen trachtet.

Die Zuschauer bemerkten das mit beklemmender Angst. Binnen wenigen Augenblicken hatte der Aerostat eine Höhe von fünftausend Metern erreicht. Der »Albatros« war ihm bei seiner aufsteigenden Bewegung nachgefolgt. Er tänzelte jetzt gleichsam um seine Seiten und umkreiste ihn in stetig vermindertem Umfange. Mit einem Sprung konnte er ihn vernichten, indem er seine dünne Hülle zerriss. Onkel Prudent und dessen Begleiter wären durch einen furchtbaren Absturz rein zerschmettert worden.

Die vor Schreck verstummten und nach Atem ringenden Zuschauer waren von jener Art Entsetzen gepackt, das die Brust einschnürt und die Füße lähmt, wenn man einen aus großer Höhe herabstürzen sieht. Jetzt drohte ein Luftkampf, ein Kampf, der nicht einmal die geringen Aussichten für Rettung wie ein Wasserkampf darbot – der erste dieser Art, aber gewiss nicht der letzte, denn der Fortschritt gehört zu den ehernen Gesetzen dieser Welt. Und wenn der »Go a head« an seiner Seite das amerikanische Sternenbanner trug, so hatte der »Albatros« auch seine Flagge, das schwarze Fahnentuch mit der goldenen Sonne Robur des Siegers, entfaltet.

Der »Go a head« wollte aus dem Bereiche seines Gegners zu kommen suchen, indem er sich noch weiter erhob. Er warf den als Reserve mitgeführten Ballast aus. Noch einmal machte er einen Satz von tausend Metern und erschien jetzt nur noch als ein Punkt im Luftraum. Der »Albatros«, der ihm mit der größten Drehgeschwindigkeit seiner Schrauben nacheilte, war schon völlig unsichtbar geworden.

Plötzlich erhob sich von der Erde ein Schreckensschrei.

Der »Go a head« nahm sichtlich an Größe wieder zu, während auch der sich mit ihm senkende Aeronef auf's Neue erschien. Jetzt war der Sturz da! Das in der furchtbaren Höhe zu stark ausgedehnte Gas hatte die Hülle des Ballons gesprengt, und nur noch halb aufgeblasen fiel dieser rasch herunter.

Der Aeronef dagegen, der nur die Bewegung seiner Auftriebsschrauben gemäßigt hatte, sank mit abgemessener Geschwindigkeit herab. Er fuhr an den »Go a head« heran, als dieser nur noch zwölfhundert Meter von der Erde entfernt war, und näherte sich ihm Bord an Bord.

Wollte Robur ihm den Gnadenstoß geben? – Nein, er wollte helfen, wollte die Insassen retten!

Seine Manövriergeschicklichkeit war eine so erstaunliche, dass der Aeronaut und sein Genosse auf das Verdeck des Aeronefs gelangen konnten.

Sollten Onkel Prudent und Phil Evans etwa die Unterstützung Robur's ablehnen, es verweigern, sich von ihm retten zu lassen? Sie wären es wahrlich im Stande gewesen! Die Leute des Ingenieurs bemächtigten sich jedoch derselben und schafften sie mit Gewalt vom »Go a head« nach dem »Albatros«.

Da machte sich der Aeronef von jenem klar und blieb an derselben Stelle, während der jetzt völlig gasleere Ballon auf die Bäume neben der Lichtung niederfiel, wo er gleich einem riesigen Fetzen hängen blieb.

Unten herrschte das Schweigen des Todes; es schien wirklich, als wenn alles Leben aus den Herzen der Menge entflohen wäre. Sehr Viele hatten gleich die Augen geschlossen, um das Ende der Katastrophe nicht mit anzusehen.

Onkel Prudent und Phil Evans waren also wiederum die Gefangenen des Ingenieurs Robur geworden. Sollte er, nun er sie wieder erlangt, mit ihnen noch einmal in's Luftmeer hinausfliegen, wohin ihm Keiner folgen konnte?

Das war vielleicht zu vermuten.

Indessen senkte sich der »Albatros«, statt höher zu steigen, langsam zur Erde nieder. Man glaubte, er wolle bis auf's Land gehen, und die Menge drängte sich, um ihm Platz zu machen, auseinander.

Die Erregung der Leute hatte jetzt den höchsten Grad erreicht.

Zwei Meter über der Erde hielt der »Albatros« an, und unter tiefstem Stillschweigen ließ sich die Stimme des Ingenieurs vernehmen:

»Bürger der Vereinigten Staaten, sagte er, der Vorsitzende und der Schriftführer des Weldon-Instituts sind wiederum in meiner Gewalt. Hielte ich sie zurück, so würde ich nur von meinem Rechte der Wiedervergeltung Gebrauch machen. Bei der in ihrer Seele durch die Erfolge des »Albatros« entfachten Leidenschaft aber sehe ich ein, dass ihr geistiger Zustand doch nicht derart ist, um die Umwälzungen, welche die Beherrschung des Luftmeeres einst nach sich ziehen muss, vollständig zu begreifen. Onkel Prudent und Phil Evans, Sie sind frei!«

Der Vorsitzende, der Schriftführer des Weldon-Instituts, der Aeronaut und sein Gehilfe hatten nur einen Sprung zu tun, um auf die Erde zu gelangen.

Der »Albatros« erhob sich dann sofort um etwa zehn Meter über die Menge und Robur fuhr fort:

»Bürger der Vereinigten Staaten, mein Versuch ist glücklich durchgeführt, doch meine Ansicht geht dahin, nichts zu übereilen, auch nicht einmal den Fortschritt. Die Wissenschaft darf den Landessitten und Gewohnheiten nicht zu sehr vorauseilen. Die Menschheit soll nur schrittweise, nicht durch gewaltsame Umänderungen vorwärts kommen. Ich selbst würde heute noch zu zeitig auftreten, um alle widerstrebenden und geteilten Interessen zu vereinigen. Die Nationen sind zum wirklichen Bunde noch nicht reif.

»Ich ziehe also weiter und nehme mein Geheimnis mit mir. Für die Menschheit wird es deshalb nicht verloren sein, sondern ihr dereinst gehören, wenn sie unterrichtet genug sein wird, daraus Vorteil zu ziehen, und weise genug, um es nicht zu missbrauchen. Heil Euch, Bürger der Vereinigten Staaten, Heil Euch, jetzt und immerdar!«

Die Luft mit seinen vierundsiebzig Schrauben peitschend und von den beiden mit größter Kraft arbeitenden Propellern davongetragen, verschwand der »Albatros« im Osten inmitten eines Sturmes von Hurras, die jetzt der allgemeinen Bewunderung Ausdruck gaben.

Die beiden, jetzt wie das ganze Weldon-Institut tief gedemütigten Kollegen taten das Einzige, was sie tun konnten – sie schlichen nach ihren Behausungen zurück, während die Menge infolge einer plötzlichen Sinnesänderung nicht übel Lust zeigte, sie mit jetzt ganz angebrachtem beißenden Spotte zu begrüßen.

*

Nun bleibt noch immer die Frage bestehen: »Wer ist jener Robur? Wird man das jemals erfahren?«

Man weiß es schon heute. Robur ist das Wissen und Können der Zukunft, vielleicht schon des nächsten Tages – er ist der sichere Schatz im Schoße kommender Zeiten.

Dass der »Albatros« noch immer durch die Erdatmosphäre hinschwebe, inmitten seines Reiches, das ihm Niemand streitig machen kann, ist nicht zu bezweifeln; auch Robur der Sieger wird seinem Versprechen gemäß eines Tages wiederkehren und das Geheimnis einer Erfindung offenbaren, welche die sozialen und politischen Verhältnis der Erde gänzlich umgestalten dürfte.

Was die Zukunft der Luftschifffahrt angeht, so gehört diese den Aeronefs, nicht dem Aerostaten.

Den »Albatrossen« ist es noch vorbehalten, sich das Reich der Luft endgültig zu erobern.